Vier Pfoten und ein Herz voll Liebe

Janice Bennett Shannon Donnelly Mona Gedney

Vier Pfoten und ein Herz voll Liebe

ROMAN

Aus dem Englischen
von Susanne Kregeloh

Weltbild

Die englische Originalausgabe erschien 2001 unter dem Titel
Autumn Kittens bei Kensington Publishing Corp., New York.

Besuchen Sie uns im Internet:
www.weltbild.de

Genehmigte Lizenzausgabe für Verlagsgruppe Weltbild GmbH,
Steinerne Furt, 86167 Augsburg

Übersetzung: Susanne Kregeloh
Umschlaggestaltung: Atelier Seidel, Neuötting
Umschlagmotiv: Mauritius Images, Mittenwald (© Steimer)
Gesamtherstellung: Clausen & Bosse GmbH,
Birkstraße 10, 25917 Leck
Printed in Germany
ISBN 3-8289-7674-3

2008 2007 2006 2005
Die letzte Jahreszahl gibt die aktuelle Lizenzausgabe an.

Inhalt

Ein unzertrennliches Paar 7
von Janice Bennett

*

Katzenkinderstube 93
von Shannon Donnelly

*

Lord Wintergreen und das Biest 191
von Mona Gedney

Ein unzertrennliches Paar

Janice Bennett

1. Kapitel

Miss Ariadne Whitcombe schob die Hände tiefer in ihren bestickten Wollmuff und stapfte weiter den Waldweg hinunter. Das Gewicht des Korbes, den sie über einem Arm trug, empfand sie eher als beruhigend denn als störend. Ein halbes Dutzend Eier, ein kleiner runder Käse, ein Laib duftendes, frisch gebackenes Brot und eine fest verschlossene Kanne Milch vom nächstgelegenen Bauernhof; heute Abend würden sie nicht hungrig zu Bett gehen. Morgen würde sie sich über die Einkaufsmöglichkeiten in dieser für sie neuen Gegend informieren. Wenn sie nur wüsste, wie lange sie bleiben würden ...

Einzelne braune Haarsträhnen peitschten im kräftigen Oktoberwind ihr von der Kälte gerötetes Gesicht. Es war eigentlich ein viel zu schöner Nachmittag, um im Haus zu bleiben, aber jetzt musste sie sich wirklich beeilen, um ihrer Mutter und Schwester beim Auspacken zu helfen. Auch wenn es nicht allzu viel zu tun gab, nachdem sie den Großteil ihrer Habe eingelagert hatten. Sie hatte die Notwendigkeit, Lebensmittel zu besorgen, als Vorwand für einen Spaziergang an der frischen Luft benutzt. Nachdem sie mehrere Stunden zu viert in Tante Amabels Reisekutsche eingezwängt gewesen waren und sie sich auf der ganzen Fahrt immer neue Spiele hatte einfallen lassen, um ihre jüngere Schwester Diana zu beschäftigen, genoss sie das Alleinsein.

Ein Rotkehlchen zwitscherte im Geäst einer Eiche, ein Weidenlaubsänger antwortete ihm und aus einem Strauch am Wegrand flog ein Moorhuhn auf, wild mit den Flügeln schlagend. Drei weitere folgten. Ariadne seufzte. Sie wünschte sich, ebenfalls davonfliegen zu können, um dem zu entkommen, was sie erwartete ...

Resolut verdrängte sie den Gedanken und schritt mit neuer Entschlossenheit voran. Sie waren schließlich aus einem bestimmten Grund hergekommen. Und durch Davonlaufen erlangte man keine Sicherheit und Geborgenheit, wie sehr man sich das auch wünschen mochte.

»Ari? Ari, kannst du mich hören?« Dianas verzweifelter Ruf hallte durch den klaren Nachmittag und erschreckte ein Eichhörnchen, das sich höher auf seinen Baum flüchtete.

»Ich bin hier!« Ari rannte los, verlangsamte das Tempo jedoch rasch wieder, als die Milch in der Kanne gefährlich hin und her schwappte.

Kurz darauf hörte sie rasche Schritte und ein Krachen im Unterholz. Diana tauchte zwischen den Bäumen auf und sprang über den Graben auf den Weg. Sie war groß und schlank, und ihre langen dunklen Locken schauten unter der Haube hervor, deren apfelgrüne Bänder lose herabhingen. Atemlos und lachend blieb sie vor Ari stehen. »Hast du alles bekommen?«, fragte sie und fuhr fort, ohne die Antwort abzuwarten. »Mama braucht dich. Sie weiß nicht mehr, wohin sie ihr Riechfläschchen gepackt hat. Sie hat mich geschickt, um nach dir zu suchen.« Seite an Seite gingen die Schwestern weiter.

»Es ist in ihrem Handarbeitskörbchen. Ich kann mich noch genau erinnern, dass sie es hineingestellt hat. Sie sagte noch, das wäre der einzige Ort, an dem es nicht verloren gehen könne.«

Diana zog die Nase kraus. »Ich kann mich nicht erinnern,

dass sie dort nachgeschaut hätte. Stattdessen musste die arme Rawlins ihre Truhen auspacken.«

»Die arme Rawlins, da sagst du was. Ich wünschte, wir hätten einen der Lakaien für die schwereren Arbeiten behalten können.« Ari beschleunigte ihre Schritte, aber Diana passte sich ihr mühelos an. Diana mochte zwar vier Jahre jünger sein als Ari, war aber gut zwei Zentimeter größer.

Minuten später kam das elegante georgianische Haus in Sicht. Es war erst sechzig Jahre zuvor als Residenz für die herrische und strenge verwitwete Vicomtesse St. Clare errichtet worden, als diese genug davon gehabt hatte, mit ihrer ebenso willensstarken neuen Schwiegertochter unter einem Dach zu leben. Die Witwe hatte sich seinerzeit beklagt, dass das Haus »nur« über sechs Schlafzimmer verfüge. Und gewissermaßen zum Ausgleich für diese »Enge« hatte sie den Chefgärtner ihres Sohnes zusammen mit zwei Gehilfen und einem Pferdepfleger zwangsverpflichtet, Gärten anzulegen, die ihrer und ihres neuen Wohnsitzes würdig waren. In vier Jahren intensiver Arbeit war ein gepflegter Garten entstanden, nicht sehr groß, aber wunderschön, mit einer unglaublichen Fülle von Blumen in ordentlichen Rabatten, mit Ziersträuchern und gewundenen Wegen. In der entlegensten Ecke dieses Traumgartens stand ein Stallgebäude, das drei Kutschen, sechs Pferden und zwei Stallburschen der Vicomtesse reichlich Platz bot. Als die Mädchen die Abkürzung durch den Rosengarten einschlugen, in dem die allerletzten Blüten des Jahres langsam verwelkten, musste Ari sich eingestehen, dass sie, Diana und Mama sich – zumindest vorübergehend – nicht beklagen konnten.

Sie stiegen die schmalen Backsteinstufen der Terrasse hinauf und hörten, wie ihre Mutter Rawlins mit müder Stimme bat, ihr eine Feder zu bringen. »Ist es so schlimm, dass du Federn verbrennen musst, Mama?«, fragte Ari, als sie durch die Terrassentür das sonnendurchflutete Wohnzimmer betraten. »Du weißt doch, dass Federn dich immer zum Niesen bringen.«

Sie übergab Rawlins den Korb mit den Einkäufen. Die nicht mehr ganz junge Frau war früher einmal ihre Haushälterin gewesen und befand sich nun in der unangenehmen Lage, als einzige Angestellte übrig geblieben zu sein. Flecken auf ihrem Kleid zeugten davon, wie hart sie an diesem Tag hatte schuften müssen. Ari schenkte ihr ein dankbares Lächeln. Rawlins nickte, übergab Diana die Feder, die sie eben aufgetan hatte, und wandte sich dann wieder dem zu, womit sie beschäftigt gewesen war, bevor Mrs. Whitcombe über Kopfschmerzen geklagt hatte. Ari ging zu ihrer Mutter hinüber, die sich auf dem Sofa ausgestreckt hatte, ein mit Lavendelwasser getränktes Taschentuch auf der Stirn und ein zweites in der Hand.

Mrs. Whitcombe setzte sich auf und blickte erleichtert zu ihrer älteren Tochter. »Da bist du ja endlich, Liebes. Wir waren aufgeschmissen ohne dich! Um ehrlich zu sein, ohne dich ... Aber genug davon. Du wirst morgen oder übermorgen deinen Bräutigam kennen lernen, je nachdem, wie er sich von seinen Pflichten freimachen kann. Ich kann es kaum erwarten, ihn zu sehen. Ich bin gespannt, inwieweit er der Beschreibung meiner Schwester tatsächlich entspricht, auch wenn wir vermutlich dankbar sein müssen, dass sie überhaupt jemanden aufgetan hat, der bereit ist, dich zu heiraten. In Anbetracht der prekären Lage, in der wir uns befinden. Nicht dass du etwas dafür könntest, dass dein Vater so unklug war, die Verwaltung seines Vermögens diesem verfluchten Vetter zu überlassen. Wenn er schlau gewesen wäre, hätte er immerhin einen Fonds für uns eingerichtet, um uns abzusichern. Wenn ich doch nur eine Saison mit dir in London hätte verbringen können, aber dafür hat das Geld nie gereicht, so eine Einführung in die Gesellschaft ist nämlich eine schrecklich aufwendige Angelegenheit.«

Ari kramte in dem Handarbeitskorb ihrer Mutter herum, den sie auf dem Beistelltisch neben dem Sofa entdeckt hatte, und förderte gleich darauf das fein gearbeitete, silberne Riechfläschchen hervor. Mrs. Whitcombe nahm es entgegen, öffnete es jedoch nicht. Diana zündete die Feder, die sie bis jetzt zwischen den Fingern gedreht hatte, am Kaminfeuer an und schwenkte sie dann unter der Nase ihrer Mutter.

Mrs. Whitcombe schob sie gereizt beiseite und ergriff dann Aris Hand. »Ariadne, Liebes, wir – die arme Diana und ich – verlassen uns auf dich. Meine liebe Schwester war so freundlich ... hat sich solche Mühe gemacht ... Ich weiß ehrlich gesagt nicht, was aus uns hätte werden sollen, wenn sie sich nicht so für uns eingesetzt hätte.« Sie musterte ihre Älteste mit einem Unbehagen, das aus langjähriger Erfahrung entstanden war. »Du darfst – kannst – dir jetzt keine deiner Anwandlungen leisten. Ich bin überzeugt davon, dass du Mr. Billingsworth mögen wirst, Schatz. Sein Charakter muss untadelig sein, immerhin ist er Geistlicher, und man kann ihm keinen Vorwurf daraus machen, dass er es nicht über das Amt eines einfachen Pfarrers hinausgebracht hat, immerhin liegt seine Ordination noch nicht lange zurück. Natürlich ist es schade, dass er weder vermögend ist, noch Beziehungen besitzt, um seine Karriere voranzutreiben.«

»Er hat doch Onkel Geoffrey.« Diana ließ sich auf das andere Ende des Sofas fallen. Die Feder hielt sie noch immer in der Hand.

»Nimm das grässliche Ding weg.« Mrs. Whitcombe wedelte mit ihrem Taschentuch, als der beißende Rauch in ihre Richtung wehte. »Ich weiß gar nicht, was in dich gefahren ist, sie anzuzünden.«

»Du hast danach verlangt, Mama«, entgegnete Ari geduldig.

Mrs. Whitcombe warf ihrer älteren Tochter einen gequälten Blick zu und wandte sich dann wieder Diana zu. »Dein Onkel Geoffrey, Gott segne ihn, hat sich nur durch das unermüdliche Wirken meiner Schwester bereit erklärt, ihm eine Pfründe zu übertragen, damit er ein entsprechendes Auskommen hat.«

»Nicht zu vergessen dein eigenes unermüdliches Wirken, Mutter«, entgegnete Ari trocken.

Mrs. Whitcombe strich die Röcke ihres Reisekleides glatt. »Du weißt sehr gut, dass deine Heirat unsere einzige Chance ist auf ein Dach über dem Kopf. Du kannst wirklich dankbar sein, dass deine Tante einen so netten, jungen Gentleman gefunden hat, der bereit ist, uns alle bei sich aufzunehmen.«

»Nur wegen der Pfründe, vergiss das nicht.« Es kostete Ari einige Mühe, sich zu beherrschen. Ihrer Mutter schossen Tränen in die Augen, und ihre Unterlippe zitterte. Ari sank neben dem Sofa auf die Knie. »Nicht, liebste Mama. Ich verspreche, ihm keinen Grund zu geben, von einer Heirat abzusehen. Ich werde mich bei unserem Treffen von meiner besten Seite zeigen.«

Diana gab ein unterdrücktes Schnauben von sich, und Mrs. Whitcombe betrachtete Ari unbehaglich. »Dein lieber Vater hat immer gesagt, du hättest eine Marotte. Keine sehr väterliche Bemerkung, sicher…«

»Aber zutreffend, fürchte ich. Du bist nach der langen Fahrt nervlich angeschlagen. Bleib einfach hier liegen, bis Rawlins dein Zimmer fertig hat. Ich koche dir einen Tee und bringe dir die letzten Kekse aus unserem Reiseproviant. Du wirst dich gleich besser fühlen.« Sie beugte sich hinunter, drückte ihrer Mutter einen Kuss auf die Locken, gab Diana ein Zeichen, ihr zu folgen, und verließ das Zimmer. Als sie die Tür schloss, stellte sie zufrieden fest, dass ihre Mutter sich zurücklehnte und den Schal fester um die Schultern zog.

Ari ging in die Küche, kochte den versprochenen Tee und brachte dann ihre Mutter hinauf auf das Zimmer, das die erschöpfte Rawlins inzwischen hergerichtet hatte. Als auch das erledigt war, machte sie sich daran, unter den übrigen Schlafzimmern eines für sich selbst auszusuchen. Sie hörte, wie Diana in einer Kammer ganz in der Nähe bereits ihre Sachen auspackte. Ari warf einen Blick in jedes der übrigen Zimmer und wählte dann eines mit Blick auf den Garten und den Stall. Sie blieb ein paar Minuten am Fenster stehen und bewunderte die sorgsam gestutzten Sträucher und die grauen Steinmauern, bevor sie auf den Flur hinausging, um die Truhe zu holen, die Diana und sie so mühsam die Treppe heraufgeschleppt hatten.

Als sie eben ihre letzten Kleider in den geräumigen Schrank hängte, ertönte draußen lautes, tiefes Gebell. Neugierig ging sie ans Fenster und sah einen großen, braunweiß gefleckten Jagdhund über das Kopfsteinpflaster rennen. Ein kleines, grauweißes Etwas hetzte ihm voraus auf das Doppeltor des Pferdestalles zu und quetschte sich nur wenige Zentimeter vor seinem kläffenden Verfolger durch einen Spalt unten in einem der Torflügel. Der große Hund kam schlitternd zum Stehen, stieß das Tor mit dem Kopf auf und zwängte sich durch den Spalt.

Ohne nachzudenken, stürzte Ari die Treppe hinunter. Sie war ganz sicher, dass der Hund hinter einem kleinen Kätzchen her war, und das Tierchen hatte nicht den Hauch einer Chance gegen das Ungetüm. Der kürzeste Weg führte durch die Küche. Dort schnappte sie sich einen Besen, der am sauber gewischten Tisch lehnte, und stürmte durch die Hintertür, die mit einem lauten Knall hinter ihr zufiel.

Als sie durch den Küchengarten rannte, hörte das Gebell abrupt auf. Sie packte den Besenstiel fest mit beiden Händen, immerhin hatte sie es mit einem sehr großen und gefährlich aussehenden Hund zu tun. Dann dachte sie an das hilflose Kätzchen, nahm ihren ganzen Mut zusammen und stieß den Torflügel auf.

Sonnenlicht strömte durch die Toröffnung herein, reichte jedoch nicht bis in die schattigen Winkel. Alles, was sie am anderen Ende der Stallgasse erkennen konnte, war eine riesige, dunkle Silhouette, die oben auf einem Haufen helleren Strohs lag. Ihre Hände schlossen sich noch fester um den Besenstiel, und sie ging entschlossen weiter. Als der Hund sie näher kommen hörte, wandte er ihr den Kopf zu, die Ohren gespitzt und die Zähne, wie es schien, drohend gebleckt. Nein, das Maul war zwar offen, aber zwischen den Zähnen hielt er das Kätzchen. Mit einem entsetzten Aufschrei stürzte sie Besen schwingend auf ihn zu.

»Was um alles in der Welt soll das?«, fragte eine tiefe Stimme hinter ihr.

Ari hatte keine Zeit für irgendwelche Erklärungen und ließ den Besen auf die Hundeschnauze herabsausen. Sie verfehlte ihr Ziel jedoch, da der Hund blitzschnell zurückzuckte. Sie holte noch einmal aus, aber ehe sie zuschlagen konnte, griff jemand über ihre Schulter, packte den Stiel und wand ihr den Besen aus den Händen. Wütend wirbelte sie herum und funkelte ihr Gegenüber an. Der Mann war groß und dunkelhaarig, mit feurigen, braunen Augen, markanten Zügen und einer kantigen Kieferpartie.

»Was zum Teufel fällt Ihnen ein, auf meinen Hund loszugehen?«

»Er hat ein Kätzchen im Maul!« Sie versuchte, ihm den Besen wieder abzunehmen, aber er hielt ihn mühelos mit einer Hand fest.

Er zog die buschigen Brauen hoch. »Hannibal? Aus, Junge. Aus.« Er sprach leise und in einem freundlichen Ton, der jedoch keinen Zweifel daran ließ, dass es sich um einen Befehl handelte.

Der Hund winselte, senkte den schweren Kopf und öffnete das Maul. Ein feuchtes, grauweißes Knäuel fiel ins Stroh. Auf winzigen, wackeligen Beinchen stand es da, schüttelte sich kräftig und rieb sich dann an Hannibals Unterkiefer. Ari kam sich auf einmal ziemlich dumm vor. Langsam wandte sie sich dem Mann zu, der hinter ihr stand.

»Ich habe so den Eindruck, Ihr Kätzchen möchte gar nicht gerettet werden«, bemerkte er belustigt.

Sein sorgloser Tonfall machte sie nach der Angst, die sie gerade erst ausgestanden hatte, noch zorniger, und aus ihren Augen schossen Blitze.

»Und Sie wollten den Hund durch Schläge mit dem Besen tatsächlich dazu bringen, seine ›Beute‹ freizugeben?« Wieder dieser aufreizend belustigte Ton.

Ari versteifte sich. »Ich wollte nicht zusehen, wie das arme Ding in Stücke gerissen wird.«

»Es wäre wohl eher ertrunken.« Er nickte in Richtung seines Hundes, der das Kätzchen zärtlich ableckte.

Auf dem Gesicht des Hundes lag ein verklärter Ausdruck. Mit einer riesigen Pfote warf er das Kätzchen auf die Seite. Ari wollte hinübergehen, aber der Gentleman legte ihr eine Hand auf die Schulter und hielt sie zurück. Hannibal fuhr fort, dem Kätzchen, das sich die Behandlung ohne Gegenwehr gefallen ließ, den Bauch zu lecken.

»Er ist zu groß«, protestierte sie. »Er könnte das arme kleine Ding zerquetschen, ohne es zu wollen.«

»Er ist ein sanfter Riese«, informierte sie der Fremde.

»Sanft? Sie hätten einmal sehen sollen, wie er das Kätzchen gejagt hat. Sie sollten ihn besser unter Kontrolle halten.« Sie bückte sich und hob das nasse Fellbündel auf. Das Tierchen musterte sie vorwurfsvoll.

Der Mann richtete den belustigten Blick jetzt auf ihr Gesicht. »Ich wusste gar nicht, dass zu Ihrem Haushalt auch eine Katze gehört. Von einem Haustier war nie die Rede. Sie sind doch eine von den drei Whitcombe-Damen? Bitte verzeihen Sie, dass ich mich noch nicht vorgestellt habe. Ich bin selbst eben erst gekommen.«

»Sie sind St. Clare!« Sie starrte ihn mit demselben Entsetzen an wie vorhin seinen Hund. Furcht durchzuckte sie, ihren Gastgeber womöglich verärgert zu haben. Möglicherweise bereute er bereits, ihnen allen das Haus seiner verstorbenen Mutter überlassen zu haben. Sie wusste nur sehr wenig über ihn, nur dass ihre Tante Amabel den Cousin ihres Mannes als ein wenig exzentrisch bezeichnete und dass dieser sich erst kürzlich verlobt hatte.

Er verneigte sich leicht. »Gestatten Sie mir, Sie auf *The Grange* willkommen zu heißen. Ich hoffe, Sie hatten eine angenehme Reise.«

»Ja«, brachte Ari mühsam hervor. »Das Kätzchen gehört uns übrigens nicht. Ich habe es das erste Mal gesehen, als Ihr Hund es in den Stall gejagt hat.« Sie war sich ihres defensiven Tonfalls bewusst, und sie straffte die Schultern, wobei sie das zappelnde Kätzchen fester an die Brust drückte.

Der Hund stellte sich auf seine riesigen Pfoten und drückte sich an ihr Bein. Dann setzte er sich, immer noch an sie gelehnt, bog den Kopf zurück und blickte sehnsüchtig auf die kleine Katze.

»Hannibal«, sagte Vicomte St. Clare leise und schnippte mit den Fingern. Der Hund stand auf und ging zu ihm hinüber, ohne das Kätzchen auch nur eine Sekunde aus den Augen zu lassen. »Sie sind also Amabel Sommersbys Nichte«, stellte er fest und musterte sie abschätzig. »Sie sehen Ihrer Tante nicht sehr ähnlich.«

»Das stimmt. Sie ist sehr schön. Wie freundlich von Ihnen, mich darauf hinzuweisen, dass ich keine Ähnlichkeit mit ihr habe.« Sein voller Mund verzog sich zu einem breiten Grinsen, und ihr Herz tat unerwartet einen Sprung.

Himmel, was für ein attraktiver Mann. Seine Verlobte konnte sich wirklich glücklich schätzen.

Hannibal stellte sich auf die Hinterbeine und reckte die Schnauze nach dem Kätzchen, das sie immer noch auf dem Arm hielt. »Aus!«, befahl sie und trat einen Schritt zurück.

»Er wird ihm nichts tun«, versicherte ihr St. Clare.

»Das kann man nie wissen.«

Sie hielt das Kätzchen außer Reichweite der Hundeschnauze. »Er muss es ja nicht böse meinen, aber seine Vorstellung von Zärtlichkeit könnte für ein so winziges Wesen tödlich enden.«

St. Clare schien sich köstlich über sie zu amüsieren. »Dem Kätzchen passiert schon nichts.«

Ari funkelte ihn böse an, empört darüber, dass er ihre Ängste so lapidar abtat. »Das Kätzchen gehört Ihnen nicht?«, fragte sie eisig.

»Nein.«

»Dann werde ich es in Sicherheit bringen.« Hierauf nickte sie ihm kurz zu und verließ hocherhobenen Hauptes den Stall.

2. Kapitel

Auf halbem Weg zum Haus kam es Ari in den Sinn, dass ihre Mutter möglicherweise von dem Familienzuwachs nicht sonderlich begeistert sein würde. Im Gemüsegarten vor der Küche blieb sie zögernd stehen und drückte das schnurrende Kätzchen an sich. Nein, egal, was die anderen sagten, sie würde dafür sorgen, dass das arme kleine Ding in Sicherheit war. Und wenn der Pfarrer, den ihre Tante zu ihrem Bräutigam auserkoren hatte, ein Katzenhasser war? Sie schauderte bei dem Gedanken. Sie musste ihn heiraten, ganz egal, was er für ein Mensch war. Aber wie sollte sie in einem Haus ohne Katzen leben? Oder mit einem Mann, der kein Herz hatte für kleine wehrlose Kreaturen wie diese?

Langsam ging sie weiter und streichelte dabei abwesend die kleinen Ohren. Sie war nicht in der Position, von ihrem künftigen Ehemann Perfektion zu verlangen. Sie musste die Zukunft ihrer Familie sichern, und das auf die einzige Art und Weise, die ihr offen stand: durch die von der einzigen Schwester ihrer Mutter arrangierte Heirat. Es war so lieb von Tante Amabel gewesen, sich so viel Mühe zu machen und den mittellosen Pfarrer für sie aufzutun.

Offenbar war seine eigene Lage nicht minder verzweifelt als die ihre. Sie konnte nur hoffen, dass seine Armut die schlimmste seiner Eigenschaften war. Was seinen Charakter betraf ... Nun, immerhin war er ein Mann Gottes, er musste also wenigstens ein Mindestmaß an Intelligenz und gutem Willen mitbringen. Sie würde abwarten müssen, bis sie sich kennen lernten, um zu sehen, ob er dazu auch umgänglich war, nett und humorvoll.

Humor. Sie musste wieder an St. Clare denken und wand sich dabei innerlich. Ob ihr Pfarrer auch so markante Züge und funkelnde, lachende Augen hatte? Sie bezweifelte es. Es war schwer vorstellbar, dass die Natur gleich zwei Menschen in so verschwenderischem Maß mit diesen Eigenschaften gesegnet haben sollte. Andererseits hatte er vielleicht eine vernünftigere Einstellung zu winzigen Kätzchen und riesigen Hunden. Sie hoffte es inständig. Und es wäre wirklich schön, wenn er zudem noch ein Lächeln besäße, bei dem ihr ganz warm ums Herz wurde ...

Sie schob ihre kindischen, romantischen Gedanken beiseite; sie war Realistin, und es war sinnlos, solchen Gedanken nachzuhängen. Morgen würde sie den Pfarrer kennen lernen, und sie war entschlossen, ihn sympathisch zu finden. Wenn sie an ihm auch nur eine einzige Eigenschaft entdeckte, die sie bewundern konnte, würde sie sich damit zufrieden geben – und wäre zudem sehr erleichtert.

Wieder sah sie Vicomte St. Clares lachende Augen vor sich. Mit einem ärgerlichen Ausruf machte sie sich auf die Suche nach einer Beschäftigung, die sie von diesem Gentleman ablenkte.

Zum Glück wartete noch ein Berg von Arbeit auf sie, sodass sie kaum Zeit hatte, weiter über ihren Bräutigam nachzudenken – oder über die anziehenden Eigenschaften des Vicomte. Bis sie spät am Abend unter die Bettdecke schlüpfte. Das Kätzchen, das Diana »Sappho« getauft hatte, war problemlos in die Familie aufgenommen worden, nachdem ihre Mutter nur schwach protestiert hatte. Ari hatte einen

Korb für Sappho neben ihr Bett gestellt, aber sie hatte sich kaum die Bettdecke bis zum Kinn gezogen, als sie das Geräusch von kleinen Krallen hörte, die sich in den Bettbezug gruben. Die Bettdecke wurde seitlich leicht heruntergezogen, und kurz darauf stolzierte das kleine Kätzchen über die Decke, um es sich neben ihr gemütlich zu machen.

Ari drehte sich auf die Seite und streichelte das schnurrende Knäuel, während sie die Ereignisse des Tages Revue passieren ließ. Aber sie wurde von Müdigkeit übermannt und schlief ein. Irgendwann wurde sie von klagendem Maunzen und sanften Schlägen auf die Nase geweckt. Ari blinzelte und sah Sonnenlicht durch einen Spalt in den Vorhängen auf das große Bett fallen. Sie streckte sich, entfernte Sapphos Krallen aus den Rüschen an ihrem Handgelenk und setzte die kleine Katze auf den Fußboden, wo sie sich prompt auf ihre Pantoffeln stürzte. Bis zum Frühstück war Ari mit Anziehen und Bettenmachen beschäftigt.

Als sie auf den Flur hinaustrat, kam Diana, noch ganz verschlafen, eben aus ihrem Zimmer nebenan. Ihre Schwester streckte sich gähnend. »Ich habe in meinem ganzen Leben noch nie so geschuftet!«, verkündete das Mädchen. »Morgen, Süße«, fügte sie hinzu und nahm Sappho an sich, was die Katze sich auch gerne gefallen ließ. Nach einer Weile blickte Diana mit ernstem Gesicht auf. »Glaubst du, dass er heute kommen wird?« Sie brauchte nicht zu erläutern, wen sie meinte. Was die Damen Whitcombe betraf, gab es derzeit keinen anderen Gentleman als Reverend Mr. Billingsworth.

Ari kraulte die Katze hinter dem Ohr. »Wahrscheinlich weiß er noch gar nicht, dass wir eingetroffen sind. Und da wir ihm schlecht eine Nachricht schicken können, werden wir warten müssen, bis irgendjemand unser Eintreffen ihm gegenüber erwähnt.«

Diana musterte sie unsicher. »Du wirst ihn ganz toll finden, Ari. Du musst einfach.«

»Ja«, stimmte Ari ihr zu. »Ich muss.«

Schweigend gingen sie nach unten. In der Diele zögerten sie unschlüssig, aber aus dem Ostteil des Hauses drangen verlockende Düfte. Sie folgten ihnen bis in ein sonniges Frühstückszimmer, das mit Spitzenvorhängen an den Fenstern und schweren dunklen Möbeln ausgestattet war. Ihre Mutter saß bereits am Tisch, auf dem Tafelsilber schimmerte, und machte sich gerade über eine Scheibe Schinken her.

Ari blieb stehen und starrte auf das Fleisch. »Das habe ich aber gestern nicht gekauft.«

»Nein, Liebes. Der Vicomte war so überaus freundlich, eine Küchenmagd mit einem Korb voller Vorräte vorbeizuschicken. Ich hoffe, dass er noch persönlich vorbeikommt, damit wir uns angemessen bedanken können. Es war sogar ein Krug Sahne für dein Kätzchen dabei.«

»Tatsächlich?« Ari ging zur Anrichte, um die Röte zu verbergen, die ihre Wangen überzogen hatte. »Wahrscheinlich ist das als Entschuldigung gedacht. Weil er zugelassen hat, dass sein blöder Köter die arme Sappho fast umgebracht hätte.«

»Ari ... Du wirst doch nicht eine deiner Antipathien gegen ihn entwickeln, oder?«, sagte ihre Mutter. »Und das, nachdem er so freundlich war, uns das Haus zu überlassen, nur weil sein Vetter mit meiner Schwester verheiratet ist. Wir stehen tief in seiner Schuld. Immerhin war das der einzige Weg, Mr. Billingsworth kennen zu lernen. Und es war so aufmerksam von ihm, uns diesen köstlichen Schinken zu schicken.«

»Nein, Mama, ich gedenke nicht, eine meiner Antipathien gegen ihn zu entwickeln. Er ist tatsächlich ein Gentleman, auch wenn er manchmal einen etwas seltsamen Humor hat.«

»Ach? Und das sagst ausgerechnet du?« Diana lachte höchst undamenhaft, was ihr prompt eine Rüge ihrer Mutter einbrachte.

Sie waren gerade fertig mit Frühstücken, als sie den Kies draußen vor dem Haus knirschen hörten. Diana sprang auf und lief ans Fenster. »Ein Herr«, rief sie über die Schulter.

»Ist es der Vicomte?«, fragte ihre Mutter hastig, stand auf und blickte hektisch auf die Unordnung auf dem Tisch.

Diana legte den Kopf schräg. »Er trägt einen schwarzen Mantel. Nein«, fügte sie gleich darauf hinzu. »Ich kann seinen Kragen sehen. Es ist ein Geistlicher.«

Ari wurde schlagartig flau, und Speck und Eier begannen in ihrem Magen gefährlich zu rumoren.

»O mein Schatz.« Mrs. Whitcombe warf Ari einen hilflosen Blick zu. »Es ist keine Zeit mehr zum Umziehen. Bring nur schnell dein Haar in Ordnung!« Aris Proteste ignorierend, strich sie ihr über das Haar und brachte die eben noch ordentlichen Locken durcheinander.

»Er reitet hinter das Haus!«, rief Diana.

Ari schob ihre Mutter sanft beiseite. »Er wird sein Pferd in den Stall bringen. Wie ... wie sieht er denn aus?«

»Steile Schulter, trockene Beine. Ein Brauner«, entgegnete Diana mit einem schelmischen Lächeln, das deutlich zeigte, dass sie die Frage ihrer Schwester nicht wirklich missverstanden hatte.

»Biest«, lachte Ari mit aufgesetzter Fröhlichkeit. »Sieht Mr. Billingsworth aus wie ein Gentleman?«

Diana überlegte einen Augenblick. »Ich denke schon«, sagte sie schließlich. »Und er sieht genauso verschreckt aus wie du.«

»Setz ihr keine Flausen in den Kopf. Ariadne, Liebes, du siehst sehr hübsch aus. Lasst uns in den Salon hinübergehen. Nein, geh rauf und hol deine Stickarbeit. Nicht dass er denkt, du wärst faul. Lauf, Mädchen. Beeile dich.«

Ari wurde durch die Tür geschoben. Angetrieben von der drängelnden Stimme ihrer Mutter, eilte sie die Treppe hinauf, schnappte sich ihr Handarbeitskörbchen und war zurück, ehe die aufgeregte Mama völlig die Fassung verloren hatte. Diana drückte ihre Schwester auf einen Stuhl am offenen Fenster, setzte sich zu ihr, sprang aber gleich wieder auf und wählte einen anderen Platz, um den Stuhl am Fenster ihrem Gast zu überlassen.

Ari nahm die Arbeit heraus, die in dem Nähkörbchen zuoberst lag, stellte fest, dass es sich um ein Damenunterhemdchen handelte, und stopfte es eilig zurück in den Korb. Der einzelne Volant an ihrem Musselin-Morgenmantel erschien ihr doch unverfänglicher. Sie hatte eben den ersten Stich getan, als angeklopft wurde.

»Klingt entschlossen«, meinte Diana, offenbar bestrebt, möglichst viel Positives an ihrem Besucher zu finden. »Sehr direkt.«

Ari antwortete nicht. Ihr war ganz übel vor Aufregung.

Minuten verstrichen, dann erschien Rawlins vertraute, plumpe Gestalt in der Tür. »Reverend Mr. Billingsworth, Madam«, sagte sie in ihrem üblichen nüchternen Tonfall.

Ein junger Mann, der nicht älter sein konnte als Mitte zwanzig, trat ein. Er trug eine schwarze Soutane und hielt den Hut krampfhaft in einer Hand. Er war durchschnittlich groß, gut proportioniert und nett anzusehen. Nicht wirklich gut aussehend, stellte Ari fest, aber auch keineswegs hässlich. Das widerspenstige, sandfarbene, lockige Haar stand stellenweise vom Kopf ab, was ihm ein lausbubenhaftes Aussehen verlieh.

Er warf einen raschen Blick in die Runde und konzentrierte sich dann auf Aris Mutter. Zögernd kam er einen Schritt näher. »Mrs. Whitcombe? Ich bin Thaddeus Billingsworth. Verzeihen Sie, dass ich so bald nach Ihrer Ankunft schon vorstellig werde, aber ... ich wollte zu den Ersten gehören, die Sie in der Nachbarschaft willkommen heißen.«

Mrs. Whitcombes warmes Lächeln wirkte absolut aufrichtig. Sie erhob sich würdevoll und ging mit ausgestreckter Hand auf ihn zu. Er ergriff die dargebotene Hand und hob sie nach kurzem Zögern an die Lippen, ehe er sie wieder losließ. Mrs. Whitcombe strahlte. »Verehrtester. Wie freundlich und zuvorkommend von Ihnen, vorbeizuschauen. Wir fühlen uns hier noch ein wenig desorientiert und haben keine Ahnung, wohin wir uns wenden sollen. Zum Einkaufen«, fügte sie hinzu, als er sie verständnislos anstarrte und ein geradezu panischer Ausdruck in seine Augen trat.

»Einkaufen, ja, natürlich. Geschäfte.« Er entspannte sich wieder. »Sicher. Sie brauchen sicher einiges.« Sein Blick glitt erst zu Diana und von ihr zu Ariadne. Er schluckte und wandte sich wieder ihrer Mutter zu. »Ich hoffe, Sie hatten eine angenehme Reise.«

»Ehrlich gesagt, waren wir ein wenig nervös ...« Sie brach

ab, als sie Aris zornigem Blick begegnete. »Aber alles in allem ist die Fahrt recht gut verlaufen, da meine Schwester uns ihre Reisekutsche geschickt hat. Ihr Bursche hat sich um alles Weitere gekümmert. Aber stehen wir nicht so herum. Möchten Sie nicht Platz nehmen?«

Mr. Billingsworth schaute sich hektisch um, aber der einzige freie Stuhl war der, den Diana neben Ari freigelassen hatte. Mit einem unsicheren Lächeln in ihre Richtung setzte er sich.

Mrs. Whitcombes Lächeln wurde noch strahlender. »Gestatten Sie mir, Sie mit meinen Töchtern bekannt zu machen. Miss Ariadne Whitcombe und Miss Diana Whitcombe.«

Mr. Billingsworth sprang auf und beugte sich tief über Aris Hand. Als er sich Diana zuwandte, überzog tiefe Röte sein Gesicht. Er nahm wieder Platz und richtete den Blick wieder auf die Mutter der beiden jungen Frauen. »Ich hoffe, es gefällt Ihnen hier. Soweit ich weiß, wird auch der Vicomte erwartet ...«

»Er war gestern Abend schon hier, kurz nachdem wir eingetroffen waren.« Sie schaute auf, als die Tür geöffnet wurde und Rawlins mit einem schweren Tablett hereinwankte. Sofort sprang der Pfarrer auf, nahm ihr die Last ab und stellte das Tablett auf den Tisch. »Wie freundlich.« Sie warf Ari einen vielsagenden Blick zu. »Liebes, würdest du Mr. Billingsworth ein Glas Wein einschenken?«

Die Erfrischungen lieferten ein harmloses Gesprächsthema, und Ari gelang es sogar, ihren Gast nach seinen Wünschen und Vorlieben zu fragen, ohne ins Stottern zu geraten. Als das Tablett keinen weiteren Gesprächsstoff mehr hergab, verfiel sie in Schweigen. Der Reverend kam ihr zur Hilfe, indem er das schöne Wetter pries sowie ihr Glück, dass ein angekündigtes Unwetter offenbar ausgeblieben war. Ihre zaghaften Fragen zu örtlichen Sehenswürdigkeiten zauberten das erste aufrichtige Lächeln auf seine Lippen, und den Rest seines halbstündigen Anstandsbesuchs plätscherte die Unterhaltung locker dahin. Zum Schluss bedankte er sich für den freundlichen Empfang und brach auf zu seinen diversen Verpflichtungen. Mrs. Whitcombe forderte Ari auf, ihn zur Tür zu begleiten. Dort beschränkte er sich jedoch darauf, ihr nochmals seinen Dank auszusprechen, bevor er in Richtung Stall davonging, sodass diese Gelegenheit ungenutzt verstrich.

Sobald Ari in den Salon zurückkehrte, fiel Diana ihr um den Hals. »Was bin ich froh!«, rief die jüngere der beiden Schwestern erleichtert aus. »O Ari, er ist nett. Und er hat wirklich gute Manieren.«

»Ich war gleich beeindruckt von seiner natürlichen Güte«, verkündete Mrs. Whitcombe. »Er hat auf mich einen sehr aufrichtigen Eindruck gemacht, und ich fand das, was er gesagt hat, vernünftig und klug. O Ariadne, Schatz, ich bin ja so glücklich. Er scheint mir ein ganz vortrefflicher junger Gentleman zu sein.«

»Da muss ich dir Recht geben«, stimmte Ari ihr ausdruckslos zu.

Mrs. Whitcombe starrte sie entgeistert an. »Aber Liebes, du musst ihn doch gemocht haben. Es gab nichts an ihm, das kritikwürdig gewesen wäre.«

»Nein, das ist richtig.« Sie zwang sich zu einem unsicheren kleinen Lächeln. »Nur muss jemand, der so viele positive Eigenschaften hat, enttäuscht sein von meiner eigenen Unzulänglichkeit.«

Die Furcht, nicht gut genug zu sein für einen so ernsthaften, patenten, jungen Geistlichen quälte sie, zumal er von so sanftem und freundlichem Naturell zu sein schien. Sie selbst war lebhaft und aufbrausend und besaß sogar einige Eigenarten, die ihm bei seiner Lebensgefährtin wahrscheinlich unpassend erscheinen mochten. Andererseits war er, obgleich er ebenso zu dieser Ehe »gezwungen« war wie sie selbst, offensichtlich entschlossen, das Beste daraus zu machen. Alles in allem konnte sie sich wirklich glücklich schätzen.

Auch wenn sie noch nicht wusste, wie er zu Katzen stand.

Die Lobgesänge ihrer Mutter und Schwester sowie das schier endlose Geplapper der beiden über die Hochzeit und das Leben danach waren Ari bald unerträglich, aber die zwei schienen sie in ihrer geteilten Begeisterung auch gar nicht zu brauchen. Unbemerkt schlüpfte Ari aus dem Raum, holte ihren Mantel aus ihrem Zimmer und ging dann in die Küche. Sappho hatte sich gerade in Rawlins Schürze festgekrallt, was die Haushälterin sehr zu missbilligen schien. Ari nahm das Kätzchen an sich und brach auf zu einem langen Spaziergang.

Einige Zeit war die Katze ganz zufrieden damit, in ihre Armbeuge gekuschelt um sich zu schauen oder mit dem Wollschal zu spielen, den Ari sich um den Kopf gewickelt hatte. Schließlich aber entwischte sie ihr, jagte umher und spielte mit allem, was sich bewegte. Ari ging weiter und behielt dabei das Kätzchen im Auge, das übermütig umhertollte, aber immer wieder zu ihr zurückkehrte.

Als sie umkehrte, realisierte sie zu ihrer eigenen Überraschung, dass sie sich nicht besser fühlte als am Vortag. Dabei hatte sie doch allen Grund, erleichtert zu sein, immerhin hätte Mr. Billingsworth sich als Widerling von abstoßendem Äußeren entpuppen können. Stattdessen konnte sie ihm höchstens seinen zu großen Ernst vorwerfen und dass er offensichtlich ihre eigene Schwäche für Situationskomik nicht teilte.

Und was mochte er von ihr denken? Bedauerte er die Umstände, die ihn zwangen, um ihre Hand anzuhalten? War auch er erleichtert, dass sie nicht so übel war, wie er befürchtet haben mochte? Der Gedanke ließ sie ironisch lächeln. Sie war nicht die Einzige, die aus einer familiärer Notwendigkeit heraus zu dieser Heirat gedrängt wurde. Auch er musste eine Mutter unterstützen und einen jüngeren Bruder, der noch in Cambridge studierte. Nein, ein einfacher Pfarrer konnte unmöglich einem viel versprechenden jungen Gentleman ein Studium an dieser Eliteuniversität finanzieren. Dazu brauchte er eine Pfründe, die ihm nicht nur ein Dach über dem Kopf sicherte, sondern auch ein ordentliches Auskommen.

Ein Krachen im Unterholz holte sie in die Gegenwart zurück. Sekunden später brach Hannibal durch das Gestrüpp am Wegrand und stürzte auf Sappho zu. Die Katze flüchtete sich in die Sicherheit von Aris Röcken, den Hund dicht auf den Fersen. Hannibal war zu schnell, um noch bremsen zu können, und riss ihr die Beine unter dem Körper weg. Ari fiel zu Boden und fühlte, wie nadelspitze Krallen sich an ihr hochhangelten. Dann folgte eine Wolke übel riechenden warmen Atems, bevor ihr eine nasse Zunge durch das Gesicht fuhr. Hannibal war offensichtlich entzückt davon, sie auf seiner Höhe vorzufinden.

Ari stützte sich auf einen Ellbogen und versuchte vergeblich, mit der freien Hand die stürmische Begrüßung des Hundes abzuwehren. Von irgendwo in der Nähe ertönte ein Pfiff, aber sie war zu sehr damit beschäftigt, ihre Röcke vor den schlammigen Pfoten zu schützen, um dem große Aufmerksamkeit zu schenken. Äste knackten, es folgte ein Augenblick der Stille, dann rief eine Stimme, in der eindeutig unterdrücktes Gelächter mitschwang: »Hannibal! Lass das, Junge! Komm her.«

Der Hund stürmte hechelnd zu seinem Herrn, und der Vicomte kraulte ihn hinter den Ohren. Ari blickte grimmig zu dem Mann auf, der für ihren Geschmack zu wenig Bedauern und Schuldbewusstsein zeigte angesichts ihrer immerhin von seinem Tier verursachten misslichen Lage.

Er trat zu ihr und reichte ihr die Hand. »Erlauben Sie?«

Ari sammelte sich und nahm die ihr gebotene Hilfe an. Immerhin war das doch die würdevollste Art, wieder auf die Füße zu kommen. Der Vicomte packte zu, und sie spürte seine Kraft, als er ihr ohne die geringste Anstrengung auf die Beine half. Alles in allem eine überraschend angenehme Erfahrung. Sie fühlte, wie ihre Wangen glühten. Um ihre Verwirrung zu überspielen, knurrte sie: »Dieser Hund ist eine Gefahr für die Allgemeinheit.«

Hannibal, der ihre Worte offenbar als Kompliment auffasste, machte bellend einen Satz auf sie zu. Erneut verlor sie das Gleichgewicht und prallte gegen den Vicomte. Sie fühlte stahlharte Muskeln unter den Handflächen, als sie sich an seiner Brust abstützte. Er stützte sie, indem er ihr einen Arm um die Taille legte, und sie starrte wie gebannt auf sein glatt rasiertes kantiges Kinn. Er verströmte einen dezenten, anziehenden Duft, der sie an den Geruch dunklen Rums aus Westindien erinnerte.

Seine Nähe machte sie ganz nervös. Sie rückte von ihm ab. »Können Sie dieses grässliche Tier nicht unter Kontrolle halten? Er ist gefährlich, in seiner ungestümen Art.«

Hannibal widmete sich derweil dem Kätzchen, das er mit einer Pfote auf dem Boden festhielt und ableckte, was die kleine Sappho schnurrend geschehen ließ.

Ari betrachtete das pelzige Paar ärgerlich. »Sieht aus, als wollte sie mich Lügen strafen«, stellte sie schließlich fest. St. Clare lachte, und sie richtete ihren zornigen Blick auf ihn. »Sie haben gut lachen. Aber was ist beim nächsten Mal? Ihr Ungetüm könnte das Kätzchen wirklich schwer verletzen. Sogar einen ausgewachsenen Löwen, um genau zu sein.«

»Wenn Sie den Zwerg im Haus behalten würden, könnte ihm auch nichts geschehen.«

Ari lag eine scharfe Erwiderung auf der Zunge. Aber der Gedanke, dass er immerhin ihr Gastgeber war, veranlasste sie, ihren Ärger lieber herunterzuschlucken. Eisig wünschte sie ihm einen guten Morgen, nahm Sappho auf den Arm und stolzierte davon. Der Klang seines tiefen, verführerischen Gelächters folgte ihr.

3. Kapitel

Ari ließ den Korb in ihrer Hand vor- und zurückschwingen und atmete tief die kalte Herbstluft ein. Diana an ihrer Seite seufzte zufrieden. Der Weg war eben und gepflegt, gesäumt von Gräben, die jeweils in eine breite, grasbewachsene Böschung übergingen, die eine mit Weißdorn bewachsen, die andere mit alten Birken und einzelnen Eichen. Ari fühlte sich so frei wie schon lange nicht mehr, vielleicht freier, als sie sich je wieder fühlen würde.

Entschlossen verdrängte sie den Gedanken an ihre bevorstehende Heirat und die würdevolle Ernsthaftigkeit, die man von ihr als Ehefrau eines Geistlichen sicherlich erwarten würde. Noch war sie nicht verheiratet, und sie gedachte, diesen Zustand zu genießen, solange sie noch konnte. Sie warf einen Blick auf Diana, die die Baumkronen nach dem Tier absuchte, das das leise kratzende Geräusch verursachte.

»Siehst du den Baumstumpf dort?«, fragte Ari. »An der Wegbiegung? Wer zuerst da ist, hat gewonnen.«

Diana rannte los, und Ari setzte ihr nach. Obwohl Diana die längeren Beine hatte, holte Ari sie auf halber Strecke ein, schnappte den Schal, den ihre Schwester lose um den Hals trug, und setzte seitwärts über den Graben, um abzukürzen. Diana machte sich lachend an ihre Verfolgung. Ari kehrte zurück auf den Weg und rannte vor lauter Freude an der Bewegung noch an dem Baumstumpf vorbei. Sie drehte sich zu ihrer Schwester um und tanzte um die Wegbiegung, wobei sie den Schal über dem Kopf schwenkte wie ein Banner. Diana folgte ihr und blieb dann abrupt mit betroffener Miene stehen. Ari, die an eine List glaubte, tanzte, wenn auch langsamer, weiter rückwärts.

»Ari ...« Diana schnitt eine Grimasse und bedeutete ihrer Schwester, sich umzudrehen.

Ari hielt inne, und ihre unbeschwerte Freude an dem wunderschönen Morgen verflog. Langsam ließ sie die Hand mit dem Schal sinken und warf einen Blick über die Schulter.

Zehn Meter entfernt stand Reverend Billingsworth und musterte sie missbilligend.

Angriff ist die beste Verteidigung, dachte sich Ari. »Guten Morgen, Mr. Billingsworth«, rief sie. »Ist das nicht ein wunderbarer Tag?«

»Wahrlich, das ist es, Miss Whitcombe.« Er lächelte noch immer nicht. »Guten Morgen, Miss Diana.«

Diana trat an Aris Seite und nahm ihrer Schwester den Schal aus der Hand. »Guten Morgen, Sir«, antwortete sie zurückhaltend und mit besorgter Miene.

»Sind Sie unterwegs ins Dorf?«, fragte er mit einem strengen Unterton, den sie am Vortag nicht wahrgenommen hatten.

Das liegt vermutlich daran, dass ich mich gestern anständig benommen habe, sagte sich Ari. Sie durfte nicht vergessen, dass der arme Mann förmlich genötigt wurde, sie zu heiraten. Er wusste nicht viel von ihr, wohl aber über die Rolle, die sie würde ausfüllen müssen. Errötend senkte sie den Blick in dem Bewusstsein, ihn enttäuscht zu haben.

»Wir wollten Gemüse kaufen«, sagte Diana fröhlich in die lastende Stille hinein.

»Dann erlauben Sie mir, Sie zu begleiten. Ich weiß, wo Sie

da am besten hingehen.« Mr. Billingsworth bot Ari seinen Arm.

Sie hakte sich bei ihm unter, hielt den Blick jedoch gesenkt, um eine angemessene Zurückhaltung an den Tag zu legen. Wenn sie schon heiraten mussten, wollte sie wenigstens versuchen, ihm eine gute Frau zu sein, auch wenn ein klarer Herbstmorgen wie dieser Gelächter und Herumtollen förmlich herausforderte. Aber natürlich durfte ein Geistlicher sich und seine Würde niemals so weit vergessen, an solch albernen Spielereien teilzuhaben. Ari unterdrückte ihr Bedauern; sie war sich ihrer Pflicht bewusst und würde sich ihr nicht entziehen.

»Betreuen Sie eine große Gemeinde?«, fragte sie und registrierte befriedigt, dass etwas Leben in seine Züge kam, als er ihr von den aktuellen Problemen seiner Schäfchen berichtete. Sie kam zu dem Schluss, dass er trotz allem ein guter Mensch war; sie hatten am Vortag ganz richtig gelegen mit ihrer Einschätzung seines Wesens. Eine Spur zu ernst für ihren Geschmack, aber er bekleidete ja auch ein verantwortungsvolles Amt. Er hätte nicht geeigneter sein können für die von ihm gewählte Rolle.

Und sie selbst? Sie war denkbar ungeeignet für die ihr zugedachte Aufgabe.

Glaubte er das etwa auch? Sie warf ihm einen kurzen Seitenblick zu. Er musste ja so denken. Nun, sie würde sich einfach mehr Mühe geben, sich seiner würdig zu erweisen. Wenn sie ehrliches Interesse für die Belange seiner Kirchengemeinde aufbrachte und sich ganz darauf konzentrierte, sich die meiste Zeit tadellos zu benehmen, würde er ihr ihre ausgelassenen Momente möglicherweise verzeihen.

Mr. Billingsworth brachte sie zu einem kleinen Cottage am Dorfrand. Die Witwe, die dort lebte, hatte anstelle des typischen Rosengartens ordentliche Gemüsebeete angelegt. »Sie wird froh sein, ihr mageres Einkommen ein wenig aufbessern zu können«, versicherte der Pfarrer den Schwestern, als sie sich der Tür näherten.

Nachdem sie ihre Einkäufe getätigt hatten, bat Mr. Billingsworth um Entschuldigung, dass er sie nicht heimbegleiten könne und erklärte, er habe zu tun. Ari dankte ihm für seine Hilfe, und die beiden Mädchen machten sich auf den Heimweg.

»Er ist ein echter Gentleman«, meinte Diana nach ein paar Minuten.

»Stimmt.« Ari versuchte, sich ihren mangelnden Enthusiasmus nicht anmerken zu lassen. »Das ist er tatsächlich.«

»Man muss ihn einfach respektieren für seine Freundlichkeit«, fuhr Diana in einem Tonfall fort, als müsse sie sich selbst überzeugen.

Ari legte ihrer Schwester einen Arm um die Taille und drückte sie kurz. »Ich habe wirklich Glück«, sagte sie. »Mehr, als ich verdient habe. Und wenn er erst genug verdient und das Wohl seiner eigenen Familie gesichert ist, wird er vielleicht auch öfter lächeln.«

Plötzlich ertönte Hufgetrappel hinter ihnen, das rasch näher kam. Sie gingen zur Seite, und eine elegante zweirädrige Kutsche mit zwei edlen Füchsen im Gespann, gelenkt von einem Gentleman mittleren Alters in einem Kutschermantel mit mehreren Capes und einem Zylinder auf dem Kopf, rollte an ihnen vorbei. Neben dem Kutscher saß ein recht hübsches Mädchen mit sanftem Gesichtsausdruck. Sie hielt den

Kopf gesenkt, warf Ari und Diana aber einen interessierten Blick zu, als die Kutsche zügig an ihnen vorbeizog.

»Das nennt man Stil«, seufzte Diana. »Ich schätze, wir können von Glück sagen, wenn wir uns eines Tages einen Gig leisten können.«

Aris Mundwinkel zuckten. »Du meinst, wir werden dankbar sein, wenn wir Mr. Billingsworths Gig benutzen können. Ist das da nicht die Lücke in der Hecke zum Rosengarten?«, fügte sie hinzu und eilte voran, um nachzusehen.

Sie zwängten sich durch das Loch, durchquerten den Garten und gingen zum Haus. Ari übergab Rawlins den Korb, und die Haushälterin begutachtete das Gemüse. Mit einem zufriedenen Nicken stellte sie den Korb in die Vorratskammer.

Ari bückte sich, um Sappho hochzunehmen, die maunzend den Kopf an ihrem Knöchel rieb. Mit dem Kätzchen auf dem Arm folgte sie Diana in den Salon, wo ihre Mutter stirnrunzelnd über eine Haube gebeugt saß, die sie mit Stickereien verschönern wollte.

Als die Mädchen eintraten, blickte Mrs. Whitcombe lächelnd auf. »Ihr habt etwas verpasst, meine Lieben. St. Clare hat Besuch! Ich kann es zwar nicht mit Sicherheit sagen, aber eigentlich kann es niemand anders sein als seine Verlobte mit ihrem Herrn Papa.«

»Dann haben wir sie gesehen!«, rief Diana. »Ein Mädchen mit dunklen Locken in einem wunderschönen, mit Pelz verbrämten Mantel und Muff? Sie haben uns auf der Dorfstraße überholt.«

Ari ließ sich auf einen Stuhl sinken, nahm sich ein übrig gebliebenes Stück Schmuckband und hielt es dem Kätzchen vor die Nase. Sappho schlug mit der Pfote danach und kauerte sich hin, um das Band zu belauern. Das war also St. Clares Verlobte gewesen. Ein nettes Mädchen, und so damenhaft. Ari konnte sich nicht vorstellen, dass sie in der Öffentlichkeit übermütig herumtollte. Sie hatte einen so sittsamen Eindruck gemacht. Die perfekte Vicomtesse.

Aber warum war sie dann verstimmt? Sie hatte immer gewusst, dass St. Clare verlobt war. Deswegen Bedauern zu empfinden, war dumm. Immerhin war sie selbst verlobt – oder würde es doch sein, sobald der ihr zugedachte Bräutigam den Mut aufbrachte, um ihre Hand anzuhalten. Und es bestand kein Zweifel daran, dass er das tun würde. Immerhin stand er doch ebenso unter Zwang wie sie selbst. Somit brauchte es sie nicht zu kümmern, was St. Clare tat und wen er heiratete.

Trotzdem zog sie es vor, sich an diesem Tag Aufgaben zu widmen, die sie im Haus beschäftigt hielten, um eine Zufallsbegegnung zu vermeiden.

Erst als sie das anhaltende Miauen des Kätzchens nicht länger ignorieren konnte, legte sie die verhasste Flickarbeit beiseite und ging mit dem Tierchen in die Küche, um es mit Fleischresten und etwas Milch zu füttern. Rawlins war gerade dabei, das Gemüse zu putzen. Auf der Anrichte lag ein kapitaler Lachs, gleich daneben stand eine Schüssel voller Kartoffeln.

Rawlins blickte auf, und strich sich mit dem Handrücken die Strähnen aus dem Gesicht, die unter ihrer Morgenhaube hervorschauten. »Bringt heute jemand Milch, Miss Ari?«, fragte sie. »Ich hoffe, derjenige lässt nicht mehr allzu lange auf sich warten, ich wollte nämlich bald die Soße aufsetzen.«

»Milch«, wiederholte Ari. »Du lieber Himmel, die habe ich völlig vergessen. Ich kümmere mich sofort darum«, fügte sie hastig hinzu, als sie das entsetzte Gesicht der Haushälterin sah. Sie fand für Sappho einen kleinen Käserest, über den die Katze sich hungrig hermachte, schnappte sich die Milchkanne und ging hinaus.

»Versuchen Sie es drüben im Herrenhaus, Miss«, rief Rawlins ihr nach. »Die Köchin dort hat gesagt, wir könnten von ihr alles haben, was wir brauchen.«

Ari zögerte. Es widerstrebte ihr, zum Haupthaus zu gehen, weil sie Gefahr lief, dort St. Clare und seinem Besuch über den Weg zu laufen. Andererseits würde es fast eine Stunde länger dauern, zum Bauernhof zu laufen. Schließlich sagte sie sich, dass St. Clare oder seine Gäste sich kaum in der Nähe der Küche blicken lassen würden. Also durchquerte sie den Garten und folgte dem Waldweg zum Haupthaus.

Sie hatte Recht gehabt. Der Vicomte war nicht in der Küche. Er war auf dem Hof vor dem Stall, und das war fast genauso schlimm, weil sie dort vorbeimusste. Sie wollte kehrtmachen und durch den Gemüsegarten zur Küche auf der rückwärtigen Seite des Hauses gehen, aber es war bereits zu spät. St. Clare hatte sie entdeckte und winkte ihr, sodass ihr nichts anderes übrig blieb, als zu ihm und seinem Besuch hinüberzugehen.

Hannibal, der an einer offenen Box herumgeschnüffelt hatte, spitzte die Ohren, als er ihre Schritte hörte, und sprang über das Kopfsteinpflaster auf sie zu, um sie zu begrüßen. Sie hielt die Kanne über den Kopf und fing die Wucht der freudigen Begrüßung mit den Knien und der freien Hand ab. Trotzdem taumelte sie ein paar Schritte zurück.

»Hannibal!«, rief St. Clare, und der Riesenhund setzte sich gehorsam. Mit heraushängender Zunge blickte er mit einem Ausdruck reinster Glückseligkeit zu ihr auf.

»Ja, ich freue mich auch, dich zu sehen«, sagte sie und hielt sich das Ungetüm weiterhin mit der Hand vom Leib, damit er ihr Kleid nicht noch mehr voll sabberte. »Braver Junge.«

»Hannibal!«, rief St. Clare noch einmal und schnippte mit den Fingern. Daraufhin erhob sich der Hund, trottete zu seinem Herrn und lehnte sich an dessen Bein. »Miss Whitcombe«, sagte St. Clare ein wenig steif. »Gestatten Sie mir, Sie mit Sir William Allingham und seiner Tochter bekannt zu machen.«

Der Gentleman lüftete den Hut und enthüllte eine Glatze mit ergrauendem, braunem Haarkranz. Er verzog keine Miene, und Ari erwiderte seine knappe Verneigung mit einem leichten Knicks, ehe sie sich der Tochter zuwandte. Sie war wirklich hübsch, mit einem lieben Gesicht und sanften grünen Augen, die eine Wärme ausstrahlten, die ihrem Vater völlig fehlte.

Miss Allingham legte eine zurückhaltende Freude an den Tag, sie kennen zu lernen. Ihre großen Augen schauten Ari hoffnungsvoll an. »Wie schön, endlich jemanden in meinem Alter in der Nachbarschaft zu haben«, sagte sie mit einem scheuen Lächeln. »Ich ... ich bin ganz sicher, dass wir uns schnell anfreunden werden. Das wäre mir eine große Freude.«

Ari war überrascht. Solch aufrichtiger Herzenswärme begegnete man nicht oft. Die feine Gesellschaft war so falsch und verlogen, dass alle ständig mit einem starren Lächeln auf den Lippen verschleierte Beleidigungen austauschten. Dieses Mädchen jedoch war ganz ohne diese falsche Freundlichkeit. »Das hoffe ich sehr«, entgegnete Ari und meinte es durchaus ernst. Man konnte gar nicht anders, als Miss Allingham zu mögen. Das Einzige, das man an ihr hätte vorwerfen können, war die Tatsache, dass sie mit St. Clare verlobt war.

Obwohl sie die Wahl des Vicomte durchaus verstehen konnte. Miss Allingham wäre eine perfekte Vicomtesse, mit tadellosen Manieren und stets damenhaft. Sie würde eine gute Hausherrin sein, und das Personal würde sie ganz sicher lieben.

Trotzdem hoffte Ari, dass St. Clare bei ihrer nächsten Begegnung mit Miss Allingham nicht zugegen war. Seine Gegenwart machte sie nervös, und das auf eine völlig unangebrachte Art und Weise, da sie immerhin beide anderweitig vergeben waren. »Ich möchte Sie nicht länger aufhalten«, sagte sie abrupt. »Unsere Haushälterin wartet verzweifelt auf die Milch.«

»Lassen Sie sich von meiner Köchin alles geben, was Sie brauchen«, sagte St. Clare zuvorkommend.

Ari bedankte sich artig und machte dabei den Fehler, ihm ins Gesicht zu sehen. Hastig senkte sie den Blick. Der Mann konnte einen zur Weißglut bringen. Erst ließ er zu, dass sein lächerliches Kalb von einem Hund die arme Sappho fast verschluckte, und dann tat er so, als wäre nichts gewesen. Das allein müsste eigentlich schon genügen, ihn unsympathisch zu machen. Stattdessen raste ihr Puls, und sie hatte Schmetterlinge im Bauch, jedes Mal, wenn sie ihn sah.

Hör endlich auf mit der albernen Träumerei!, schalt sie sich. Er war verlobt. Und sie würde es auch bald sein, da der bedauernswerte Mr. Billingsworth es sich schlicht nicht erlauben konnte, sich von ihren vielen Fehlern abschrecken zu lassen.

Als Ari den Heimweg antrat, hatte sie nicht nur eine volle Kanne Milch bei sich, sondern dazu einen Korb voller Eier und Äpfel, die sich wunderbar zum Backen eigneten, wie ihr St. Clares Haushälterin, Mrs. Flint, versichert hatte. Zu Aris Erleichterung waren St. Clare und seine Gäste nicht mehr auf dem Hof. Vermutlich hatte er sie vorhin gerade verabschiedet. Sie zwang sich, an etwas anderes zu denken. Ja, sie würde Mrs. Rawlins etwas Zucker abschwatzen und einen Apfelkuchen backen.

Am nächsten Morgen betrat Mrs. Whitcombe den Frühstücksraum, als ihre beiden Töchter ihre Mahlzeit fast beendet hatten. Sie hielt ein Tablett voller Brötchen in den Händen und strahlte wie jemand, der Neuigkeiten zu verkünden hatte. Sie stellte das Tablett mit dem duftenden Brot auf der Anrichte ab. »Ich weiß alles über sie«, verkündete sie eifrig. »Mrs. Flint von drüben hat uns Speck vorbeigebracht, und ich war ganz aus dem Häuschen, als ich erfuhr, warum sie sich die Mühe gemacht hatte, anstatt ein Dienstmädchen zu schicken. Sie wollte mit mir plaudern, über diese Miss Allingdham. St. Clare hat sie offenbar schon gekannt, als sie noch in den Windeln lag. Sie muss schon immer ein liebreizendes, sanftes Kind gewesen sein. Die drei – St. Clare, sein Bruder, der im vergangenen Frühling in Waterloo gefallen ist, und Miss Allingham – waren als Kinder Spielgefährten. Mrs. Flint meint, dass der Tod seines Bruders St. Clare bewogen hat, endlich zu heiraten und seine alte Freundin auszuwählen. Romantisch, findet ihr nicht?«

Diana blickte skeptisch drein. »Liebreizend und sanft? Nach allem, was du erzählt hast, Ari, scheint mir St. Clare eher der lebhafte Typ zu sein.«

»Das ist er auch«, bestätigte sie. »Vielleicht zieht er genau deshalb eine Frau vor, die weniger temperamentvoll ist. Als Gegenpol. Und sie ist wirklich reizend. Ich bin ihr gestern kurz begegnet. Er wird gar nicht anders können, als sie zu lieben.« Ihr kam in den Sinn, dass sie gut daran täte, das Benehmen der zukünftigen Vicomtesse zu beobachten und ihr nachzueifern. Sie war sicher, dass Mr. Billingsworth einen solchen Wandel an ihr mit Erleichterung aufnehmen würde.

Erst als sie schon eine ganze Weile über der verhassten, aber notwendigen Flickarbeit saß, wurde ihr bewusst, dass Sappho nicht auf ihrem Garn herumkaute oder ihr Handarbeitskörbchen leer räumte. Verwundert machte sie sich auf die Suche nach dem kleinen Kätzchen. Am wahrscheinlichsten erschien ihr die Küche, aber dort war sie nicht. Sie fragte Rawlins, die gerade Geschirr wegräumte.

»Die ist vor einer guten Stunde nach draußen entwischt, Miss Ari«, teilte die Haushälterin ihr mit. »Hatte nur Blödsinn im Kopf, die Kleine. Inzwischen dürfte sie sich aber ausgetobt haben.«

Ari fand, dass es Zeit war, das Kätzchen wieder ins Haus zu holen, ob es ihm nun gefiel oder nicht, und so machte sie sich auf die Suche.

Sappho war auch nicht auf dem Rasen, um in der späten Vormittagssonne zu dösen. Sie konnte natürlich überall stecken, Eichhörnchen jagen oder sich an Vögel heranpirschen. Aber Ari vermutete sie am ehesten im Stall, wo es immer die eine oder andere Maus zu jagen gab, auch wenn das Kätzchen noch viel zu unerfahren war, um einen der Nager zu erwischen. Als Ari den Stall betrat, hörte sie ein verräterisches Rascheln.

»Sappho?«, rief sie. »Wo steckst du?« Sie steuerte die leere Box an, aus der das Rascheln kam. Die Box war dick mit duftendem frischen Stroh eingestreut. Die kleine Katze tollte zwischen den goldgelben Halmen herum, wobei sie immer wieder tief im Stroh versank und sich mit akrobatisch anmutenden Sätzen auf vermeintliche Beute stürzte. Ari lehnte sich belustigt an die halbhohe Boxentür und schaute ihr zu.

Das Kratzen von Krallen auf dem Kopfsteinpflaster draußen vor dem Stall war ihre einzige Warnung. Dann stürmte der tollpatschige Hannibal auch schon durch das Tor und an ihr vorbei in die Box. Mit einem Aufschrei setzte Ari ihm nach und versuchte, ihn am Nackenfell und von Sappho fern zu halten. Der Hund riss sie von den Füßen und leckte ihr liebevoll anschließend quer über das Gesicht. Fauchend kauerte sich Sappho hin und schlug nach den riesigen Pfoten, die sie zu zerquetschen drohten. Ari streckte sich nach dem Kätzchen und bekam es gerade zu fassen, als Hannibal sich schwerfällig auf den Rücken fallen ließ und strampelnd im Stroh wälzte.

»Wissen Sie«, hörte sie St. Clares tiefe Stimme von irgendwo hinter ihr sagen. »Sie sehen aus wie jemand, der aus einer Irrenanstalt entflohen ist. Nein, bitte nicht, lassen Sie das Stroh im Haar, sonst machen Sie den ganzen Effekt zunichte.«

Empörung wallte in ihr auf. So gut wie eben möglich, zupfte sie sich die Strohhalme aus dem Haar und funkelte ihn zornig an. »Können Sie dieses Ungeheuer nicht unter Kontrolle halten? Mir ist noch nie jemand begegnet, der so ungeeignet wäre als Hundeführer. Kein normaler Mensch lässt zu, dass sein Hund ständig Leute anfällt und hilflose kleine Kreaturen erschreckt.«

Verärgert registrierte sie, dass er schon wieder grinste und seine Augen vor unverhohlener Belustigung blitzten. »Und mir Szenen wie diese entgehen lassen?«

»Wenn Sie ein echter Gentleman wären, würden Sie mich vor diesem Ungeheuer retten.« Er hatte nicht das Recht, ihren Puls derart hochzutreiben, schon gar nicht, sie auszulachen. Aber er tat es trotzdem, und das machte sie furchtbar wütend.

»Nein, die Rettung von in Not geratenen edlen Fräulein ist eindeutig Aufgabe fahrender Ritter. Ein Gentleman ...« Er trat vor und reichte ihr die Hand. »... schaut großzügig weg, wenn eine junge Dame sich der Lächerlichkeit preisgibt.«

Sie erstarrte vor Zorn, musste aber dann wider Willen lachen. »Sie sind unmöglich, Sir, und alles andere als ein Gentleman.« Sie erlaubte ihm, ihr aufzuhelfen, drückte ihm das zappelnde Kätzchen in die Hand und überließ es ihm, Hannibal in Schach zu halten, während sie ihre Frisur in Ordnung brachte. Es dauerte jedoch nicht lange, und Sappho entwischte und tauchte erneut im Stroh unter. Hannibal setzte ihr fröhlich bellend nach.

»Machen Sie endlich, dass Sie wegkommen!«, rief Ari verzweifelt. »Und nehmen Sie Ihr Monster mit, sonst bekomme ich die arme Sappho nie zu fassen. Sie wird sich nicht aus ihrem Versteck trauen, solange Sie und Ihre Karikatur von einem Hund in der Nähe sind.«

»Unsinn. Hannibal!« Er rief den Hund mit einem Fingerschnippen zurück.

Ari beobachtete mit einer Mischung aus Ärger und Erleichterung, dass der Hund sofort aufhörte, im Stroh zu wühlen, und zu seinem Herrn trabte.

»Du bist eine ebensolche Nervensäge wie dein Herr«, teilte Ari dem hechelnden Hund mit.

»Wollen Sie sich jetzt wieder im Stroh wälzen?«, fragte St. Clare mit immer noch lachenden Augen. »Sie werden ihr Kleid vollends ruinieren.«

Sie sah, dass der Volant am Saum ihres Rockes gerissen war. »Das ist nur Ihre Schuld!«, schimpfte sie. »Dabei hasse ich nichts so sehr wie Näharbeit. Verschwinden Sie endlich. Sie und Hannibal haben genug Schaden angerichtet.«

Ein Geräusch an der Tür hielt sie von weiteren Vorhaltungen ab. Sie drehte sich um, und als sie über St. Clares Schulter hinweg zur Tür sah, sank ihr das Herz. Mr. Billingsworth stand auf der Schwelle und starrte sie an.

4. Kapitel

Ari schluckte und starrte den Pfarrer hilflos an. Dass er sie so sah ... Dabei war sie früher an diesem Morgen noch so entschlossen gewesen, in ihrem Benehmen Miss Allingham nachzueifern. Und jetzt, schon bei ihrem ersten Wiedersehen, ertappte er sie erneut bei einem unmöglichen Auftritt. Sie legte eine Hand auf die ebenfalls abgerissenen Rüschen am Ärmel, um den Schaden zu verbergen, aber sie wusste, dass es zu spät war. Ihr war nur zu bewusst, dass sie sich seiner erneut als unwürdig erwiesen hatte. Sie konnte ihm wahrlich keinen Vorwurf machen, wenn er sich trotz allem dem Pakt widersetzte, den ihre Tante arrangiert hatte.

Und Ari wäre selbst schuld, wenn sie, ihre Mutter und ihre Schwester mittellos auf der Straße landeten.

Es folgte ein unangenehmer Augenblick lastender Stille. Schließlich sagte Ari gepresst. »Guten Morgen, Mr. Billingsworth. Ich ...« Aber ihr fiel einfach nichts ein, was sie hätte sagen können.

Mr. Billingsworth führte seinen Braunen in den Stall. »Ich wollte nur mein Pferd unterstellen, bevor ich Ihrer Mutter meine Aufwartung mache«, sagte er freundlich. »Wie ich sehe, gibt es hier ein Problem. Kann ich Ihnen vielleicht irgendwie behilflich sein?«

Was für ein liebenswerter, taktvoller Mann, sagte sich Ari und kam sich dabei nur noch unzulänglicher vor. Ihm stand ins Gesicht geschrieben, dass sie ihn wieder einmal enttäuscht hatte. Diese Missbilligung. Und sie konnte es ihm nicht verdenken. Warum konnte sie nicht die vernünftige, gesittete Frau sein, die er brauchte? Warum konnte Tante Amabels Mann ihm nicht eine Pfründe zusichern, ohne dass er sie dafür heiraten musste?

Aber Ari wusste, dass dies für Tante Amabel der einzige Weg war, für ihre Familie zu sorgen. Nicht nur der arme Pfarrer, sondern auch ihre Mutter, ihre Schwester und ihre Tante wären enttäuscht von ihr, wenn sie wüssten, wie undamenhaft sie sich wieder einmal benommen hatte.

»Sie werden ihr von größerem Nutzen sein als ich«, sagte St. Clare in die unbehagliche Stille hinein. »Miss Whitcombe, ich bitte für Hannibals unmögliches Benehmen um Verzeihung.« Der Hund grinste sie ohne jede Spur von Schuldbewusstsein an. »Ich werde ihn jetzt wegschaffen, dann können Sie Ihr Kätzchen in Sicherheit bringen, ohne weitere Zwischenfälle fürchten zu müssen.« Er deutete eine Verbeugung an, packte Hannibal beim Nackenfell und führte ihn hinaus.

Mr. Billingsworth blickte ihm nach und wandte sich dann wieder Ari zu. »Ist das Kätzchen verletzt?«, fragte er besorgt.

»Nein, nein«, entgegnete Ari hastig. »Sie ist wieselflink. Der Hund ist nur so riesig ...« Die kleine Sappho lugte unter einem Strohhaufen hervor.

»Aha«, sagte Mr. Billingsworth, und der Anflug eines Lächelns umspielte seine Lippen. »Wenn ich nicht sehr irre, ist das der Ausreißer.«

Ari nahm das Fellknäuel auf den Arm. Erst dann wurde ihr bewusst, dass der Geistliche darauf wartete, sein Pferd in die Box führen zu können. Sie schlüpfte hinaus, und er band den Braunen mit einem Halsriemen an, bevor er ihn absattelte. Da ihr Kleid ohnehin ruiniert war, machte Ari sich daran, dem Tier mit einer Hand voll Stroh den feuchten Rücken trocken zu reiben.

»Sie sind sehr gut zu Tieren«, bemerkte der Pfarrer in einem Tonfall, als wäre er fest entschlossen, etwas Gutes an ihr zu entdecken, und sei endlich auf etwas gestoßen.

Ari hielt es nicht länger aus. Sie wandte sich ihm zu, in der einen Hand das Stroh und in der anderen das strampelnde Kätzchen. »Ich bitte aufrichtig um Entschuldigung, aber ich fürchte, wir müssen ein offenes Wort miteinander reden. Wir sind uns beide unserer schwierigen Lage bewusst. Bitte, Sie müssen sich nicht genötigt fühlen, um meine Hand anzuhalten, wenn Sie mich für ungeeignet halten.« Sie senkte den Kopf, um dem eindringlichen Blick des Pfarrers auszuweichen. »Ich ... ich fürchte, ich bin einfach nicht geschaffen für die Rolle der Ehefrau eines Vikars. Sie brauchen keine Rücksicht auf meine Situation zu nehmen. Als Mann Gottes sind Sie vor allem Ihrer Gemeinde verpflichtet.« Sie hörte, wie er tief Luft holte, und wappnete sich innerlich für das, was nun folgen musste.

Aber er sprach nicht gleich. Er schwieg lange, ehe er scheinbar einen Entschluss fasste. »Ich bin mir Ihrer Lage durchaus bewusst, und ich verstehe sehr gut, warum sie eine Ehe mit einem Mann in Betracht ziehen, der Ihnen furchtbar langweilig erscheinen muss.«

Ari errötete. »So ist es nicht.«

Er hob abwehrend eine Hand, ein trauriges Lächeln auf den Lippen. »Hat Ihre Tante Ihnen meine eigene Situation erläutert?«

Ari nickte. »Ein Bruder in Cambridge und eine Mutter,

die Sie versorgen müssen. Sie stecken in der Zwickmühle, wie sehr es Ihnen auch widerstreben mag. Ich schätze, Sie haben schon alle Alternativen durchdacht.« Es war eine Feststellung und keine Frage.

Sein Lächeln wirkte jetzt etwas weniger gezwungen. »Ich fürchte, ich besitze weder Beziehungen, noch besteht Aussicht auf ein Erbe. Pfründe sind selten.«

»Aber wenn Sie mich für absolut ungeeignet halten, kann meine Tante Sie nicht zwingen. Ich könnte ihr schreiben und ihr alles erklären. Bestimmt würde sie Ihnen keine Schuld geben. Sie können ja nichts für mein überschäumendes Temperament.«

Sie schaute ihn jetzt an, und er betrachtete aufmerksam ihr Gesicht. »Ihre Sorge um meine Gemeinde, die Sie über das eigene Wohl stellen, verrät ein gutes Herz. Aber noch brauchen wir keine unwiderruflichen Entscheidungen zu treffen. Ich halte es ehrlich gesagt für das Beste für uns beide, wenn wir uns noch Zeit lassen und nichts überstürzen.«

Sie schluckte. »Ich verspreche, dass ich mir große Mühe geben werde, mein Temperament zu zügeln.«

Sie schaffte es, ihr Versprechen den ganzen restlichen Tag und fast den ganzen nächsten zu halten, bis das schöne Wetter sie von ihren Haushaltspflichten fortlockte, hinaus in den Garten und den dahinter liegenden Wald, wo die Wildtiere sich langsam auf den bevorstehenden Winter vorbereiteten. Eichhörnchen flitzten von Ast zu Ast, und ihr Herz tollte mit ihnen durch die Bäume. Als sie sich schließlich viel später, als es ihre Absicht gewesen war, mit schlechtem Gewissen auf den Heimweg machte, erwartete ihre Mutter sie bereits ungeduldig mit der aufregenden Neuigkeit, dass Sir William und Lady Allingham sie für den kommenden Abend zum Dinner eingeladen hätten. Zu diesem Anlass mussten ihre besten Kleider hergerichtet werden.

St. Clare, der selbstverständlich bei jeder Einladung seiner künftigen Schwiegereltern ebenfalls geladen wurde, holte sie am darauf folgenden Abend in einer imposanten Berline ab, die früher einmal seiner Mutter gehört hatte. »Sie sind alle schon fertig«, stellte er verwundert fest, als er bereits in der Diele auf die drei aufbruchbereiten Damen stieß.

Ari verkniff sich eine patzige Erwiderung. Er wirkte völlig anders als der junge Mann, mit dem sie gescherzt, gestritten und gelacht hatte. Vor ihr stand ein nach der neuesten Mode gekleideter Gentleman, ein Mann von Welt, in elegantem Schwarz, eine Saphirnadel am schicken Plastron. Ari fühlte sich eingeschüchtert von seiner Erscheinung, auch wenn sie wieder das inzwischen vertraute Prickeln verspürte.

Sein Blick ruhte einen Moment auf ihr. War das Bewunderung, die sie in seinen Augen las? Unsinn. Vermutlich war er nur überrascht, dass der Wildfang aussehen konnte wie ein normaler Mensch. Im Übrigen musste sie zugeben, dass es ihrer Mutter tatsächlich gelungen war, sie zumindest äußerlich in eine junge Lady zu verwandeln.

In seiner gut gefederten Kutsche legten sie die kurze Wegstrecke zu Dianas Entzücken in aller Bequemlichkeit zurück und trafen pünktlich auf Allingham Park ein. Nur wenige Lampen erhellten die Fassade des Anwesens, das in etwa so groß und alt zu sein schien wie die ehemalige Residenz der Witwe St. Clare, aber in den Fenstern standen Kerzen, sodass ein heimeliger warmer Schein auf die Kieszufahrt fiel.

Der Kutscher hielt vor dem Haupteingang. St. Clare sprang herunter und half dann Mrs. Whitcombe und Diana beim Aussteigen. Als Letztes reichte er Ari die Hand und umschloss ihre Finger mit festem Griff.

Bei der Berührung jagte ihr ein wohliger Schauer über den Rücken. Sie schaute nach unten, mied jedoch seinen Blick. Sie rief sich ins Bewusstsein, dass er keinerlei Interesse an ihr habe und sie auch keines an ihm haben durfte. Sie benahm sich unglaublich kindisch. Sobald sie festen Boden unter den Füßen hatte, ließ er ihre Hand los und wandte sich Mrs. Whitcombe zu, um sie die schmalen Stufen hinauf zur Tür zu geleiten.

Oben angekommen, wurde ihnen von einem älteren korpulenten Mann in schwarzsilberner Livree geöffnet. Er strahlte den Vicomte besitzergreifend an. »Willkommen, Mylord«, sagte er und führte die Gäste in einen in Elfenbein- und Goldtönen dekorierten Salon gleich neben der Eingangshalle.

Dort wurden sie bereits von fünf Personen erwartet. Ari war überrascht, Mr. Billingsworth zu sehen, und war sich nicht schlüssig, ob seine Gegenwart sie nervös machen oder ob sie sich freuen sollte, dass er sie endlich einmal von ihrer besten Seite erlebte. Am heutigen Abend würde sie sich wohl kaum blamieren. Bei ihm saß ein älterer Geistlicher, sein Vorgesetzter, der Gemeindepfarrer, wie sie vermutete. Sie blickte auf die anderen Anwesenden und sah, dass Miss Allingham ihr ein scheues Lächeln schenkte.

Sir William erhob sich schwerfällig und kam auf sie zu, um sie zu begrüßen. Eine hagere Frau in einem braunroten Seidenkleid, vermutlich Lady Allingham, blieb auf ihrem

Stuhl am Kamin sitzen und musterte sie kühl mit aristokratischer Arroganz. Ari schätzte, dass sie die Einladung ganz sicher nicht ihr zu verdanken hatten. Sir William gab sich so steif wie bei ihrer ersten Begegnung auf *The Grange*. Wie konnten diese zwei spießigen Snobs nur eine so reizende Tochter hervorgebracht haben?

Allen Bemühungen von Mr. Billingworth und Mrs. Whitcombe zum Trotz, kam die Konversation nicht so richtig in Gang. Der Geistliche, der als Mr. Covington vorgestellt worden war, saß neben Lady Allingham, die es, abgesehen von einigen steifen höflichen Bemerkungen an Mrs. Whitcombe vorzog, die Existenz anderer Frauen schlicht zu ignorieren. Zu ihrer sichtlichen Verärgerung unterhielt Diana sich ungezwungen mit St. Clare, dem seine Tischnachbarin mehr Freude zu machen schien als die gestelzte Konversation der Gastgeberin.

»Nenn mich bitte Libby«, hatte Miss Allington Ari zugeflüstert und sie auf den Platz neben sich gezogen. »Das tut niemand mehr, seit Charlie gestorben ist. Er war St. Clares Bruder, weißt du. Du kannst dir gar nicht vorstellen, wie sehr ich mich nach einem Menschen gesehnt habe, mit dem ich frei und ungezwungen umgehen kann.«

»Also gut, Libby. Mich nennen alle Ari.«

»Wie hübsch«, bemerkte Mr. Billingsworth, als er ihr gegenüber Platz nahm.

Libby wandte sich ihm sofort zu. »Wie geht es der armen Mrs. Ottley? Ich habe sie heute nicht besuchen können, wie gern ich es auch getan hätte.«

Mr. Billingsworth' Züge wurden weicher, und er schenkte ihr ein warmes Lächeln. »Sie fühlt sich ein wenig besser und ist sehr dankbar für die Suppe, die Sie ihr vorbeigebracht haben. Mrs. Ottley«, fuhr er an Ari gewandt fort, »ist inzwischen ziemlich betagt. Letzte Woche ist sie böse gestürzt. Sie lebt auf einem kleinen Hof ein Stück außerhalb, wird ihn aber wohl demnächst aufgeben müssen.«

»O nein«, rief Libby ehrlich bestürzt aus. »Sie hat mir kürzlich erst erzählt, dass die Farm schon seit zwei Generationen im Familienbesitz ist.«

Mr. Billingsworth nickte. »Das wäre wirklich traurig, aber ihr Sohn lebt nicht mehr, und ihr Enkel ist in der Navy. Sie hat niemanden mehr, der ihr bei der Bewirtschaftung hilft, und alleine schafft sie das nicht.«

»Sie müssen die anderen Farmer dazu bringen, ihr bei der Ernte zu helfen«, erklärte Libby.

Mr. Billingsworth' Lächeln wurde noch breiter. »Was für ein gutes Herz. Das habe ich bereits veranlasst. Und ich habe die Haushälterin aus dem Pfarrhaus gebeten, etwas Kampfer und Salbei für sie einzupacken.«

»Und Thymian. Die arme Mrs. Ottley hat oft mit einem hartnäckigen Husten zu tun.«

Ari lehnte sich zurück und lauschte der Unterhaltung, die sich um die Probleme drehte, die der nahende Winter mit sich bringen würde. Mr. Billingsworth und Libby diskutierten die Zutaten einer nahrhaften Brühe und besprachen dann, welche Kräuter eine gute Hausfrau stets zur Hand haben sollte, um Erkältungen, Grippe und Frostbeulen zu behandeln. Die beiden würden ein perfektes Paar abgeben, ging es Ari durch den Kopf, als sie die angeregte Unterhaltung verfolgte. Sie stimmten in puncto Temperament und Interessen hundertprozentig überein.

Unglücklicherweise trennte sie ein unüberwindlicher Graben: Geld auf der einen, Mittellosigkeit auf der anderen Seite. Libby mochte die perfekte Pfarrersfrau abgeben, aber ihr Vater würde trotz seines Vermögens einem verarmten Pfarrer kaum eine Pfründe einrichten. Auch konnte Ari sich beim besten Willen nicht vorstellen, dass Libbys Mutter ihre Tochter einem kleinen Geistlichen zur Frau geben würde, wenn diese auch einen Vicomte haben konnte. Und Libby selbst wäre wohl auch nicht zu einem solchen Tausch bereit. Wie sollte irgendeine Frau sich nicht zu einem Gentleman von St. Clares Kaliber hingezogen fühlen?

»Ari?« Dianas lachende Stimme unterbrach ihre Gedanken. »St. Clare beharrt darauf, dass Hannibal aufs Wort pariert. Das klingt völlig anders als das, was du mir erzählt hast.«

»Ach?«, meinte St. Clare mit blitzenden Augen. »Das liegt nur daran, dass Ihre Schwester keine Ahnung hat, wie man mit Hunden umgeht, Miss Diana.«

»Ach nein?«, entgegnete Ari empört. »Halte dir bitte vor Augen, dass diese Aussage von einem Individuum stammt, das es für völlig normal hält, seinen Hund auf wehrlose kleine Kätzchen loszulassen. Du siehst also, dass seine Ansichten in dieser Sache mit Vorsicht zu genießen sind.«

»Hannibal hat das Kätzchen doch nicht verletzt, oder?«, fragte St. Clare. »Im Übrigen verstehe ich nicht, warum Sie die Katze nicht im Haus behalten, wo sie in Sicherheit wäre.«

Sie bedachte ihn mit einem herablassenden Blick, von dem sie zu ihrem Leidwesen wusste, dass er den gewünschte Zweck weit verfehlte. »Offensichtlich haben Sie nicht viel

Erfahrung mit Tieren, sonst wüssten Sie, dass man eine Katze nicht gegen ihren Willen einsperren kann. Man kann sie nicht abrichten wie einen Hund – wobei auch das manchen Leuten schon nicht gelingen will.«

St. Clares Augen blitzten vor Vergnügen. Sie genossen ihren kleinen Disput beide in vollen Zügen. Ari bewunderte seine Schlagfertigkeit und seinen Humor, und sie liebte seine fröhlichen, lachenden Augen. Ihr eigenes Lächeln erlosch jedoch, als ihr Blick wieder auf Libby und Mr. Billingsworth fiel, die immer noch in ihr ernstes Gespräch vertieft waren. Es stand ihr nicht zu, sich zum Verlobten einer anderen hingezogen zu fühlen.

Es stand ihr nicht zu ... aber Gefühlen konnte man nun einmal nicht befehlen.

5. Kapitel

Ari wachte mitten in der Nacht auf. Regen trommelte an die Fensterscheibe, und der Wind, der heulend um das Haus fuhr, rüttelte an den Schlagläden. Spitze Krallen bohrten sich in ihre Schulter, und Sappho kuschelte sich auf dem Kopfkissen an ihre Wange. Ihre Schwanzhaare kitzelten sie an der Nase. Ari drehte sich auf die Seite, wobei sie der Katze fast das ganze Kissen überließ, und schlief wieder ein.

Sie wachte erst wieder auf, als blasses Sonnenlicht durch die Vorhänge auf ihr Gesicht fiel. Sie streckte sich gähnend und tastete mit einer Hand nach dem Kätzchen. Sappho war nicht mehr da. Ari setzte sich auf und schaute sich um, aber die Katze war nicht auf dem Bett. Ebenso wenig lag sie in ihrem Körbchen. Sie stieg in ihre Pantoffeln und schaute unter dem Bett nach, aber auch dort war das Kätzchen nicht. Das war seltsam, schließlich verließ die Katze doch für gewöhnlich höchst ungern das warme Bett. Ari schaute überall nach, wo Sappho sich hätte verstecken können, bis sie sah, dass ihre Zimmertür einen Spaltbreit offen stand.

Die Tür schloss nicht mehr richtig; es war nicht das erste Mal, dass sie von allein aufgegangen war. Wahrscheinlich war Sappho in die Küche gelaufen, in der Hoffnung auf etwas Essbares. Ari schlüpfte in ihren Morgenmantel, tauschte die Pantoffeln gegen festeres Schuhwerk und machte sich auf die Suche nach ihrem kleinen Liebling.

Auf dem Weg nach unten rief sie Sapphos Namen, aber das Kätzchen kam nicht wie gewöhnlich angelaufen. Die

Verlockung frischer Sahne, sagte sich Ari und ging in die Küche. Rawlins rutschte an der Hintertür mit Bürste und einem Eimer Wasser auf Händen und Knien auf dem Fußboden herum.

Die Haushälterin blickte auf. »Die Tür stand sperrangelweit offen«, sagte sie ärgerlich. »Vielleicht könnten Sie mit dem Verwalter seiner Lordschaft sprechen, damit er das in Ordnung bringt. Es war alles nass und schmutzig.«

»Das sehe ich. Das muss wirklich dringend repariert werden. Und das ist nicht die einzige Tür, die nicht richtig schließt.« Aber ganz sicher die wichtigste, ging es ihr durch den Kopf. Rawlins hatte den meisten Dreck bereits fortgewischt, aber es waren dennoch deutlich winzige Pfotenabdrücke zu erkennen, die nach draußen führten. Sappho war offenbar unterwegs.

Ari ging zurück nach oben, zog ihren schweren Mantel über und verließ das Haus. Leider hatte das federleichte Kätzchen keine Abdrücke in der feuchten Erde hinterlassen. Ari bückte sich und schaute angestrengt, konnte aber nirgends Spuren entdecken.

Frustriert rief sie nach dem Kätzchen, aber vergeblich. Sie hatte auch nicht wirklich damit gerechnet, dass Sappho sich zeigte. Auch in der Lieblingsbox der Katze, drüben im Stall, deutete nichts darauf hin, dass Sappho dort gewesen war – keine schlammigen Spuren und kein vorwitziges Näschen, das unter dem Stroh hervorschaute. Ratlos und ein wenig besorgt kehrte sie zurück in den Garten. Irgendwo musste Sappho doch stecken. Aber sie hatte keine Ahnung, wann das Tierchen das Haus verlassen hatte. Inzwischen konnte es überall sein. Aber so schnell würde sie nicht aufgeben.

Systematisch ging sie die einzelnen Gartenwege ab und rief dabei nach dem Kätzchen.

Von irgendwoher hörte sie Hufgetrappel, das sich rasch näherte. Sie musste sich in der Nähe der Zufahrt von *The Grange* befinden, da sie in entgegengesetzter Richtung zur Dorfstraße gelaufen war. Gleich darauf brach etwas Schweres durch das Unterholz, und Hannibal sprang auf sie zu. Schlamm spritzte auf ihren Morgenmantel, und als er kurz darauf gegen ihre Beine prallte, kamen schleimige weiße Speichelfäden hinzu. Hechelnd blickte er zu ihr auf.

»Hannibal!« St. Clares Ruf war in der klaren Luft deutlich zu hören.

»Er kann jetzt nicht; er ist gerade damit beschäftigt, meinen Morgenmantel zu ruinieren«, rief Ari zurück. Wie kam es eigentlich, dass allein beim Klang seiner Stimme ihr Herz zu flattern begann? Oder bereits beim Anblick dieses Ungetüms von einem Hund, bedeutete es doch, dass sein Herr in der Nähe war.

Das Hufgetrappel verstummte, und Schritte knirschten kurz darauf auf dem Kies. St. Clare bahnte sich einen Weg quer durch das Gebüsch und stand kurz darauf in einem eleganten dunkelblauen Reitmantel, Wildlederhosen und Schaftstiefeln vor ihr. Seine Mundwinkel zuckten, als sei er darum bemüht, sich bei ihrem Anblick ein Grinsen zu verkneifen.

Sie schaute an sich herab und kämpfte dann gegen die überwältigende Sehnsucht, sich in seinen lachenden braunen Augen zu verlieren. Das musste aufhören. Sie durfte sich nicht so verzaubern lassen, durfte sich nicht nach etwas verzehren, das für sie immer unerreichbar bleiben würde. Sie flüchtete sich in Bissigkeit, was ihr jedoch auch keine wirkliche Hilfe war. »Ich könnte Ihre Hilfe brauchen«, sagte sie spitz.

»Er will nur nett sein«, erklärte St. Clare. Er blieb, wo er war, kleine Lachfältchen um die Augen.

Es war ein Fehler gewesen, ihn anzusehen. Sie konzentrierte sich ganz auf Hannibal. »Das verringert aber den Schaden nicht, den er anrichtet.«

Seine Mundwinkel zuckten immer noch verräterisch, als er vortrat, den Hund beim Nackenfell packte und ihn zurückzog. »Das dumme Tier hat Ihr Kleid ruiniert«, stellte er in überraschend betretenem Tonfall fest. Er musterte sie vom Scheitel ihrer zurückgekämmten dunklen Haare bis zu den Spitzen ihrer schlammigen Schuhe und runzelte die Stirn. »Was machen Sie an einem solchen Morgen eigentlich hier draußen?«

Sie versuchte, gegen das Erröten anzukämpfen, aber vergeblich. Ihre Wangen glühten. »Sappho«, gestand sie und fügte hastig hinzu: »Man kann eine Katze nicht im Haus halten.«

St. Clare betrachtete sie einen Moment, ein verräterisches Glitzern in den Augen. Er wandte sich Hannibal zu. »Sitz, mein Junge. Wir haben Arbeit für dich. Du musst Sappho für Miss Whitcombe finden. Hast du verstanden? Such Sappho.«

»Seien Sie doch nicht albern! Er wird mit seinen Riesenpfoten nur alle Spuren vernichten, die das Kätzchen möglicherweise hinterlassen hat. Und er wird das arme Tier derart erschrecken, dass es nie aus seinem Versteck kommt.« Sie funkelte ihn böse an, wohl wissend, dass er sie nur aufzog. Und sie genoss das Spielchen, auch wenn ihr bewusst war, dass sie ihre verbalen Dispute eigentlich nicht so genießen sollte. Sie zwang sich, den Blick von ihm loszureißen. »Ich werde eben warten müssen, bis Sappho von alleine heimkommt.«

Ari wollte kehrtmachen und glitt auf dem nassen Laub aus, das sich auf dem Weg gesammelt hatte. St. Clare packte ihren Ellbogen, damit sie nicht hinfiel, und erbot sich dann, sie bis zur Kieszufahrt zu begleiten, wo sie einigermaßen vernünftig würde gehen können. Sie lehnte seine Hilfe dankend ab, folgte ihm jedoch zu seinem Pferd, das er an einem tief hängenden Ast angebunden hatte. Er machte den Wallach los und führte ihn neben Ari her.

»Sie brauchen mich nicht nach Hause zu bringen«, teilte sie ihm über Hannibal hinweg mit, der glücklich hechelnd zwischen ihnen herlief. »Ich werde mich kaum verlaufen, und gefährlich ist es auch nicht.«

Der Hund spitzte die Ohren, seine Nase zuckte, und im nächsten Moment stürzte er zurück ins Unterholz. Ari und St. Clare tauschten einen Blick, dann bahnten sie sich einen Weg durch das Dickicht, bis sie bei Hannibal waren, der auf dem Bauch unter einen Busch robbte.

»Hannibal«, rief St. Clare und fügte nach einem Blick auf seinen Schoßhund hinzu: »Wenn du glaubst, irgendetwas könnte dich jetzt noch vor der Wanne bewahren, hast du dich aber mächtig geirrt, Sportsfreund.«

Der Hund kam langsam rückwärts unter dem Strauch hervorgekrochen, ein kleines, pelziges Etwas in der Schnauze. Ari streckte zögernd die Hand aus, weil sie befürchtete, der Hund könnte zubeißen, wenn sie ihn erschreckte, aber er trug das Kätzchen, das sich völlig ruhig verhielt, zu einem Baum, wo er sich in den Matsch legte, die Katze auf seine Vorderpfoten bettete und sie gründlich ableckte.

»Sehen Sie.« Der Vicomte betrachtete seinen Liebling halb missbilligend, halb belustigt. »Ich sagte Ihnen doch, dass er zuweilen auch nützlich sein kann. Ich wäre nicht überrascht, wenn Ihr Kätzchen sich auf der Suche nach ihm bis hierher verirrt hätte.«

Ari bedachte ihn mit einem grimmigen Blick.

»Schade, dass er nicht auch Ihr Kleid säubern kann«, fügte er hinzu.

»Oder Ihre Stiefel.«

Der Vicomte blickte an sich herab und fluchte. »Da wird mein Bursche sich aber freuen.« Er begegnete ihrem Blick, und ein jungenhaftes Grinsen erhellte seine Züge.

Wider Willen erwiderte sie sein Lächeln, und alles andere um sie herum versank in Bedeutungslosigkeit. Seine Stärke, sein Humor, die lachenden Augen ... Trotz des wolkenverhangenen Himmels und des anhaltenden Nieselregens breitete sich angenehme Wärme in ihr aus. Dann veränderte sich sein Gesichtsausdruck kaum merklich, tief in seinen lächelnden Augen leuchtete etwas auf, Überraschung, Staunen, fast Verwirrung. Ari verspürte den übermächtigen Drang, ihm zu sagen, dass alles in Ordnung sei, um das zunehmende Stirnrunzeln fortzuzaubern.

Stattdessen nahm sie Sappho an sich und erklärte St. Clare erneut, dass keine Notwendigkeit bestünde, sie nach Hause zu begleiten. Dann winkte sie ihm mit gespielter Fröhlichkeit über die Schulter hinweg zu und eilte davon. Er war eine Nervensäge, aber unglaublich männlich ... und mit einer anderen verlobt. Es war absolut lächerlich, sich in ihn zu verlieben. Albern. Verrückt. Sicher lag es nur an ihrer rebellischen Natur, die sich gegen die geplante Hochzeit mit dem Pfarrer auflehnte. Und Mr. Billingsworth war ein guter Mann, freundlich, sanft und intelligent, der über jede Frage gründlich nachdachte, um dann eine vernünftige Antwort zu geben. Sie war seiner gar nicht würdig. Aber St. Clare ...

St. Clare war ihr Traumprinz.

Er dachte in den gleichen Bahnen wie sie. Es kam ihr vor, als könnte sie nur noch durch ihn glücklich sein. Sie lebte nur noch für die Augenblicke, in denen sie einander begegneten, seine Augen vor Belustigung über einen gemeinsamen Witz aufleuchteten. Wenn sie etwas sagte, konnte sie sicher sein, dass er auch ohne weitschweifende Erklärungen wusste, was sie meinte; sofern sie nicht einfach schweigend nebeneinander hergingen, weil sie sich auch ohne Worte verstanden.

Sie drückte das schmutzige Kätzchen an sich. Es hinterließ weitere Flecken auf ihrem Morgenmantel, aber darauf kam es nun auch nicht mehr an. Schluss damit, ermahnte sie sich. Er war mit Libby verlobt, und es war sinnlos, sich nach ihm zu verzehren. Und sie ...

Sie würde sich alle Mühe geben, eine gute Pfarrersfrau zu werden.

Ari verbrachte den Nachmittag damit, Mantel und Kleid zu säubern und zu flicken. Ihre Mutter war entsetzt gewesen, als sie völlig verschmutzt und zerzaust heimgekommen war. Diana hatte sie aufgezogen und behauptet, sie sähe wie eine Vogelscheuche aus.

Viel länger als eigentlich nötig, war sie damit beschäftigt, ihre Garderobe in Ordnung zu bringen, weil ihre Gedanken sich immer wieder auf verbotenes Terrain verirrten. Sie hatte sogar den eingerissenen Volant stellenweise an dem Kleid festgenäht, das sie gerade trug, sodass sie die ordentlichen Stiche wieder auftrennen musste.

Als sie gerade innerlich nach einer – irgendeiner – Ablenkung schrie, traf ein Besucher ein. Mr. Billingsworth betrat den Salon, noch bevor sie die Näharbeit aus der Hand legen konnte.

Er betrachtete sie einen Moment, und ein Lächeln, das sie nur als Zeichen der Erleichterung deuten konnte, erhellte seine ernsten Züge. »Es freut mich, dass Sie offenbar auch Vergnügen an derlei gewöhnlichen häuslichen Arbeiten finden. Ich hätte gedacht, Sie mit Ihrem lebhaften Temperament würden Nähen und Sticken als zu langweilig empfinden. Eine ideale Beschäftigung bei so trübem Wetter, nicht wahr?«

Ari verkniff sich die Erwiderung, dass sie viel lieber durch den Wald stapfen würde, hinter einem Hund her, in Begleitung St. Clares ... Entschlossen schob sie den Gedanken beiseite und murmelte stattdessen eine nette Höflichkeit.

»Lassen Sie sich nicht von der Arbeit abhalten«, sagte er, als sie das Kleid beiseite legte. »Ich wollte nicht stören.« Er nahm Mrs. Whitcombes Einladung auf eine Tasse Tee gerne an und verabschiedete sich nach der korrekten halben Stunde. Die Pflicht rufe, erklärte er.

Mrs. Whitcombe seufzte, als sich die Tür hinter ihm schloss. »Er hat so wunderbare Manieren. Ich bin meiner Schwester wirklich dankbar, dass sie diesen Mann für dich aufgetan hat, Kind.« Sie warf einen ängstlichen Blick in Aris Richtung.

»Das war wirklich lieb von ihr«, stimmte Ari ihr wenig überzeugend zu. »Er ist ein Gentleman, wie er im Buche steht. Ich ... schätze ihn wirklich sehr.«

Und war Wertschätzung so schrecklich weit entfernt von Liebe? Ja, rief eine innere Stimme, aber sie hörte nicht hin. Sie würde Mr. Billingsworth immer bewundern für seine Güte und Prinzipientreue, und das war mehr, als viele andere junge Frauen von ihrem Bräutigam sagen konnten. Sie konnte sich wirklich glücklich schätzen. Aber diese Überlegungen deprimierten sie nur noch mehr. Sie nahm ihre Näharbeit wieder auf und fragte sich, ob sie je aufhören würde, diese Aufgabe zu hassen.

Die Tür wurde geöffnet, und Rawlins stand auf der Schwelle, die Wangen unnatürlich gerötet, und die hellgrauen Augen blitzten vor Empörung. »Miss, wenn Sie bitte mal kommen würden. Ein riesiger, völlig verdreckter Hund kratzt an der Hintertür und lässt sich einfach nicht verjagen.«

Hannibal! Aris Herz tat einen Sprung. Ob St. Clare aus irgendeinem Grund gekommen war... Sie legte das Kleid zur Seite und eilte in die Küche.

Sappho kauerte innen vor der Tür und schob immer wieder eine Pfote darunter her. Ari konnte das Kratzen von außen hören. Sie setzte das Kätzchen auf einen Stuhl und öffnete die Tür einen Spaltbreit. Sofort zwängte Hannibal sich hindurch und schob sie einfach beiseite. Er trottete durch die Küche zu dem Stuhl, auf dem Sappho hockte. Die kräftigen Kiefer schlossen sich um das Fellknäuel, und schon war der Hund mitsamt dem Kätzchen auf und davon.

Ari setzte ihm nach. Sie rief ihn und befahl ihm, das Kätzchen sofort loszulassen, aber das unausstehliche Ungetüm beachtete sie gar nicht, sondern verschwand schwanzwedelnd hinter dem Stallgebäude.

6. Kapitel

Ari lief dem Hund hinterher und folgte dem Weg, den sie erst am Morgen gegangen war. Wahrscheinlich ruinierte sie sich gerade ein zweites Kleid und handelte sich einen weiteren Tag verhasster Näharbeit ein. Wütend rannte sie weiter, wobei sie sich an dem Lärm orientierte, den der Riesenhund auf seinem Weg durch das Unterholz veranstaltete. Dann drang ein weiterer Laut zu ihr. St. Clares tiefe, volltönende Stimme, die nach dem Ungeheuer rief. Sie verlangsamte das Tempo, und das Herz schlug ihr plötzlich bis zum Hals.

Hannibal lief weiter in Richtung seines Herrn. Ari folgte, so gut es ging, achtete aber darauf, diesmal Sträucher und Dornenranken zu umgehen, um ihre Röcke zu schonen.

»Was zum Teufel hast du da, Junge?«, hörte sie St. Clare kurz darauf fragen. Er konnte nicht mehr weit weg sein. Einen Augenblick war es still, dann brach er in schallendes Gelächter aus. »Böser Hund. Nein, Junge. Lass sie sofort los. Aus!« Aber sein belustigter Tonfall nahm seinen Worten jede Schärfe.

Ari schob sich zwischen einigen jungen Bäumen hindurch und stand ihm unvermittelt gegenüber. Erst jetzt ging ihr durch den Kopf, dass sie furchtbar aussehen musste. Ihr Haar ...

»Ich fürchte, Sie haben allen Grund, böse zu sein«, sagte er. »Auch wenn Ihr Kätzchen nicht zu Schaden gekommen ist. Im Gegenteil. Ich habe vielmehr den Eindruck, dass das Abenteuer ihm Spaß gemacht hat.«

»Was sollte daran Spaß machen, in diesem sabbernden Maul getragen zu werden!« Ari trat näher, rutschte aber trotz aller Vorsicht auf einer schlammigen Stelle aus.

St. Clare reagierte sofort. Seine Hand umschloss ihren Arm und fing ihren Sturz ab. Aris ganzes Bewusstsein konzentrierte sich auf diese Berührung. Es kostete sie große Willenskraft, sich von ihm zu lösen. »Ungeheuer«, sagte sie mit leicht zittriger Stimme.

Der Vicomte ließ sie los und widmete sich dann der Aufgabe, das Kätzchen aus den sanften Kiefern zu befreien. Als er es endlich geschafft hatte, musterte er Sappho naserümpfend. »Ziemlich nass, fürchte ich.« Er holte ein Taschentuch hervor und trocknete Sappho ab, so gut es ging. Anschließend hielt er die Katze auf Armeslänge von sich und betrachtete sie kritisch. Sie maunzte und zappelte. »So gut wie neu«, stellte er fest, ehe er Ari das Knäuel übergab.

Einen Moment war sie ganz damit beschäftigt, die Katze festzuhalten und gleichzeitig zu verhindern, dass deren Krallen sich in ihrem Kleid verhakten. Als sie wieder aufblickte, sah sie, dass St. Clare sie wie schon so oft mit lachenden Augen beobachtete. Seine Belustigung durchströmte sie wie flüssiges Feuer. *Er ist mit Libby verlobt,* sagte sie sich zum wiederholten Mal. Und auch wenn dem nicht so wäre, wäre sie mit ihrem Temperament als Ehefrau eines Vicomte nicht geeigneter als für die Rolle der Pfarrersfrau.

Am nächsten Morgen stand Ari am Fenster des rückwärtigen Salons und blickte hinaus in den Garten. Hinter ihr übte Diana Tonleitern auf dem Klavier. Ihre Finger glitten fließend und leicht über die Tasten. Ari sah keine Veranlassung, den Babysitter zu spielen. Diana liebte ihre Musik und würde vermutlich den ganzen Tag am Klavier sitzen.

Oben konnte sie ihre Mutter und Rawlins rumoren hören, die Bett- und Tischwäsche kontrollierten. Es sah aus, als würden sie den ganzen Winter hier bleiben, da Mr. Billingsworth bisher keine Anstalten gemacht hatte, um ihre Hand anzuhalten. Nicht dass sie ihm einen Vorwurf daraus gemacht hätte. Es kostete schon einige Überwindung, sich zu einem so endgültigen Schritt durchzuringen, und nach allem, was er bisher von ihr gesehen hatte, war es kein Wunder, dass er an ihrer Eignung als Ehefrau zweifelte. Wären ihre Mutter und Diana nicht gewesen, hätte sie ihre Tante gebeten, den armen Mann nicht so unter Druck zu setzen.

Ihr entfuhr ein tiefer Seufzer. Es war ein viel zu schöner Tag, um ihn im Haus zu verbringen. St. Clare war bestimmt unterwegs, wahrscheinlich mit Flinte, auch wenn Hannibal mit seiner ungestümen Art sämtliches Wild im Umkreis in die Flucht schlagen würde. Wenn sein Weg ihn doch nur die Zufahrt hinaufführte, an ihrem Fenster vorbei ...

Aber dieser Gedanke war unsinnig. Hätte St. Clare nicht bereits um Libbys Hand angehalten, hätte sie vielleicht versucht, ihn davon zu überzeugen, dass sie die Richtige für ihn wäre – wie aussichtslos dieses Unterfangen auch gewesen wäre. Er brauchte eine ebenso damenhafte und souveräne Frau wie ein Pfarrer.

Sie zuckte zusammen, als jemand vorn an die Haustür klopfte. Wer mochte das sein? Diana hörte auf zu spielen und stand auf. Ihr unwilliger Gesichtsausdruck verriet, dass sie sich über die Unterbrechung ärgerte.

»Lass dich nicht stören«, sagte Ari und eilte hinaus. Rawlins war noch oben; sie würde selbst öffnen.

Sekunden später stand sie Mr. Billingsworth gegenüber, der wie immer ein ernstes Gesicht machte. »Was für eine nette Überraschung«, sagte sie und trat beiseite, um ihn hereinzulassen. »Diana ist im hinteren Salon. Sie können dort warten, während ich schnell nach oben gehe und meine Mutter von Ihrem Besuch unterrichte.«

»Machen Sie sich keine Umstände.« Nach kurzem Zögern fuhr er fort. »Ich wollte mit Ihnen sprechen.«

Aris Finger gruben sich nervös in ihre Musselinröcke, und ihr wurde ganz bang ums Herz. Das war es also. Jetzt gab es kein Entrinnen mehr, keine Tagträumerei von einer ganz anderen Zukunft. Sie zwang sich zu einem Lächeln und führte ihn in die behagliche Bibliothek. Innere Kälte kroch in ihre Glieder, eine Kälte, die kein Feuer vertreiben konnte. Steif setzte sie sich auf einen hochlehnigen Stuhl und bedeutete ihm, auf dem eleganten Sofa ihr gegenüber Platz zu nehmen.

Aber er ging stattdessen zum Kamin, drehte sich dann wieder zu ihr um und musterte sie ernst. »Ich habe heute einen Brief von Ihrer Tante erhalten«, begann er und lächelte verlegen. »Das ist wohl kaum die richtige Eröffnung für das, was ich zu sagen habe.«

»Nein, im Gegenteil.« Ari hielt seinem Blick stand. »Sie hat Sie gedrängt, um meine Hand anzuhalten, richtig?«

Mr. Billingsworth zögerte. »Es ist ihr Herzenswunsch, uns beide als Paar vereint zu sehen«, erwiderte er mit bewundernswerter Diplomatie.

Es ist ihr Herzenswunsch, uns zu verkuppeln, dachte Ari sarkastisch, wusste jedoch, dass sie dankbar sein musste. Sie straffte die Schultern. »Wenn Sie keine Bedenken haben hinsichtlich meiner Eignung ... Nein, bitte lassen Sie mich ausreden. Ich denke, wir sollten völlig offen sein.« Er überlegte kurz und nickte dann bedächtig.

»Ich weiß, dass ich viel zu lebhaft bin«, fuhr sie fort.

»Lebhaft, das stimmt«, entgegnete er sachlich. »Dazu fröhlich und schlagfertig. Ich habe Sie nie ein böses Wort sagen hören. Mit ihrer Toleranz und Güte werden Sie sehr bald die Herzen der Gemeinde erobert haben. So wie Sie das meine erobert haben«, fügte er ein wenig hastig hinzu, als wäre ihm dieser Nachsatz einer einstudierten Rede gerade noch eingefallen.

Sie musterte ihn sehr eindringlich, konnte jedoch keine Spur von Unsicherheit auf seinen Zügen entdecken. Offenbar hatte er sich in das Unvermeidbare gefügt. Und nun war es an ihr, das Gleiche zu tun. Sie holte tief Luft. »Ich bin mir der Ehre bewusst, die Sie mir erweisen, Mr. Billingsworth. Ich verspreche, alles zu tun, damit Sie Ihre Großzügigkeit nie bereuen.« Sie stand auf.

Er nahm ihre Hand. »Ich werde gleich heute Abend an Ihre Tante schreiben.«

Und an seine Mutter und seinen Bruder, um ihnen mitzuteilen, dass ihre Zukunft gesichert war. So wie ihre eigene und die ihrer Familie.

Er hob ihre Finger an seine Lippen. »Wir werden gut miteinander auskommen«, versicherte er ihr. »Ich werde alles in meiner Macht Stehende dafür tun.«

Die Tür schwang auf; Diana und Libby standen auf der Schwelle. Diana nahm die Szene erwartungsvoll in sich auf, und ihre Augen weiteten sich teils erleichtert, teils belustigt.

Libby hinter ihr wich verlegen zurück. »Entschuldigen Sie die Störung ...«

»Ich wollte gerade gehen«, sagte Mr. Billingsworth, dem die Situation sichtlich peinlich war. »Miss Whitcombe? Soll ich noch mit Ihrer Mutter sprechen?«

»Das wird nicht nötig sein.« Ihre Wangen glühten, als wären sie in einer verfänglichen Situation ertappt worden.

Er verneigte sich knapp und verließ das Zimmer. Als er an Libby vorbeiging, warf er ihr hastig einen kurzen Blick zu. »Miss Allingham«, murmelte er. Dann war er fort.

»Er hat dir einen Antrag gemacht?«, rief Diana, sobald die Tür mit leisem Klicken hinter ihm ins Schloss gefallen war. »Komm schon, spann mich nicht auf die Folter! Wirst du ihn heiraten? Haben wir bald wieder ein richtiges Zuhause?«

Libby blieb mit ernstem Gesicht an der Tür stehen. »Wahrscheinlich wird er am Sonntag die Verlobung bekannt geben«, sagte sie und konnte nur hoffen, dass ihr Tonfall nicht die Leere verriet, die sie im Herzen verspürte.

»Das muss ich sofort Mama erzählen!« Diana stürmte hinaus.

Libby trat einen Schritt näher. »Ich ... Ich wünsche Ihnen immer währendes Glück, liebe Ari. Wie sollten Sie auch nicht glücklich werden? Ich kenne keinen liebenswerteren Gentleman als Mr. Billingsworth.«

Ari seufzte. »Sie haben Recht. Zweifellos hätte er jemanden verdient, der seiner würdiger wäre als ich.«

»Sie werden eine wundervolle Pfarrersfrau sein«, erklärte Libby mit etwas mehr Entschiedenheit als Überzeugung.

Ari schnitt eine Grimasse. »Da habe ich so meine Zweifel. Und der gute Mr. Billingsworth ebenfalls, fürchte ich. Aber ich werde alles tun, damit er seine Entscheidung nicht bereut.«

Libby starrte sie aus großen Augen an. »Sicher… natürlich.«

Ari riss sich zusammen. »Wie schön, dass Sie gekommen sind. Setzen Sie sich doch, und trinken Sie einen Tee mit mir.«

Libby schüttelte den Kopf. »Ich ... ich kann nicht bleiben.«

Erst jetzt sah Ari, dass die junge Frau Tränen in den Augen hatte. Das Mädchen wandte sich zum Gehen, hielt jedoch inne, als Diana mit ihrer Mutter im Schlepptau zurückkehrte.

»O Liebes«, rief Mrs. Whitcombe. »Ist das wirklich wahr? O dieser liebe, gute Mann. Dass er uns alle aufnimmt. Du magst ihn doch, oder, Ari? Ihr werdet ganz bestimmt gut miteinander auskommen. Er ist ein so guter Mensch, dass es gar nicht anders kommen kann.« Sie wandte sich Libby zu. »Das ist ein großes Glück für mich, müssen Sie wissen, ich wusste nämlich ehrlich gesagt nicht, wie es weitergehen sollte, bis meine Schwester diese Verbindung arrangiert hat. Ich bin ehrlich erleichtert, dass Mr. Billingsworth sich als ein so anständiger und liebenswerter Mensch entpuppt hat. Ich hatte schon die schlimmsten Befürchtungen, Ari könnte ihn hassen oder ihr Temperament könnte ihn abschrecken. Aber nachdem er für seine Mutter und seinen Bruder sorgen muss ...« Sie brach ab, als sie realisierte, wie indiskret sie war. »Aber jetzt wird sich alles in Wohlgefallen auflösen.«

Libby murmelte Glückwünsche, entschuldigte sich erneut und ging. Ari trat ans Fenster und beobachtete, wie das Mädchen beinahe fluchtartig den Weg hinuntereilte. Die

Nachricht von der bevorstehenden Heirat hatte sie tief getroffen. Warum sollte sie das ... sofern sie nicht selbst Gefühle für Mr. Billingsworth hegte? Aber Libby war mit St. Clare verlobt, und so nett der Pfarrer auch sein mochte, konnte er dem Vicomte doch nicht das Wasser reichen.

Die überschwängliche Freude ihrer Mutter trieb sie aus dem Haus. Ein ausgedehnter Spaziergang würde ihr gut tun. Erst nach einer Stunde fing sie an, ihre Umgebung bewusst wahrzunehmen und stellte fest, dass sie sich in der Nähe eines breiten Flusses befand, den sie noch nie gesehen hatte. Sie nahm an, dass sie sich immer noch auf dem Grund von *The Grange* befand, da ihr keine Grenzmarkierungen aufgefallen waren. Ari änderte die Richtung und folgte dem Pfad, der am Wasser entlangführte.

Etwa zwanzig Minuten später vernahm sie ein vertrautes tiefes Bellen. Unmittelbar darauf tauchte Hannibal oben auf einem Erdhügel vor ihr auf. Er spitzte die Ohren und stürmte über die Wiese zwischen ihnen auf sie zu. Ari wappnete sich für den unausweichlichen Zusammenprall.

»Hannibal!« St. Clares Stimme stoppte den Hund abrupt. »Hannibal, wo zum Teufel ...« Der Vicomte kam zwischen einigen Bäumen hervor und blieb wie angewurzelt stehen, als er sie entdeckte. »Bei Fuß!«, befahl er streng, und Hannibal trottete schuldbewusst zu ihm zurück.

Er kam ihr völlig fremd vor und war offenbar ebenso aufgewühlt und gereizt wie sie selbst. Plötzlich wünschte sie, sie könnte einer Begegnung aus dem Weg gehen.

Aber er kam auf sie zu und blieb nur wenige Schritte vor ihr stehen. »War Miss Allingham heute bei Ihnen, um mit Ihnen zu sprechen?«, fragte er.

»Nur kurz.«

»Dann ist alles geregelt?« Er sprach abgehackt, als kämen ihm die Worte nur schwer über die Lippen.

»Was soll geregelt sein?« Sie hatte nicht die geringste Lust, mit irgendjemandem über ihre Verlobung zu sprechen – schon gar nicht mit ihm.

»Dass Sie Ihr bei der Hochzeit zur Seite stehen«, erwiderte er brüsk. »Ich dachte, unter Frauen würden Sie von nichts anderem sprechen.«

Seine Hochzeit. Warum sollte es ihm widerstreben, davon zu sprechen? Sie schob das Kinn vor. »Ich fürchte, meine eigenen Neuigkeiten haben ihr keine Gelegenheit gelassen, mit mir über ihre Hochzeit zu sprechen. Ich werde nämlich ebenfalls heiraten, wissen Sie.«

St. Clare musterte sie finster. »Es ist Ihnen also gelungen, den armen Billingsworth herumzukriegen, ja? Ich nehme an, er hatte nicht genug Rückgrat, um sich Ihrer Tante zu widersetzen.«

Ari versteifte sich. »Wenn Sie damit andeuten wollen, dass man ihn gezwungen hat, mir einen Antrag zu machen ...«

»Natürlich hat man das.« St. Clare funkelte sie wütend an. »Großer Gott, Sie können doch nicht ernsthaft glauben, Sie würden sich zur Pfarrersfrau eignen. Das wird ein Trauerspiel. Ich kann nur hoffen, dass Ihnen beiden das erspart bleibt.«

Es tat ihrer Wut keinen Abbruch, dass seine Zweifel sich mit ihren eigenen geheimen Ängsten deckten. Im Gegenteil. Sie stemmte die Hände in die Seiten und funkelte nicht minder zornig zurück. »Ich werde alles in meiner Macht Stehende tun, damit er seine Entscheidung nicht bereut. Ich könnte mir nämlich keinen besseren Mann wünschen. Ich bin ehrlich dankbar, dass ich mein Leben nicht mit einem übellaunigen, autokratischen, egozentrischen Lebemann wie Ihnen verbringen muss!«

Seine Augen verengten sich. »Und ich«, sagte er zähneknirschend, »kann wohl dankbar sein, nicht an eine scharfzüngige Furie gekettet zu werden!« Darauf machte er auf dem Absatz kehrt, rief barsch Hannibal herbei und stapfte davon.

Ari blickte ihm nach, erschüttert von der Kraft seines Zorns. Seine Worte hatten sie tief getroffen. Sie hätte niemals so reden dürfen. Sie wünschte, sie könnte davonlaufen, weit weg von seinem Zorn. Wenigstens würde sie bald heiraten, dann kam sie endlich weg von seinem Anwesen, weg von ihm.

Tränen brannten in ihren Augen, aber sie schluckte sie tapfer herunter. Unglücklich machte sie sich auf den Heimweg.

7. Kapitel

In dieser Nacht schlief Ari sehr unruhig und stand am nächsten Morgen spät auf, müde und deprimiert. Sie zog irgendein Kleid über, schlang das Haar zu einem Knoten und ging hinunter ins Frühstückszimmer. Ihre Mutter saß alleine am Tisch, bei einer Tasse Tee und einem Brötchen mit Butter. Ein Teller voller Krümel neben ihr deutete darauf hin, dass Diana schon fertig war. Ari nahm sich ein Brötchen, stellte dann jedoch fest, dass sie gar keinen Appetit hatte.

»Du bist aber schrecklich blass heute Morgen, Liebes.« Ihre Mutter stellte die Teetasse ab und musterte sie forschend. »Du brütest doch nichts aus, oder? Soll ich Rawlins rufen? Sie weiß immer, was zu tun ist. Sie weiß immer das richtige Mittel für jedes Wehwehchen. Ich erinnere mich noch gut daran, wie ...«

»Es geht mir gut, Mama«, unterbrach Ari ihren Redefluss. »Ich habe nur Kopfschmerzen. Ich werde gleich spazieren gehen. Die frische Luft wird mir gut tun.«

Kurz darauf lief sie los, in ihren langen Mantel gewickelt, ohne ein bestimmtes Ziel vor Augen. Sie würde sich allerdings vom Anwesen fern halten, soviel stand fest; sie wollte nicht riskieren, wieder St. Clare über den Weg zu laufen. Sie folgte ein Stück der Dorfstraße und schlug dann kurz entschlossen die Richtung zu dem von einer Eibenhecke gesäumten Weg ein, der zum Haus der Allinghams führte.

Als sie die Hecke fast erreicht hatte, hörte sie Libbys Stimme. »Ich weiß, dass du glücklich werden wirst. Du musst.

Ari Whitcombe ist so klug und intelligent. Deine neue Gemeinde wird sie ganz sicher bewundern.«

»Es ist ein solcher Fluch, mit Armut geschlagen zu sein!«, entgegnete Mr. Billingsworth mit bebender Stimme.

Ari ging leise auf eine Lücke zwischen zwei Eiben zu. Libby und der Pfarrer standen etwa 20 Meter entfernt und starrten einander eindringlich an. Ari wollte sich eben bemerkbar machen, als Libbys folgende Worte sie bewogen zu schweigen.

»Ich ... mit dir würde ich auch die primitivste Hütte teilen«, sagte sie mit zittriger Stimme.

Dem Pfarrer entfuhr ein frustrierter Ausruf. »Das alles ist sinnlos. Hätten wir uns unsere Liebe doch nur früher gestanden. Andererseits ... wozu? Mir war immer klar, dass dein Vater mich nie als Schwiegersohn akzeptieren würde. Was kann ich schon Titel und Vermögen eines St. Clare entgegensetzen?«

»Innere Werte!«, rief Libby aus.

»St. Clare ist ein angesehener Großgrundbesitzer und in jeder Hinsicht ein vollendeter Gentleman«, sagte Mr. Billingsworth mit leisem Vorwurf. »Und vergiss nicht«, fügte er milder hinzu, »dass dir als seine Frau eine gesellschaftliche Position gewiss ist, um die dich manche Frau beneiden wird.«

»Aber ich lege gar keinen Wert auf die feine Gesellschaft!«, jammerte Libby. »Diese Leute sind so fruchtbar eingenommen von ihrer eigenen Wichtigkeit, und wenn man ihren Ansprüchen nicht genügt, lassen sie einen das auf das Schmerzlichste spüren.«

»Niemand würde es wagen, eine Vicomtesse vor den Kopf zu stoßen.«

Libby blinzelte, als ihre Augen sich mit Tränen füllten. »Wenn meine Mutter nur nicht so erpicht auf diese Verbindung wäre! Und wenn ich nur geahnt hätte, dass du meine Gefühle erwiderst ...«

Der Pfarrer schüttelte den Kopf. »Es würde doch nichts ändern. Und es war ungeheuer dumm von uns zuzulassen, dass sich überhaupt etwas zwischen uns entwickelt. Und dann noch ausgerechnet jetzt.« Er verneigte sich knapp, wandte sich von ihr ab und blieb wie angewurzelt stehen, als sein Blick auf Ari fiel. »Miss ... Miss Whitcombe!«

»Oh!« Libby legte entsetzt die Hände auf die glühenden Wangen.

Ari trat durch die Lücke zwischen den zwei Eiben. Kies knirschte unter ihren Stiefeln. »Es sieht ganz so aus, als steckten wir alle ziemlich in der Tinte«, sagte sie mit gezwungener Fröhlichkeit.

»Du meine Güte!«, jammerte Libby. »Ari, bitte verzeihen Sie mir, es ist nur ...« Hilflos brach sie ab.

»Dass das Herz sich nichts befehlen lässt?«, fragte Ari mit einem matten Lächeln. *Was tust du da?*, rief ihr Gewissen. Oder zumindest ein Teil davon. Der andere Teil trieb sie an, weiterzumachen und das Glück dieser beiden über das eigene Wohl zu stellen.

Mr. Billingsworth räusperte sich. »Ich ...« Er brach ab und versuchte es noch einmal. »Ich fürchte, es gibt da ein Missverständnis.«

»Das denke ich auch«, stimmte Ari ihm zu. »Aber das betrifft nicht uns, sondern Sie beide. Ich denke, jetzt herrscht endlich Klarheit. Sie wussten, dass es sinnlos wäre, um Libbys Hand anzuhalten, weil Sie nur ein armer Pfarrer sind, den keine besonders glanzvolle Karriere erwartet. Dann hat Ihnen meine Tante, nicht ahnend, dass Ihr Herz einer anderen gehört, eine Heirat mit mir vorgeschlagen, mit einer Pfründe als Mitgift. Das hätte Ihnen somit die Möglichkeit eingeräumt, zwar nicht Ihren Herzenswunsch zu erfüllen, aber doch zumindest die Zukunft ihrer Mutter und ihres Bruders sicherzustellen.«

Mr. Billingsworth erbleichte. »So wie Sie es darstellen, klingt es, als wäre ich ein verachtenswerter, berechnender Schuft. Ich versichere Ihnen, Miss Whitcombe, dass ich nicht um Ihre Hand angehalten hätte, wenn ich Sie nicht wertschätzen würde.«

Ari lächelte verlegen. »Ich danke Ihnen. Und ich hätte Ihren Antrag nicht angenommen, wenn ich Ihnen nicht größte Achtung entgegenbrächte. Aber Sie müssen einsehen, dass die Lage sich jetzt geändert hat.«

»Das hat sie nicht«, widersprach Mr. Billingsworth fest. »Wenn Sie mir die Ehre erweisen ...«

»Das werde ich nicht«, fiel sie ihm ins Wort und atmete tief durch. »Nicht jetzt. Nein, bitte.« Sie hob eine Hand, um seinen Protesten zuvorzukommen. »Wir müssen uns etwas einfallen lassen, damit Sie beide doch noch zusammenkommen.«

»Aber das ist unmöglich!«, erklärte Libby mutlos. Eine Träne lief ihr über die Wange. »Das habe ich immer gewusst.«

»Ihre Eltern haben sehr ehrgeizige Pläne mit ihr«, erklärte der Geistliche.

»Dann muss sie sich ihren Wünschen widersetzen«, stellte Ari entschieden fest.

Mr. Billingsworth schüttelte den Kopf. »Sie vergessen meine eigene Situation, fürchte ich. Ohne die Pfründe, die Ihre Tante mir angeboten hat, ist an eine Heirat nicht zu denken.«

»Dann müssen Sie diese Pfründe eben trotzdem bekommen.« Ari überlegte einen Moment. »Ich werde ihr heute Abend schreiben und ihr klar machen, dass ich schrecklich undankbar bin und ihre grenzenlose Güte sicher enttäusche, ich Sie aber unmöglich heiraten kann. Auch werde ich ausdrücklich darauf hinweisen, dass Sie nicht das Geringste dafür können, dass es nicht zur Heirat kommen wird. Keine Angst, ich werde sie schon rumkriegen. Sie ist eine gute Seele.«

»Aber wenn meine Mutter dahinter kommt ...« Libby wurde bei dem Gedanken kreidebleich. Mr. Billingsworth nahm ihre Hand und drückte sie aufmunternd.

»Beschafft euch eine Sondergenehmigung«, fuhr Ari fort und verfiel in Anbetracht ihres Komplotts ganz selbstverständlich darauf, ihre Mitverschwörer zu duzen. »Wenn ihr erst verheiratet seid, kann sie auch nichts mehr ausrichten.«

Libbys Kinn zitterte. »Aber sie und Papa werden schrecklich wütend sein!«

»Sollen sie doch«, entgegnete Ari achselzuckend. »Du wirst nicht mehr da sein, um es aus erster Hand mitzuerleben. Außerdem kannst du dich darauf verlassen, dass Mr. Billingsworth dich beschützt, für den Fall, dass sie euch einen Besuch abstatten.« Es dauerte eine Weile, bis sie das Paar davon überzeugt hatte, dass es tatsächlich auf ein gemeinsames Glück hoffen durfte, wenn sie nur beide mit der nötigen Entschlossenheit zu Werke gingen. Schließlich machte Ari sich auf den Heimweg. Was sollte sie Diana und ihrer Mutter sagen? Die beiden würden nicht begeistert davon sein, dass sie ihrer aller Sicherheit geopfert hatte.

Aber was hätte sie sonst tun sollen? Ihr waren selten zwei Menschen begegnet, die so eindeutig füreinander geschaffen waren. Das Wissen um ihr Glück würde ihr ein Trost sein. Möglicherweise der einzige. Alle würden fruchtbar böse auf sie sein.

Vor allem ihre Tante hätte allen Grund dazu. Irgendwie musste sie die alte Dame davon überzeugen, dass sie, Ari, das Richtige getan hatte, sonst würde der arme Mr. Billingsworth die Pfründe doch nicht bekommen.

Und St. Clare ... Sie blieb wie angewurzelt stehen. Wie würde er reagieren? Sie wusste nicht, ob er Libby liebte oder nicht; sie hatte sich schon mehrmals eingebildet und gehofft, dass er es nicht tat. Aber er hatte seinen Stolz, und er würde nicht erfreut sein, wenn er erfuhr, dass seine Verlobte ihn wegen eines Geistlichen verließ. Er würde kochen vor Wut ... auf sie. Ob er sie aus dem Haus werfen würde? Sie hatte keine Ahnung, was für eine Vereinbarung ihre Mutter mit ihm getroffen hatte. War das Haus für einen festen Zeitraum gemietet, oder hatte er es ihnen als Vetter von Tante Amabels Mann großzügig zur Verfügung gestellt? Ihre Impulsivität konnte diesmal durchaus dazu führen, dass sie in Kürze kein Dach mehr über dem Kopf hatten.

8. Kapitel

Der Brief, den Ari an diesem Nachmittag schrieb, war der schwierigste, den sie je in ihrem Leben verfasst hatte. Es war nicht einfach, die richtige Mischung aus Bedauern, Überzeugung und Schuldbewusstsein zu finden, ohne gleichzeitig die Furcht anzusprechen, die sie innerlich auffraß. Als Mama und Diana anderweitig beschäftigt waren, schlüpfte Ari aus dem Haus und machte sich auf den Weg ins Dorf, um das Schreiben abzuschicken. Sie ging schleppenden Schrittes, und nur die Gewissheit, die richtige Entscheidung getroffen zu haben, hielt sie davon ab, kehrt zu machen; wie eine Lampe, die die Finsternis in ihrem Herzen erhellte, trug sie diese Gewissheit vor sich her.

Der Brief würde ihre Tante in einem Tag erreichen, und frühestens einen Tag später würde eine Antwort eintreffen. Es würde vielleicht etwas länger dauern, wenn ihre Tante sich Zeit nahm, um die Situation zu überdenken. Gut möglich, dass sie ihren Vorschlag ablehnte, aber das konnte Ari sich eigentlich nicht vorstellen. Und sie konnte auch nicht abstreiten, dass sich in ihre Schuldgefühle und Zukunftsängste auch Erleichterung mischte, dass sie Mr. Billingsworth nun doch nicht würde heiraten müssen.

Nun, bis die Antwort eintraf, brauchte sie ihre Mutter und Diana nicht zu beunruhigen mit dem, was sie getan – und weggeworfen – hatte. Schlechte Neuigkeiten kamen ohnehin immer zu früh; sollten die beiden doch noch ein paar sorglose Tage genießen.

In den endlosen Stunden der Nacht lag sie wach und zermarterte sich den Kopf auf der Suche nach einem Ausweg aus ihrem Dilemma. Wie nicht anders zu erwarten gewesen war, ließ sich keiner finden. Sie hatte Mutter und Schwester, die sich fest auf sie verlassen hatten, zu einem Leben in Armut verdammt. Sie war nur dankbar, dass die beiden noch nicht von Sorgen geplagt wurden – und ihr selbst ihre Vorwürfe noch eine Weile erspart blieben.

Am nächsten Morgen war es draußen so ungemütlich, dass sie ans Haus gefesselt waren. Diana, die mit Sappho spielte, blickte unvermittelt von ihrem Spiel auf. »Mr. Billingsworth war ja gar nicht da, um dich zu besuchen, Ari.«

Ari erstarrte. Sie war noch nicht so weit, Erklärungen abzugeben ...

Ihre Mutter strahlte. »Er ist eben ein ausgesprochen pflichtbewusster Mensch, Diana. Er wird seine Gemeindearbeit über sein Privatleben stellen. Wenn es ihm möglich wäre, würde er ganz sicher kommen.«

»Der Winter naht mit großen Schritten«, pflichtete Ari ihr zu. »Er hat bestimmt im Dorf und auf den umliegenden Höfen alle Hände voll zu tun.«

Was das sein sollte, wusste sie zwar auch nicht, aber Diana gab sich mit ihrer Erklärung zufrieden und vertiefte sich wieder in ihr Spiel mit dem Kätzchen. Auch in den darauf folgenden Tagen, die für Ari quälend langsam verstrichen, sprach sie dieses Thema nicht wieder an.

Am Morgen des sechsten Tages kam nicht Mr. Billingsworth, sondern Libby Allingham zu Besuch. Atemlos, die Wangen rosig überhaucht und mit leuchtenden Augen stand sie vor der Tür. »Bitte, Ari«, keuchte sie, sobald Mrs. Rawlins sie in den Salon geführt hatte. »Gehst du mit mir spazieren?«

Mrs. Whitcombe seufzte. »Das wird genau das Richtige für dich sein, Schatz. Du bist seit Tagen schrecklich zappelig. Wir werden dich nicht vor dem Mittagessen zurückerwarten.«

Ari ging hinaus und zog Halbstiefel, Mantel und Haube an. Kaum waren die beiden jungen Frauen losgegangen, drückte Libby, die sie untergehakt hatte, ihren Arm. »O Ari, ich kann dir gar nicht sagen, wie glücklich ich bin. Deine Tante hat Mr. Billingsworth geschrieben, und er wird die Pfründe bekommen. Der alte Mr. Covington, du erinnerst dich doch an ihn, er war auch beim Dinner bei meinen Eltern, erwartet uns in ebendieser Minute in der Kirche, um die Trauung vorzunehmen! Bitte sag, dass du meine Trauzeugin sein wirst! Immerhin habe ich mein Glück allein dir zu verdanken.«

Ari bemühte sich, so viel Begeisterung wie nur irgend möglich aufzubringen, und kämpfte gleichzeitig gegen die aufsteigende Mutlosigkeit an. Es war vollbracht. Libby und Mr. Billingsworth würden bald vereint sein. Und was ihre eigene Familie betraf ...

Entschieden verdrängte sie den Gedanken – zumindest für den Augenblick. Sie würde ihren Freunden nicht den schönsten Tag ihres Lebens verderben. Gott sei Dank brauchte sie nicht viel zu sagen. Libby redete auf dem Weg zur Kirche wie ein Wasserfall. Sie erzählte von ihren Zukunftsplänen, von der Cleverness, mit der ihr Auserwählter sich die Sondergenehmigung beim Bischof beschafft und wie sie selbst ihre Kleider aus dem Haus ihrer Eltern geschmuggelt hatte.

»Mama wird mir ganz sicher verzeihen, wenn sie sich erst mit der Situation abgefunden hat«, plauderte Libby fröhlich weiter. »Sie hat St. Clare nie besonders gemocht, musst du wissen. Sie hat ihn früher immer als unfein bezeichnet und gemeint, es mangele ihm am nötigen Ernst. Er war für sie nur wegen seines Titels akzeptabel, während sie immer voll des Lobes war für meinen Herzallerliebsten.«

Ari argwöhnte, dass Lady Allingham ihn mit der gleichen Inbrunst, mit der sie ihn mit Lob überhäuft hatte, verwünschen würde, sobald sie von der Heirat erfuhr. Vor die Wahl gestellt zwischen Titel und Güte, würde die Dame Ersterem den Vorzug geben, daran bestand für Ari nicht der leiseste Zweifel. Dass Libbys Prioritäten anders gelagert waren, sprach allerdings für sie.

»Wie willst du es ihnen beibringen?«, fragte sie neugierig.

Libby senkte den Blick. »Ich habe Ihnen einen Brief geschrieben, der ihnen heute Nachmittag überbracht werden wird, bevor sie sich Sorgen machen, weil ich so lange wegbleibe. Bis dahin sind wir längst verheiratet. Sie werden sich schon an den Gedanken gewöhnen«, fügte sie nachdrücklich hinzu, als könnte alleine ihre Entschlossenheit ihren Wunsch wahr werden lassen.

Schließlich gelangten sie zur Kirche, vor der ein alter Gig stand, auf dem hinten zwei große Truhen und ein Koffer festgeschnallt waren. Libby, die jetzt fast rannte vor freudiger Erwartung, zog Ari hinter sich her die Steinstufen hinauf und in die Kirche.

Drei Herren, allesamt Geistliche, saßen in der vordersten Bank, in ein ernstes Gespräch vertieft. Als die Schritte der beiden jungen Frauen von den Wänden widerhallten, blickte sie auf, und Mr. Billingsworth eilte ihnen auf dem Mittelgang entgegen. Er nahm Libbys Hände, und das Lächeln auf seinem Gesicht weckte in Ari die Sehnsucht, eines Tages selbst eine solche Liebe zu erfahren. Er führte seine Braut vor den Altar. Ari und der dritte Geistliche, den sie noch nie gesehen hatte, stellten sich hinter den Brautleuten auf. Mr. Covington führte die Trauung durch, und schon bald war alles vorbei. Mr. Billingsworth küsste seine Libby, und die beiden hasteten den Gang hinunter zur Tür, um zu ihrem neuen Zuhause aufzubrechen. Ari folgte den beiden hinaus und sah, wie Libbys frisch gebackener Ehemann ihr liebevoll auf den Kutschbock half.

»Ari!«, rief Libby unvermittelt, als Mr. Billingsworth sich zu ihr hinaufschwang. »Liebe Ari, ich muss dich noch um einen weiteren Gefallen bitten, obwohl du schon so viel für uns getan hast. Würdest du das bitte St. Clare geben?« Sie zog ein gefaltetes und versiegeltes Stück Papier aus ihrem Handtäschchen. Das Siegel trug das Wappen der Allinghams. »Und sag ihm bitte, dass es mir sehr Leid tut.«

Ari nahm das Schreiben, wenn auch etwas widerwillig, entgegen und drückte es an die Brust, während sie dem glücklichen Paar nachwinkte.

Mr. Covington seufzte, als die Kutsche einer Wegbiegung folgte und außer Sichtweite verschwand. »Ich schätze, diese Angelegenheit ist damit noch lange nicht ausgestanden«, sagte er mit blitzenden Augen. »Trotzdem bereue ich nichts.«

»Nein«, stimmte Ari ihm zu. »Ich auch nicht.«

Sie seufzte innerlich. Es war so weit: Jetzt würde sie sich den Konsequenzen ihres Handelns stellen müssen. Sie musste Mama beichten, dass sie ihre einzige und letzte Chance verschenkt hatte. Und hinterher musste sie St. Clare aufsuchen. Bedrückt kehrte sie nach Hause zurück.

Ein lautes Fauchen, gefolgt von aufgeregtem Gebell riss sie aus ihren Gedanken, als sie sich dem kleinen Stallgebäude näherte. Hannibal lehnte an der Tür, die arme Sappho unter einer seiner Riesenpfoten gefangen. Mit einem ärgerlichen Ausruf eilte Ari hinzu, packte den Hund beim Nackenfell und versuchte vergeblich, ihn von dem Kätzchen fortzuziehen.

»Überlassen Sie das mir«, ertönte St. Clares Stimme hinter ihr.

Sie war so beschäftigt gewesen, dass sie ihn gar nicht hatte kommen hören. Ari trat beiseite, während der Vicomte seinen treuen Gefährten beim Schlafittchen packte. »Aus!«, befahl er, woraufhin Hannibal sich hechelnd auf den Bauch fallen ließ und mit einem Ausdruck, den man nur als dümmlich bezeichnen konnte, zu ihm aufblickte.

»Ist dem Kätzchen etwas passiert?«, fragte er seufzend.

Die Sorge um Sappho hatte Ari nach der nervlichen Anspannung der vergangenen Tage den Rest gegeben. Am ganzen Leib zitternd von widerstreitenden Emotionen, fuhr sie ihn an. »Als ob Sie das wirklich interessieren würde! Sie interessieren sich doch nur für Ihre eigenen Wünsche und Belange.«

Er blinzelte, offensichtlich überrascht von ihrer heftigen Reaktion.

Aber Ari war nicht mehr zu bremsen. »Haben Sie nicht bemerkt, wie unglücklich Libby die ganze Zeit war?«

»Wenn sie unglücklich ist«, entgegnete er in einem beschwichtigenden Tonfall, als hätte er es mit einer Geisteskranken zu tun, »braucht sie das nur zu sagen. Immerhin kennen wir einander fast unser ganzes Leben.«

»Stimmt, und ebenso lange ist es her, dass ihre Frau Mama ihre Ehe beschlossen hat. Wie hätte Libby sich gegen den Willen ihrer ehrgeizigen Mutter auflehnen sollen?«

Er runzelte die Stirn. »Libby hat nie auch nur andeutungsweise durchblicken lassen, dass sie mich nicht heiraten möchte. Sie ist ein braves, stilles und vor allem vernünftiges Mädchen ohne irgendwelche romantischen Neigungen.«

»Was beweist, wie wenig Sie sie wirklich kennen!«

»Dann hat sie romantische Neigungen?«, fragte St. Clare.

»Haben Sie das denn nie bemerkt?«

Er brauchte einen Moment, um das zu verdauen. »Wollen Sie mir damit sagen, dass sie einen anderen liebt und meinen Antrag nur angenommen hat, weil ihre Eltern ihr keine andere Wahl lassen?«

Die Betroffenheit auf seinem Gesicht ließ Ari ihren Wutausbruch bereuen. Sie hätte sich beherrschen und ihm die Neuigkeit schonender beibringen sollen. Und was Libby betraf ... Wie konnte sie nur so dumm sein, St. Clare nicht zu lieben? Wie sollte irgendjemand ihn nicht lieben? Sicher, er war stolz, vielleicht sogar arrogant, aber das gehörte zu dem faszinierenden Ganzen, das seine Persönlichkeit ausmachte.

»Ich werde mit ihr sprechen«, sagte er. »Ich werde nicht zulassen, dass man sie zu etwas zwingt ...«

»Das ist nicht mehr nötig.« Ari zog Libbys Brief aus ihrem Handtäschchen. »Sie hat mich gebeten, Ihnen das zu geben.« Sie betrat mit dem Kätzchen den Stall und setzte sich hinten auf den alten Heuwagen, der auf der Stallgasse stand. Sie konnte nur hoffen, dass Libby ihren Brief schonend formuliert hatte.

Mehrere Minuten verstrichen, dann näherten sich schwere Schritte. Hastig blickte sie auf; sie hatte nicht damit gerechnet, dass er hereinkam. Vielmehr hätte sie erwartet, er würde sich zurückziehen, um seine Wunden zu lecken. »Es tut mir schrecklich Leid«, sagte sie leise. »Ist es sehr schlimm für Sie?«

Er schüttelte den Kopf, einen traurigen Ausdruck auf dem Gesicht. »Ein herber Schlag für mein Ego. Wahrscheinlich werde ich mich nie davon erholen, dass meine Verlobte einen einfachen Pfaffen einem Vicomte vorgezogen hat ...« Er schüttelte den Kopf. »Mein Gott, das arme, dumme Kind. Wenn sie doch nur ein Wort gesagt hätte!«

»Es gab nichts zu sagen. Sie und Mr. Billingsworth haben sich ihre Gefühle erst ganz zuletzt gestanden, weil sie ihre Lage für aussichtslos hielten.«

»Dann hat es niemand gewusst ... nicht einmal sie selbst.« Er rieb sich das Kinn. »Ihre Tante hat meinen Vetter Gregory überredet, die Pfründe trotzdem an Mr. Billingsworth zu vergeben – auf Ihren speziellen Wunsch hin.« Er musterte sie forschend. »Sie haben viel geopfert für diese beiden.«

Sie schüttelte den Kopf. »Ich hätte keinen Mann heiraten können, der eine andere liebt.«

»Dann hat er Ihnen nichts bedeutet?«

»Gar nichts.«

»Was werden Sie jetzt tun?«

Sie holte tief Luft und atmete in einem zittrigen Seufzer aus. »Ich weiß es nicht. Ich ... Ich bin wirklich nicht wild darauf, Mama beizubringen, dass ich unsere einzige Chance auf eine sichere Zukunft verschenkt habe.«

»Das kann ich gut verstehen. Sie wird sicher nicht erfreut sein.«

Ari blickte düster zu ihm auf. »Wenn es nur um mich selbst ginge, könnte ich irgendwo eine Gouvernantenstelle annehmen, aber das würde Mama und Diana nichts nützen. Vielleicht nimmt meine Tante sie auf, wenn ich es auch für wahrscheinlicher halte, dass sie uns zum Teufel jagt, nachdem ich ihre Bemühungen so undankbar zunichte gemacht habe.«

»Es gäbe da vielleicht noch eine Möglichkeit«, entgegnete er fast ein wenig schüchtern.

Neugierig blickte sie auf, wagte jedoch nicht zu hoffen.

»Du warst einmal bereit, eine Vernunftehe einzugehen. Würdest du das noch einmal in Betracht ziehen?«

Das Ausmaß ihrer Sehnsucht überraschte sie selbst, raubte ihr buchstäblich den Atem. Und doch ... was, wenn er jemand anders im Auge hatte?

»Mir ist klar geworden, dass Geistliche als Ehepartner offenbar einen höheren Stellenwert haben als Aristokraten, aber könntest du dir trotzdem vorstellen, dich so weit herabzulassen, Vicomtesse zu werden?«

Nur wenn du mich liebst, schoss es ihr durch den Kopf. Nichts könnte sie glücklicher machen. Sollte dies jedoch nicht der Fall sein, machte er ihr den Antrag nur aus Freundschaft oder gar aus Mitleid ... Sie war nicht sicher, ob sie sich mit selbstloser Großzügigkeit würde zufrieden geben können, wo sie sich doch so viel mehr ersehnte.

»Ari«, sagte er in sanftem Befehlston. »Sieh mich an.«

Sie gehorchte und musterte ihn unsicher.

Ein leises, etwas schiefes Lächeln umspielte seine Lippen. »Ich möchte dich zur Frau. Das ist mir seit unserer ersten Begegnung klar, als du mit dem Besen auf den armen Hannibal losgegangen bist. Aber ich konnte nichts tun ... Bis jetzt.« Nach einer kurzen Pause fuhr er fort. »Ich bitte nur darum, dass du mir eine Chance gibst, deine Liebe zu erringen.«

Sie starrte ihn nur wortlos an, zu überwältigt, um auch nur einen Ton hervorzubringen.

»Wenn schon nicht um meinetwillen«, fuhr er fort, »und auch nicht deiner Schwester und Mutter zuliebe, dann ihretwegen.« Er zeigte auf den Stallboden. »Du kannst die beiden unmöglich trennen. Das würde ihnen das Herz brechen.«

Ari senkte den Blick. Hannibal hatte sich zu St. Clares Füßen niedergelassen, Sappho zwischen den Vorderpfoten, der er zärtlich das Köpfchen leckte.

»Nein.« Sie betrachtete das ungleiche Paar eine Weile. »Das wäre wirklich grausam.« Dann fügte sie eilig und mit unsicherer Stimme hinzu: »Aber erst recht würde es mir das Herz brechen, von dir getrennt zu werden.«

Auf ihre Eröffnung folgte tiefe Stille. »Mein Schatz«, brach es in einem heiseren Flüstern aus ihm hervor. Er nahm ihre Hand und zog sie von dem Karren in seine Arme.

Im ersten Moment war sie wie gelähmt, als er sie an seine breite Brust drückte und eine Hand in ihrem Haar vergrub. Er küsste sie mit einer Leidenschaft, die ihr Atem und Sinne raubte. Aber dann schmiegte sie sich an ihn, überließ sich ganz dem Glücksgefühl, das sie durchströmte, in der Gewissheit, dass ihre Liebe erwidert wurde.

Zu ihren Füßen hechelte Hannibal glücklich vor sich hin, während Sappho frech nach seinen Pfoten schlug.

Katzenkinderstube

Shannon Donnelly

1. Kapitel

»Lea, du dummes Ding, wo steckst du?«

Emaline Adair Pearson hielt die Laterne höher und blinzelte in die Dunkelheit. Ihre Hand zitterte leicht vor Anspannung. Sie sollte nicht hier sein, und die düsteren verlassenen Räume erschienen ihr fremd und abweisend.

Sie hatte hier nichts mehr verloren. Aber sie musste Lea heimholen.

Zum Teufel mit Lea. Zum Teufel mit diesem trüben Septembertag. Und zum Teufel mit Newell.

Der schwache Lichtschein ihrer Laterne glitt über einen riesigen zerschrammten Eichentisch. Der gelbe Schimmer reichte gerade bis an die nächste Wand, an der halb leere Regale standen mit verstaubten, von Ratten angenagten, in Leder gebundenen Büchern mit so trockenem Inhalt, dass sie niemanden interessierten.

Newell hatte alles fortgeschafft, was noch halbwegs zu gebrauchen gewesen war. Nur einzelne, besonders schäbige Stücke hatte er zurückgelassen, wie das Ungetüm von einem Mahagonisessel mit der hohen Rückenlehne und dem speckigen grünen Lederbezug neben dem Kamin. Sessel, Tisch und weitestgehend leere Regale und Bücherschränke waren alles, was von der einst gut bestückten Bibliothek übrig geblieben war.

Es geschah Newell ganz recht, dass er das Haus verloren hatte, nachdem er es derart hatte verkommen lassen.

Und doch hätte sie ihm nur zu gerne kräftig in den Hintern getreten, weil er dabei auch ihr Zuhause aufs Spiel gesetzt hatte.

Sie errötete, ob ihrer garstigen Gedanken. Wenn John vom Himmel auf sie und die Jungen herabschaute, würde ihm das gar nicht gefallen.

Ein Knall ließ sie erschrocken zusammenfahren; ein Fensterladen, der im Herbstwind klapperte.

Mit der freien Hand zog sie ihr Wollcape enger über der Brust zusammen und ließ den Blick durch die verlassene Bibliothek schweifen. Früher einmal hatte sie diesen Raum geliebt. Sie hätte nicht an die Gespenster denken sollen, an John, der nun schon fünf Jahre tot war; solche Gedanken konnten einen schon nervös machen in einem leer stehenden Haus an einem düsteren Herbstabend.

Sie konzentrierte sich wieder auf den Grund für ihr Kommen und starrte angestrengt in die Dunkelheit. »Lea«, rief sie noch einmal, um einen lockenden Tonfall bemüht. »Lea?«

Ihr blieb fast das Herz stehen, als hinter ihr eine belustigte männliche Stimme sagte: »›Sein oder nicht sein‹, ist das Ihre Frage?«

Mit wehendem Cape und schwankender Laterne wirbelte sie herum.

Eine dunkle Gestalt lehnte am Türrahmen, bedrohlich groß und unheimlich. Im ersten Moment fürchtete sie, tatsächlich einen Geist heraufbeschworen zu haben. Während die Laterne in ihrer erhobenen Hand hin und her schaukelte, trat der Schatten vor und nahm ihr den Metallgriff aus der Hand. Das Licht fiel auf das vermeintliche Gespenst, und zu ihrer Erleichterung stellte sie fest, dass es sich um ein Wesen aus Fleisch und Blut handelte.

Er trug keinen Hut, und sein von der Sonne ausgeblichenes braunes Haar fiel ihm lockig über den Mantelkragen. Er war sehr groß. So groß, dass sie den Kopf in den Nacken legen musste, um ihm ins Gesicht sehen zu können. Eine markante Nase dominierte ein vom Leben gezeichnetes Gesicht, und sie vermutete, dass es sich bei ihm um einen von Newells Freunden handeln musste. Er hatte etwas Lasterhaftes an sich und einen sinnlichen Mund, der eine Frau auf dumme Gedanken bringen konnte.

Der Mann stellte die Laterne auf den Tisch und sagte, immer noch hörbar amüsiert: »Ich wäre Ihnen dankbar, wenn Sie mein Haus nicht abbrennen würden, noch bevor ich Gelegenheit hatte, es mir anzuschauen.«

Sein unerwartetes Auftauchen und die Peinlichkeit, an einem Ort erwischt worden zu sein, an dem sie sich widerrechtlich aufhielt, hatten ihr im ersten Moment die Sprache verschlagen, aber jetzt richtete sie sich zornig zu ihrer vollen Größe auf.

»Ihr Haus?« Hitze überzog erst ihren Hals und gleich darauf ihr Gesicht. Er war das also. Der Spieler. Newell hatte ihr alles über ihn geschrieben. Sie musterte ihn aus zusammengekniffenen Augen mit unverhohlener Verachtung. »Natürlich. Sie müssen Sir Ashten Ravenhill sein.«

Seine Augen weiteten sich überrascht. Sie hatten die Farbe eines Herbstwaldes, eine kaleidoskopartige Mischung aus Braun- und Grüntönen. Jetzt blitzten sie vor Belustigung, und es ärgerte sie, dass er ihre Worte offenbar komisch fand. Sie war es nicht gewohnt, sich Wortgefechte mit abgebrühten Spielernaturen zu liefern, und sie verspürte auch nicht die geringste Lust, sich jetzt daran zu gewöhnen.

Sie hätte Newell mit bloßen Händen erwürgen mögen dafür, dass er sie in eine so unmögliche Lage gebracht hatte.

Mit einem warmen Lächeln sagte Sir Ashten: »Ich wusste gar nicht, dass meiner Identität ein ›Natürlich‹ anhaftet.«

»Mein Cousin hat mir von Ihnen geschrieben«, klärte sie ihn auf. »Unter anderem, wie Sie ihm *Adair Manor* abgenommen haben. Lassen Sie sich gesagt sein, dass er mich erst unterrichtet hat, nachdem ich ihm die sechseinhalb Pfund Miete für das kommende Vierteljahr geschickt hatte. Wenn Sie also die Miete für das Pförtnerhaus haben wollen, wenden Sie sich an ihn.«

Sein Lächeln wurde zu einem breiten Grinsen, und sie wünschte, sie hätte sich nicht zu dieser Bemerkung hinreißen lassen. Wie dumm. Der Mann hatte gerade beim Glücksspiel das Haus gewonnen – und zweifellos alles Geld, das Newell noch geblieben war. Sechseinhalb Pfund Miete für ein Quartal dürften für ihn eine Lappalie sein.

»Das werde ich mir merken«, entgegnete er und ließ sich dann auf der Tischkante nieder, wobei er ein Bein leicht vor- und zurückschwingen ließ. Er trug Reitkleidung und einen grauen Mantel mit drei Lagen regennasser Schultercapes.

Neid stieg in ihr auf. Seine maßgeschneiderten Kleider waren aus feinstem Tuch und hoben seine sportliche Figur hervor. Verlegen zog sie das Cape enger um das mehrfach geflickte blaue Kleid, dem man ansah, dass es schon bessere Zeiten gesehen hatte.

Immer noch lächelnd sagte er: »Bevor wir uns dem Thema Miete zuwenden, würde ich gerne noch einen anderen Punkt klären. Sie haben mir etwas voraus ... Sie wissen, wer ich bin. Darf ich auch erfahren, wer Sie sind – abgesehen von Newells Cousine? Und warum sind Sie in mein Haus eingebrochen?«

Sie hob ruckartig den Kopf und schaute ihm ins Gesicht. »Ich bin nicht eingebrochen.«

»Dann hat sie jemand hereingebeten?«

»Nein. Das heißt ... also ... Ich habe früher hier gewohnt«, erklärte sie und wand sich innerlich angesichts dieser schwachen Ausrede.

»Jetzt verstehe ich natürlich, dass Sie gar nicht anders konnten als einzubrechen.«

Der Mann brachte sie zur Weißglut mit seiner herablassenden ironischen Art. Sie musste sich sehr zurückhalten, um nicht wütend mit dem Fuß aufzustampfen. »Ich bin nicht ›eingebrochen‹. Das Fenster war schon kaputt.«

»Das ist selbstverständlich etwas anderes. Nun, Sie sind jedenfalls der hübscheste Einbrecher, der mir je begegnet ist. Sie brauchen nicht rot zu werden, meine Liebe, so viele waren es nämlich bisher nicht. Um genau zu sein, sind Sie der erste. Oder besser die erste.«

Er grinste wieder, und sie ballte die Hände zu Fäusten, um ihm nicht völlig undamenhaft einen Kinnhaken zu verpassen.

Mühsam beherrscht funkelte sie ihn an. »Ich werde nicht rot. Und ich bin kein Einbrecher. Ich ...«

Ein klägliches Maunzen unterbrach sie, und sie fuhr herum, der provokante Sir Ashten war schlagartig vergessen. Offenbar steckte ihre Katze in Schwierigkeiten. »Lea«, sagte sie und hastete auf die gegenüberliegende Wand zu.

Ein weiteres Miauen führte sie zu einem riesigen Eichenschrank. Das Ungetüm an der Wand gegenüber dem Fenster war mit Blumen- und Rankenschnitzereien verziert und gut dreieinhalb Meter breit. Emaline kniete sich hin und öffnete die nur angelehnte untere Tür. »Lea?«

Von seinem Platz aus sah Ash zu, wie seine hübsche Einbrecherin den Kopf in den scheußlichen Bücherschrank steckte. Er war sich noch nicht ganz schlüssig, ob er es mit der Dorfirren zu tun hatte oder mit einer Vertreterin der noch viel gefährlicheren Gattung der neugierigen guten Samariterin. Jedenfalls wünschte er, das verdammte Cape würde nicht das meiste von ihr verbergen. War sie dürr oder an den richtigen Stellen üppig geformt, wie ihr anziehendes Gesicht vermuten ließ? Jedenfalls hatte sie feurige, rehbraune Augen, zumindest wenn er sie provozierte, und sie gab ihm Rätsel auf.

Ihr lockiges Haar, das sie im Nacken zu einem losen Knoten geschlungen hatte, war von der gleichen Farbe wie ihre Augen. Goldbraun – wie guter spanischer Sherry.

Er hatte immer eine Schwäche für spanischen Sherry gehabt.

»Da bist du ja, Lea. Warum musst du ausgerechnet hier deine Babys zur Welt bringen, du dummes Mädchen?«, schimpfte sie in einem so zärtlich-liebevollen Tonfall, dass er unwillkürlich lächeln musste. Eine wirklich liebliche Stimme.

Abrupt wandte sie sich ihm zu und fragte in einem Tonfall, so stachelig wie eine Distel: »Könnten Sie vielleicht die Laterne herbringen? Lea wirft gerade.«

Ash, der eben noch entspannt das gestiefelte Bein locker hatte herabbaumeln lassen, hielt mitten in der Bewegung inne und starrte sie sprachlos an. Was zum Teufel bildete diese

Person sich eigentlich ein, ihn in seinem eigenen Haus herumzukommandieren?

Als sie das hässliche Cape auszog und es in den Schrank stopfte, damit ihre Katze und ihre Jungen es warm und weich hatten, vergaß er seinen verletzten Stolz jedoch gleich wieder.

Dünner blauer Stoff umhüllte eine verführerisch wohlgeformte Figur. Seine Hände wurden feucht, sein Mund war plötzlich ganz trocken, und das Herz schlug ihm bis zum Hals. Er musterte sie noch einen Moment, dann stand er auf, zog den Mantel aus und trug die Laterne hinüber zum Schrank.

Sie kniete immer noch auf dem kalten Fußboden und drapierte ihren Mantel um eine miauende Tigerkatze und einen Haufen winziger verklebter Wesen, die alle eher wie Ratten aussahen. Erst auf den zweiten Blick waren diese Wesen mit den rosigen strampelnden Pfötchen, den geschlossenen Augen und den noch nicht aufgestellten Ohren als neugeborenen Katzenwelpen erkennbar. Ein fünftes schien unterwegs zu sein.

Die Katzenmutter – grau getigert mit weißen Flecken – miaute kläglich und richtete die großen gelben Augen auf das Gesicht ihrer Besitzerin. Die Qualen des Tieres hätten nicht deutlicher sein können, wenn es sie in reinstem Englisch formuliert hätte.

»Grundgütiger«, murmelte er hilflos.

Newells Cousine kam ihm ebenfalls etwas blass vor. Neugeborene Kätzchen und vor allem schleimige Nachgeburten waren kein sehr appetitlicher Anblick.

»Haben Sie vielleicht ein paar alte Taschentücher?«, fragte

sie nervös. »Lea hat sich zwischen den alten Zeitungen eine Art Nest gebaut, aber offenbar will das nächste Kätzchen nicht so recht. Möglich, dass sie unsere Hilfe braucht.«

Unsere!?

Es dauerte einen Moment, bis er das verdaut hatte. Dann kam ihm zu Bewusstsein, dass sie ganz offensichtlich keine Ahnung hatte, wer er wirklich war. Sonst wäre sie wohl kaum auf eine so absurde Idee gekommen.

Unsere Hilfe.

Er war keiner von der Sorte, die anderen halfen. Ihn interessierte nur das eigene Wohl, und das zu gewährleisten, war schon mühsam genug.

Mit Bedauern warf er noch einen Blick auf ihre verführerischen Rundungen und die sherryfarbenen Locken über dem milchweißen Nacken. Dann stellte er die Laterne ab, wandte sich um und ging zur Tür. »Ich schicke Ihnen Knowles.«

Emaline blickte Sir Ashten hinterher, dessen breite Schultern von dem maßgeschneiderten Mantel noch zusätzlich betont wurden. *Was für ein Mensch muss man sein, um einem Tier in Not einfach den Rücken zu kehren,* dachte sie verächtlich.

Auf sich allein gestellt, hätte er Lea vermutlich mitsamt ihrer Jungen ertränkt. Aber was sollte man sonst von einem skrupellosen Spieler erwarten, einem Mann, der, falls man Newell glauben konnte (was für gewöhnlich nicht der Fall war), beim Kartenspiel betrogen hatte, um *Adair Manor* in seinen Besitz zu bringen.

Nun, sie wollte nicht so weit gehen, ihn fälschlich des Betrugs zu bezichtigen, aber zweifellos war er kaltherzig und unmoralisch.

Aber ihr konnte das egal sein. Im Übrigen war es vermutlich das Beste, ihn sofort von seiner schlechtesten Seite kennen zu lernen, damit sie gar nicht erst Gefahr lief, auf seinen Charme und sein Lächeln hereinzufallen. *Und so charmant oder gut aussehend war er auch wieder nicht,* sagte sie sich und konzentrierte sich wieder auf die arme Lea.

Aber sie war eine schlechte Lügnerin, sogar sich selbst gegenüber.

»So, meine Süße. Du hast doch schon Dutzende von Babys zur Welt gebracht.« Beruhigend streichelte sie der Katze den samtigen Kopf und wünschte, sie wüsste, was sie sonst noch für das Tier tun könnte.

Sie hatte Angst um Lea, fürchtete sie doch, dass diese inzwischen zu alt war, um noch zu werfen. Vielleicht würde sie zum ersten Mal ein Baby verlieren.

Eine halbe Stunde später kehrte Knowles in die Küche zurück. Er wischte sich die blutigen Hände an einem Lumpen ab, die Mundwinkel heruntergezogen und einen erschöpften Ausdruck in den schwarzen Augen. Er war klein und rundlich, das schwarze Haar kurz geschoren. Er stand schon so lange in Ashtens Diensten, dass der gar nicht mehr wusste, wie er früher ohne ihn zurechtgekommen war.

»Und? Ist sie weg, zusammen mit ihren Katzen?«, fragte Ash und blickte von dem Feuer auf, das er im Kamin entzündet hatte. Er hatte mit einem Besenstiel im Schacht herumstochern müssen, bis der Rauch hatte abziehen können, und sich dabei fast den guten Mantel ruiniert. Aber er hatte sich immer noch lieber mit dem Kamin herumgeschlagen als mit dieser Frau. Kamine starrten einen nicht anklagend an, wenn sie von einem enttäuscht waren.

»Ist das Kätzchen gestorben?« Er hatte sich diese Frage doch nicht verkneifen können.

Ein Grinsen erhellte Knowles' Züge, und sein Goldzahn schimmerte im Licht des Kaminfeuers.

»'türlich nicht. Ich war ja da. Könnte ein, zwei Tage noch kritisch sein, aber das Tierchen ist eine Kämpfernatur. Die Frau ist Mrs. Pearson, Sir. Mrs. Emaline Adair Pearson. Sie war mit dem hiesigen Pfarrer verheiratet, aber der ist vor fünf Jahren gestorben. Sie wohnt mit ihren Jungs im Pförtnerhaus. Sie ist mit ihrer Mutter hergekommen, nachdem ihr Vater im Krieg irgendwo im Ausland gefallen ist. Scheint so, als wäre sie hier in dem Haus aufgewachsen. Und jetzt brauchen wir etwas Milch für Lea, Sir. Die Kleine ist todmüde und wird ein Weilchen nicht auf Mäusejagd gehen können. Aber Mrs. Pearson hat gesagt, sie wäre eine fleißige Mäusefängerin, und es kann nicht schaden, wenn sie ihre Geschicklichkeit an ihre Kleinen weitergibt. Ich wette, hier im Haus wimmelt es nur so von Mäusen.«

Ash musterte seinen Diener irritiert. Zum einen war er enttäuscht gewesen, dass seine Einbrecherin verheiratet war, gleich darauf erleichtert, dass ihr Mann nicht mehr lebte – da taten sich die verschiedensten Möglichkeiten auf –, und schließlich verärgert, dass sie Knowles gegenüber so redselig und freundlich gewesen war.

»Ein neuer Rekord«, bemerkte er trocken. »Eine vollständige Lebensgeschichte in weniger als einer Stunde.«

Knowles zuckte mit den massigen Schultern. »Sie ist einsam, Sir. Und sie hat sich Sorgen gemacht um ihre Katze. Hat ihre Lea schon eine Ewigkeit und hängt an dem Tier. Sie wissen ja, wie Frauen sind.«

Ash wischte sich schnaubend den Ruß von den Händen. »Allerdings. Und wo zum Teufel willst du die Milch hernehmen?«

»Sie hat gesagt, ich könnte zu den Nachbarn reiten, den Wilberforces. Dort würde ich welche bekommen. Wir könnten sowieso für den Tee morgen welche brauchen.«

»Ich hätte selbst gerne etwas zu essen«, entgegnete Ash stirnrunzelnd. »Das heißt, natürlich nur, wenn es dir nicht zu viel Mühe macht, wo du ja so beschäftigt bist als Geburtshelfer.«

»Natürlich, Sir. Aber Sie haben nicht gerade fünf Babys bekommen, davon eins mit großer Mühe. Keine Bange. Ich besorge uns ein paar Eier für ein Omelette.« Noch ehe Ash Protest vorbringen konnte, war Knowles durch die Hintertür verschwunden.

»Ein Omelette ... So leicht kommst du mir diesmal nicht davon«, rief Ash seinem Diener nach, aber der hörte ihn nicht mehr.

Grummelnd nahm Ash sich die Kerze und kehrte zurück in die Bibliothek.

Knowles hatte im Kamin Feuer gemacht – Gott allein (natürlich abgesehen von Knowles selbst) wusste, was er als Brennmaterial aufgetan hatte und wie er es bewerkstelligt hatte, dass der Kamin nicht rauchte. Die hübsche Einbrecherin hockte immer noch vor dem Bücherschrank auf dem Boden. Einzelne lockige Strähnen, die sich aus dem Knoten gelöst hatten, umrahmten ihr Gesicht. Sie redete leise mit der Katze, als handle es sich um ein krankes Kind.

Dann wandte sie sich ihm lächelnd zu, die Züge von innen heraus strahlend.

Seine Sinne gerieten ins Trudeln unter der Wucht dieses Lächelns, als wäre einer der massiven Deckenbalken ihm auf den Kopf gefallen. Er brauchte einen Moment, um zu registrieren, dass sie ihn etwas gefragt hatte.

»Die Kätzchen? Möchten Sie sie sehen?«, wiederholte sie, und das Lächeln erstarb langsam wieder.

Er machte ein finsteres Gesicht. Er hatte keine Lust, sich einen Wurf Katzenwelpen anzusehen. Viel lieber wollte er sich das heruntergekommene leere Haus anschauen. Er hatte geglaubt, endlich einen Volltreffer gelandet zu haben, aber wie es aussah, hatte er sich nur eine Ruine und einen Haufen Mäusefänger eingehandelt.

Er wandte sich wieder der Einbrecherin zu, die jetzt unsicher zu ihm aufblickte. Seufzend und sich nur zu bewusst, dass er eigentlich nichts tun sollte, nur um ihr zu gefallen, trat er näher, um einen Blick auf die verdammten Kätzchen zu werfen.

2. Kapitel

Emaline wusste selbst nicht, warum es ihr so wichtig war, dass er sich die Katzenbabys ansah. Vielleicht wollte sie sich nur vergewissern, dass er ihnen nichts antun würde. Vielleicht hoffte sie ja, seine Reaktion würde es ihr leichter machen, ihn einzuschätzen, sich ein Bild davon zu machen, was für ein Mensch er war. Immerhin war er jetzt ihr Vermieter.

Vielleicht wollte sie auch einfach nur den Anblick der winzigen, inzwischen von der rauen Zunge ihrer Mutter sauber geleckten Babys teilen, die sich an Lea kuschelten, die Augen noch fest verschlossen, das Fell so fein wie Samt, die kleinen Gesichter so unwiderstehlich in ihrer Unschuld.

Sie öffnete die Schranktür etwas weiter und hob die Laterne.

Lea öffnete die Augen einen Spaltbreit; sie glitzerten wie gelbe Diamanten. Sie öffnete das Maul, war aber zu müde, um auch nur einen Laut des Protestes von sich zu geben. Neben ihr wanden sich ihre Kinder, die strampelnd an ihren Zitzen hingen und dabei mit den winzigen Pfötchen den Bauch ihrer Mutter bearbeiteten, die kurzen, spitzen Schwänze steif aufgestellt. Ein Kätzchen war schwarz mit einem weißen Ring um den Hals, ein zweites grau getigert mit Weiß wie Lea, ein drittes bunt gefleckt, das vierte rot mit weißen Pfoten und das letzte grau wie Morgennebel.

Emaline beobachtete Sir Ashtens Gesicht, als er in den Schrank schaute.

Da. Der Ausdruck seiner Augen wurde einen Hauch weicher. War das Wehmut, die das Grün deutlicher hervortreten ließ? Die Falten um seinen Mund entspannten sich, sodass das Lächeln, das gleich darauf seine sinnlichen Lippen umspielte, nicht mehr ganz so zynisch wirkte.

Schon Sekunden später war jede Spur dieses anderen Mannes wie weggewischt, und er sagte in sarkastischem Tonfall: »Ich werde sie zum Höhepunkt der Hausbesichtigung machen, wenn ich potenzielle Käufer herumführe. ›Und hier haben wir die Bibliothek komplett mit einer ganzen Katzenschar ...‹.«

Ihre Finger schlossen sich fester um die Schranktür, und sie blinzelte mehrmals. »Käufer? Sie wollen das Anwesen doch nicht ernsthaft verkaufen?«

Er blickte mit hochgezogenen Brauen herausfordernd auf sie herab. »Ich weiß, dass es eine Ruine ist. Aber mit etwas Glück gibt es in der Gegend den einen oder anderen Blinden, und ich kann *Adair Manor* für ein stolzes Sümmchen losschlagen.« Er ließ den Blick umherschweifen. »Zwar unter Wert, fürchte ich, und nicht annähernd für die zwanzigtausend, für die Ihr Vetter es als Sicherheit eingebracht hat, aber immerhin. Ein neuer Anstrich dürfte schon einiges ausmachen.«

Von Panik ergriffen, stand sie auf.

Seit sie Newells Brief erhalten hatte, hatte sie genau das hier befürchtet. Allmächtiger, was sollte aus ihr und den Jungen werden, wenn sie nicht im Pförtnerhaus wohnen bleiben konnten? Newell hatte den Jungen zudem ein Jagdrecht auf dem Anwesen eingeräumt. Wie sollten sie ohne Wild durch den Winter kommen? Und ohne den Fisch aus dem nahe gelegenen Fluss? Ein Spieler war zwar nicht gerade ein idealer Nachbar, aber sie hatte insgeheim gehofft, dass er so wie Newell die meiste Zeit abwesend sein würde.

Stattdessen wollte er verkaufen.

Zur Hölle mit ihm. Und zur Hölle mit Newell!

Sie zog vorsichtig ihr Cape aus dem Schrank, strich den Stoff glatt und sagte scharf: »Ich gebe zu, dass das Haus in schlechtem Zustand ist, aber das lässt sich ohne allzu großen Aufwand ändern. Und auch wenn derzeit nur ein geringer Teil des Bodens verpachtet ist, kann ich Ihnen versichern, dass er früher Einkünfte von fast neunhundert Pfund jährlich eingebracht hat.«

Er lachte und grinste dann auf sie herab. »Meine liebe Einbrecherin, ich verdiene am Spieltisch neunhundert an einem Abend.«

Tiefe Röte überzog ihr Gesicht, was ihr ausnehmend gut stand, wie sich Ash eingestehen musste. Wohlweislich erwähnte er nicht, dass es auch Abende gab, an denen er mehr als neunhundert verlor, oder dass Würfel und Karten sehr launische Geschäftspartner sein konnten. Damit würde er ihr zu viel Munition für selbstgerechte Vorhaltungen in die Hand geben.

»Wenn Sie sich Sorgen um Ihre Katzen machen, kann ich an den Verkauf die Bedingung knüpfen, ihnen Obdach zu gewähren«, neckte er sie. »Oder möchten Sie *Adair Manor* vielleicht selbst erwerben?«

Die warmen, braunen Augen verdunkelten sich, und er erkannte, dass er sie verletzt hatte, wenn er auch nicht wusste, womit.

»Zerbrechen Sie sich nur nicht den Kopf wegen Lea und ihren Babys. Ich hole sie in ein paar Tagen zu mir rüber. Guten Abend, Sir.« Darauf marschierte sie davon und ließ ihn mit einer schnurrenden Katzenmutter und ihren fünf Babys allein.

Er wandte sich wieder dem Schrank zu, zog die Tür weiter auf und schaute hinein. Lea musterte ihn eindringlich und, wie er fand, beinahe vorwurfsvoll.

»Ich wollte sie nicht verletzen. Und warum sollte sie das Haus nicht kaufen?« Er funkelte Lea und ihre Babys trotzig an, aber dann fiel ihm ein, dass das Kleid seiner Einbrecherin mehr als nur ein wenig unmodern gewesen war, und auch ihr Cape hatte eindeutig schon bessere Zeiten erlebt. Er hatte angenommen, sie hätte sich bewusst etwas Altes angezogen, um in einer staubigen Ruine herumzustöbern, aber vielleicht hatten ihre abgetragenen Kleider ja tatsächlich andere Gründe.

Lea miaute. Kläglich.

Ash machte ein grimmiges Gesicht. »Du kannst miauen, so viel du willst, aber ich bin nicht hier, um dir, ihr oder sonst jemandem zu helfen, außer mir selbst. Du kannst bleiben oder verschwinden, aber lass dir ja nicht einfallen, die Besichtigungen zu stören, hörst du?« Er verstummt abrupt und blickte auf die Tür, durch die Mrs. Emaline Pearson verschwunden war.

»Verdammt auch, jetzt hat sie mich schon so weit gebracht, dass ich mich mit Katzen unterhalte!«

»Mutter! Mutter!« Die Rufe zu ihrer Begrüßung wärmten Emaline das Herz. Die beiden Jungen stürzten in ihre Arme, sobald sie sich bückte, um sie zu umarmen.

Sie richtete sich wieder auf und zauste Will das rotblonde

Haar. Will war ein stämmiger Siebenjähriger mit den blassblauen Augen seines Vaters und einer sehr lebhaften Fantasie. Will war derjenige, der sich Geschichten ausdachte, aber Thomas war es, der die beiden immer wieder in Schwierigkeiten brachte.

Und auch jetzt machte Thomas, der ein Jahr älter war als sein Bruder und gut fünfzehn Zentimeter größer, ein verdächtig unschuldiges Gesicht. Sie sah, dass sich trockenes Laub in seinem unordentlichen dunkelbraunen Haar verfangen hatte.

»Was hast du jetzt wieder angestellt?«, fragte sie und musterte ihn forschend.

Thomas erwiderte ihren prüfenden Blick ausdruckslos. »Nichts, Mutter.«

»Wir sind einem Mann begegnet«, platzte Will heraus.

Thomas warf seinem Bruder einen bösen Blick zu. »Wir sind ihm nicht begegnet. Nicht richtig. Er ist nur durch den Wald gegangen.«

Will ignorierte seinen Bruder, winkelte ein Knie an und umfasste den Knöchel mit der Hand. »Er hat gesagt, Lea hätte ihre Babys bekommen, und er würde Milch für sie holen. Und dass er und ein Ritter in das große Haus gezogen sind. Ein Ritter namens Sir Ravenhill«, fügte Will ehrfürchtig hinzu.

»Man spricht ihn mit Sir Ashten an«, belehrte ihn Emaline. »Und der Mann, dem ihr begegnet seid, muss Knowles gewesen sein. Er ist Sir Ashtens Diener. Aber ich möchte nicht, dass ihr unsere neuen Nachbarn belästigt. Ich will keine Klagen hören.«

Thomas schmollte. »Dürfen wir Lea wenigstens den Korb

bringen, den wir für sie und ihre Babys zurechtgemacht haben?«

»Das wird nicht nötig sein. Ich werde sie in ein, zwei Tagen herholen.«

»Aber warum dürfen wir sie nicht im Manor besuchen?«, fragte Will, ließ seinen Fuß los und schob trotzig das Kinn vor.

Sie wollte schon erwidern, dass sie keinen Umgang mit einem Berufsspieler haben sollten, besann sich dann aber anders. Das würde für zwei abenteuerlustige Jungen viel zu exotisch und verlockend klingen. So sagte sie stattdessen, um einen gelangweilten Tonfall bemüht: »Sir Ashten will das Anwesen verkaufen und wird vorher alle Hände voll zu tun haben, um es herzurichten, also stört ihn nicht.«

»Können wir es nicht kaufen?«, fragte Will mit leuchtenden Augen.

Wenn wir das doch nur könnten, dachte sie sehnsüchtig. Wenn sie doch nur mehr als 800 Pfund ihr Eigen nennen könnte. Und wenn sie nicht ihren Lebensunterhalt von den Zinsen bestreiten müssten.

Sie wechselte das Thema, da sie nicht sicher sein konnte, ihre eigene Sehnsucht nicht zu verraten, wenn sie sich dazu äußerte. »Was hattet ihr beiden heute im Wald zu suchen? Hattet ihr nicht Lateinunterricht bei Mr. Timothy?«

Geoffrey Timothy war Gelehrter und ehemaliger Schüler ihres verstorbenen Mannes. Ihm zum Gedenken hatte er sich erboten, die Jungen an zwei Tagen in der Woche zu unterrichten. Sie war ihm zutiefst dankbar. Zwar hatte sie die Hoffnung noch nicht völlig aufgegeben, ihre humorlose Cousine Susan doch noch überreden zu können, ihren Söhnen Harrow zu finanzieren, aber bislang war es nur bei vagen Versprechungen geblieben.

Die Jungen tauschten einen Blick. Will kaute an der Unterlippe, und schließlich gab Thomas zu: »Er hat uns früher gehen lassen, und da sind wir in den Wald gegangen, um uns den Fuchsbau anzusehen.«

»Die Jungen sind fast ausgewachsen«, fügte Will hinzu und hüpfte von einem Fuß auf den anderen.

Sie versuchte, ein ernstes Gesicht zu machen und sich das Lächeln zu verkneifen. Sie musste den beiden Vater und Mutter in einer Person sein und misstraute ihrer Neigung, die beiden zu verwöhnen und zu verhätscheln. Und so sagte sie nachdrücklich: »Wenn der Unterricht das nächste Mal früher aus ist, kommt ihr erst nach Hause.«

Thomas nahm diese Einschränkung unbewegt entgegen, aber Will nickte mit großen Augen und feierlichem Ernst.

Dann hielt sie es nicht länger aus und gestattete sich ein Lächeln. »Was rieche ich denn da? Sind das vielleicht frische Scones im Backofen?«

Die Mienen der Jungs hellten sich schlagartig auf, und sie lieferten sich ein Rennen in Richtung Küche, wobei Thomas mit seinen längeren Beinen natürlich im Vorteil war.

Emaline zog den Mantel aus und legte ihn über eine Stuhllehne. Dann schaute sie sich um und betrachtete ihr Zuhause. Sie wusste, dass sie ihr Heim möglicherweise bald verlieren würde. Ihr wurde ganz kalt vor Furcht.

Das heimelige Wohnzimmer, die Küche mit ihrer antiquierten Einrichtung, das nur selten benutzte Esszimmer und das Arbeitszimmer, das sie zum Spielzimmer umfunktioniert hatte, damit die Jungen auch bei schlechtem Wetter herumtollen konnten ... Wie sollten sie je wieder ein so schönes Heim finden? Und das zu einer bezahlbaren Miete? Oben gab es drei Schlafzimmer und sogar ein Wasserklosett – der reinste Luxus –, dazu ein eigenes Reich für Mrs. Cranley, die ihnen als Hausmädchen, Köchin und Haushälterin zur Hand ging.

Das würde noch ein weiteres Problem darstellen. Mrs. Cranley hatte ihr ganzes Leben in der Gegend verbracht. Ihre ganze Familie lebte hier, genauer gesagt ihre Verwandtschaft – verheiratet war sie nicht, das *Mrs.* war lediglich eine Respektsbekundung. Aber sie hatte zwei Nichten, die erst kürzlich Kinder bekommen hatten, und dazu eine alte Mutter, um die sie sich kümmerte. Würde Mrs. Cranley mit ihnen kommen, wenn sie aus dem Pförtnerhaus ausziehen mussten? Und wenn nicht, wie sollten sie sie je ersetzen?

»Hör auf, dich mit Sorgen von morgen zu belasten«, schalt sie sich, aber ihr Gefühl warnte sie, dass sich um sie herum größere Veränderungen anbahnten als nur der Jahreszeitenwechsel. Und daran war nur dieser grässliche Sir Ashten mit seinem verachtungswürdigen Laster schuld.

Ash stieg müde die Kellertreppe hinauf, wobei er mit der einen Hand seine Weste aufknöpfte, in der anderen Hand hielt er eine verstaubte Flasche ohne Etikett. Er hoffte, dass es sich um Branntwein handelte.

Er hatte fast den ganzen Tag damit verbracht, das Haus vom Keller bis zum Dachboden in Augenschein zu nehmen. Gott sei Dank gab es wenigstens kein Verlies. Allerdings gab es dafür eine regelrechte Mäuseplage, und die Jahre der Vernachlässigung hatten überall ihre Spuren hinterlassen. Mehr als einmal war ihm der Gedanke gekommen, sofort seine Sachen zu packen und zu verschwinden.

In der Hälfte der Räume hing die Seidenbespannung in Fetzen von den Wänden und musste vollständig entfernt und erneuert werden. Der Großteil des Mobiliars fehlte, und die leeren Zimmer erzeugten eine ungastliche Atmosphäre. Er hatte beschlossen, Knowles sofort in die nächste Stadt zu schicken, um alles Nötige wie Bettzeug und Lebensmittel zu besorgen und außerdem Sitzmöbel zu beschaffen, die nicht aussahen, als stammten sie noch aus der Zeit von Wilhelm dem Eroberer. Er hatte keine Lust, in einer leeren Bruchbude zu hausen. Nicht einmal, wenn er sie verkaufen wollte.

Und Gott sei Dank war er in der Lage, sich Möbel zu leisten.

Ash streckte sich und hörte seine Rückenwirbel knacken. Er war zu alt – oder zu verweichlicht –, um kalte Nächte auf einem harten Fußboden zu verbringen. Früher einmal, in seiner Jugend, war er weit Schlimmeres gewohnt gewesen. Aber er hatte ein paar gute Jahre hinter sich, und hatte sich inzwischen an den Luxus von Federbetten, sauberen Laken und loderndem Kaminfeuer gewöhnt.

Wenigstens besaß er einen großen Sessel, den er vor dem Kamin in der Bibliothek aufstellen konnte. Und etwas zu trinken. Und Gesellschaft zur Unterhaltung.

Er war im Laufe des Tages mehrmals in der Bibliothek gewesen, jedes Mal in der Hoffnung, seine hübsche Mieterin wiederzusehen. Vorhin hatte er geglaubt, die Tür und leichte Schritte gehört zu haben, aber entweder war sie zu schnell gewesen, oder aber er hatte sich das nur eingebildet.

Er hatte immer nur Lea und ihre Kinderschar angetroffen,

für die das Leben aus Trinken und Schlafen bestand. Als er das letzte Mal in den Schrank geschaut hatte, hatte Leas klagendes Maunzen ihn immerhin so weit gebracht, ihr den Kopf zu kraulen. Er hatte das laute Schnurren der Katzenmutter als seltsam beruhigend empfunden, und so langsam gefiel ihm der Gedanke an seine ganz eigene Katzenkinderstube.

Er hatte noch nie ein Haustier besessen; dafür hatte er nie lange genug am selben Ort gelebt. Und wenn die Katze wirklich ein fleißiger Mäusefänger war, sollte er ihr und ihrer Brut vielleicht Unterschlupf gewähren, bis sie das Haus von seinen zahlreichen unerwünschten Untermietern befreit hatten.

Er dachte gerade darüber nach, als er die Tür zur Bibliothek öffnete und verdutzt auf der Schwelle stehen blieb. Ärgerlich fragte er sich, wer in diesem Haus noch alles ein- und ausging, wie es ihm beliebte.

Zwei fast gleichaltrige Jungen saßen im Schneidersitz vor dem Schrank.

»Ich würde den Schwarzen Heber nennen«, sagte der ältere der beiden gerade.

Der jüngere richtete den Oberkörper auf und rümpfte die Nase, Ash vermochte nicht zu sagen, ob aus Widerwillen oder Konzentration.

»Was soll denn das für ein Name sein?«, fragte Ash.

Die Jungen wandten sich ihm zu, eine Mischung aus Schuldbewusstsein und Furcht auf dem Gesicht. Obwohl es draußen schon dämmerte und im Zimmer somit recht düster war, erkannte Ash die Haarfarbe des kleineren Jungen ebenso wieder wie die mandelförmigen Augen des älteren.

»Ihr müsst Pearsons sein«, sagte der Hausherr und ging auf die beiden zu. »Ihr seht eurer Mutter sehr ähnlich und neigt offensichtlich wie sie zu Überraschungsbesuchen.«

Die Jungen standen hastig auf. Der Ältere hielt ein großes, schweres, in schwarzes Leder gebundenes Buch umklammert, und der Jüngere starrte so eindringlich auf Ashs Stiefel, dass dieser schließlich selbst hinuntersah, um zu sehen, was an seinen Reitstiefeln so faszinierend sein sollte.

»Mutter hat gesagt, wir sollen Sie nicht belästigen«, stammelte der ältere der beiden Jungen nervös. »Aber wir mussten doch Leas Babys Namen geben.«

Der Jüngere blickte unvermittelt zu Ash auf, einen Ausdruck tiefster Enttäuschung auf dem Gesicht. »Sie tragen keine goldenen Sporen.«

Sein Bruder stieß ihn mit dem Ellbogen an, aber der Jüngere funkelte ihn nur böse an und blickte dann wieder anklagend zu Ash auf.

Halb belustigt und ziemlich sicher, dass er die Burschen eigentlich an die Luft setzen sollte, hatten sie Ash bei seiner einzigen Schwäche gepackt: seiner Neugier.

»Sporen?«

»Echte Ritter wie Arthur tragen welche«, belehrte ihn der Junge.

Einen Moment starrte Ash ihn verständnislos an. Arthur? Beinahe hätte er laut aufgelacht. Der Kleine hielt ihn also für einen Ritter der Tafelrunde. Aber die ernste Miene des Jungen hielt ihn davon ab, sich über seinen Irrtum lustig zu machen.

Er hockte sich vor ihn. »Die darf ich nur tragen, wenn ich in einer Staatsangelegenheit zum König beordert werde, weißt du. So, und jetzt ist es an der Zeit, dass wir uns miteinander bekannt machen, denke ich. Ich bin Sir Ashten Ravenhill, Ritter und Kommandeur des Höchst Ehrenwerten Ordens von Bath.«

Er stand auf und verneigte sich feierlich. Als er sah, dass sich bei der Nennung seines, wie er fand, wenig beeindruckenden Titels auch die Augen des größeren Jungen weiteten, kam er sich wie ein mieser Betrüger vor.

Der ältere Junge fasste sich rasch wieder und nickte hastig. »Thomas Pearson, Sir. Und das ist mein Bruder William.«

»Will«, verbesserte ihn sein Bruder mit einem unwilligen Stirnrunzeln.

Lächelnd legte Ash Will eine Hand auf die Schulter und wandte sich mit ihm dem Schrank zu. »Nachdem das erledigt wäre, erzählt mir doch etwas mehr über die Namen, die ihr für eure Katzenfreunde ausgesucht habt. Ich denke, ich sollte in der Sache ein Mitspracherecht haben, da sie ja immerhin in meinem Haus zur Welt gekommen sind. Und ich finde, Misty wäre ein hübscher Name für das graue Kätzchen.«

Will zuckte zurück, einen schockierten Ausdruck auf dem Gesicht. »O nein, Sir. Das ist doch kein Bibelname!«

»Bibelname?«

Will ließ sich fallen und langte in den Schrank, um ein winziges, pelziges Köpfchen zu streicheln.

Thomas setzte sich ebenfalls wieder, und Ash tat es ihnen nach, wobei er sich flüchtig fragte, ob er mit seinem bösen Knie je wieder hochkommen würde.

Thomas schlug das Buch auf. »Sehen Sie, wir sind hier.«

»Genesis«, las Ash und beäugte den Text mit der Skepsis eines Sünders, dem das Buch der Bücher Unbehagen bereitete. »Also, Methusalem ist kaum ein passender Name für eine Katze.«

»Das ist noch einer der besseren«, entgegnete Thomas.

»Nicht wie Ara-ax«, fügte Will hinzu.

»Er meint Arphaxad, Sir.«

»Aber warum müssen es unbedingt Namen aus der Genesis sein?« Ihm kam ein Gedanke, der ihm einen Schauer der Enttäuschung über den Rücken jagte. »Eure Mutter ist doch nicht etwa so schrecklich fromm, oder? Ist sie Methodistin?«

»O nein, Sir. Es ist wegen Lea«, erklärte Thomas.

Will lehnte sich zurück und stützte sich auf die Hände. »Mutter hat erzählt, dass Lea vor vielen Jahren hier im Haus aufgetaucht ist und in derselben Nacht sieben Kätzchen in der Bibliothek zur Welt gebracht hat.«

»Das war noch bevor Will und ich geboren wurden«, erklärte Thomas. »Damals herrschte hier im Haus eine große Mäuseplage, und Großonkel Walter meinte, Gott habe sie geschickt. Und Lea nannten sie sie, weil der Nachbarkater Jakob hieß.«

Ashs Mundwinkel zuckten. Seine spröde Mieterin hatte also durchaus auch Sinn für Humor. Und gar so fromm schien sie auch nicht zu sein, wenn sie eine Katze wegen ihrer Gebärfreudigkeit nach einer Bibelfigur benannte. Gott sei's gedankt. Immerhin war seine Vorgeschichte eher dazu angetan, allzu gottesfürchtige Damen in die Flucht zu jagen.

Als er einen Blick in den Schrank warf, sah er, dass Lea damit beschäftigt war, ihre Babys zu putzen. Sie störte sich nicht weiter an den neugierigen Menschen, und ihre Kleinen interessierten sich ohnehin nur jeweils für die nächste Mahlzeit. »Nun, wenn es denn darum geht, die Tradition zu wahren ...«

»O ja, Sir, unbedingt«, sagte Tom nachdrücklich.

Will ließ sich auf den Rücken sinken, die Füße an die Wand neben der Schranktür gestützt. »Das muss sein, Sir Ashten«, bestätigte er seinen Bruder.

»Für dich, Sir Ash, Sir Will. Also, wie weit sind wir mit den Namen?«

3. Kapitel

Emaline stand auf der Treppe von *Adair Manor*, hin- und hergerissen zwischen Pflicht und Schicklichkeit. Beides hatte in ihrem Leben von klein auf absolute Priorität besessen. Aber was hatte in einer verzwickten Situation wie dieser den Vorrang?

Sie hatte schon zweimal an die schwere Eichentür geklopft und gehört, wie ihr Klopfen leise durch das fast leere Haus hallte. Aber niemand hatte geantwortet. Sollte sie wieder gehen? Aber sie musste doch nach Lea und ihren Babys sehen. Andererseits würde sie Sir Ashtens Vorwurf nachträglich bestätigen, wenn sie das Haus unaufgefordert betrat.

Zum Teufel mit diesem Kerl. Warum musste er auch hier aufkreuzen?

Unschlüssig trat sie von einem Fuß auf den anderen.

Es war ein ungewöhnlich milder und schöner Herbsttag gewesen – von ihrer Sorge um Lea einmal abgesehen. Die Nachmittagssonne warf goldenes Licht auf das Land, und der Himmel färbte sich am Horizont zartrot. Die Luft war so frisch wie die Äpfel aus dem Obstgarten des mürrischen alten Rustard, und das dunkelrote Laub der Buchen tanzte in der leichten Brise. Es war ein Nachmittag wie aus dem Bilderbuch, und eigentlich sollte man sich die Muße nehmen, den Sonnenuntergang anzuschauen. Oder um im Schutz der Dämmerung einen Apfel zu stehlen.

Stattdessen stand sie hier und vergeudete ihre Zeit. Allem Anschein nach war niemand daheim: Aus den Kaminen stieg kein Rauch auf, und es brannte auch nirgendwo

Licht. War Sir Ashten womöglich wieder abgereist? Emaline verspürte einen leichten Stich in ihrem Herzen, verdrängte die unerwünschte Enttäuschung jedoch gleich wieder. Sie sollte froh darüber sein, wenn der Mann mitsamt seinem unwiderstehlich verführerischen Lächeln fort war. Sie hatte zwei Söhne großzuziehen und einen Wurf Kätzchen zu versorgen.

Und genau das würde sie jetzt auch tun.

Einen kurzen Moment zögerte sie noch, dann legte sie die Hand auf den Türknauf, öffnete vorsichtig die Tür und trat ein.

Möglichst leise steuerte sie die Bibliothek an. Ihr Herzschlag dröhnte in ihren Ohren wie donnerndes Hufgetrappel, und sie zuckte bei jeder knarzenden Bodendiele zusammen. Nun, wenn jemand auftauchte und sie fragte, was sie hier zu suchen habe, würde sie erklären, dass sie vergeblich geklopft und schließlich angenommen hätte, es sei niemand daheim. Sie habe keine andere Wahl gehabt, als unaufgefordert einzutreten, da sie nach den Katzen sehen müsse.

Doch anstatt der erwarteten anklagenden Stimme hörte sie Gelächter und vertraute Stimmen durch die halb offene Tür zur Bibliothek. Auf der Schwelle blieb sie wie angewurzelt stehen.

Sir Ashten Ravenhill saß im Schneidersitz auf dem Fußboden, wobei er mehr wie ein Schuljunge aussah denn wie ein abgebrühter Glücksspieler, und neben ihm hatten es sich ihre beiden Söhne auf dem nackten Holzboden gemütlich gemacht.

Für einen kurzen Moment flackerte Furcht für ihre Jungen in ihr auf. Sie beruhigte sich jedoch gleich wieder, als sie erkannte, dass die Szene völlig harmlos war. Stattdessen begann sie sich darüber zu ärgern, dass Will mit solch glühender Bewunderung zu dem neuen Hausherrn aufsah, während der für gewöhnlich Fremden gegenüber so zurückhaltende Thomas völlig unbefangen mit ihm über Katzennamen diskutierte, als würde er den Mann schon ewig kennen.

Emaline schob ihren Ärger beiseite, war aber gleichzeitig fest entschlossen, diesem unpassenden trauten Beisammensein ein Ende zu machen. Es war falsch von Will und Thomas gewesen, hier herzukommen. Sie hatten eindeutig gegen ihr Verbot gehandelt, und sie war nicht gewillt, ihnen diesen Ungehorsam durchgehen zu lassen. Andererseits grenzte es schon an Heuchelei, ihnen etwas vorzuwerfen, was sie selbst auch getan hatte.

Und Sir Ashten ... nun, der Mann hatte offensichtlich keinen Funken Anstand im Leib, sonst würde er sich wohl kaum mit ihren Jungen so ungezwungen auf dem Fußboden lümmeln.

Mit einem Räuspern trat sie ein. Drei Augenpaare richteten sich auf sie.

Will und Thomas standen mit angemessen betretenen Mienen auf. Doch das Lächeln, das Sir Ashtens Augen erhellte, verriet nicht den leisesten Hauch von Schuldbewusstsein.

Dieses Lächeln begann als leises Glimmen tief in seinen Augen, erschien dann auf seinen Lippen, und in den Augenwinkeln bildeten sich kleine Lachfältchen. *Er sollte mich vor den Kinder nicht so ansehen,* kam es Emaline in den Sinn.

»Thomas, Will, kommt sofort hierher«, befahl sie schärfer als beabsichtigt, aber Sir Ashten hatte sie aus der Fassung gebracht. Die Vorstellung, dass man ihr das möglicherweise anmerken würde, machte sie wütend.

Die Jungen kamen mit hängendem Kopf zu ihrer Mutter. »Wir haben ihn nicht belästigt, Mutter«, brachte Thomas zu ihrer Verteidigung vor.

»Darüber reden wir später.« Sie blickte wieder auf Sir Ashten.

Sein Lächeln war erloschen. Stattdessen musterte er sie eindringlich, als versuche er, schlau aus ihr zu werden.

Sein Blick brachte sie nur noch mehr aus dem Konzept.

Emaline wandte sich den Jungen zu und zupfte ihre Kragen zurecht, strich ihre verknitterten Jacken glatt und schnippte imaginäre Fusseln von ihrer Kleidung. »Ihr geht sofort nach Hause und wartet auf euren Zimmern, bis ich heimkomme. Los jetzt. Und keine Umwege, verstanden? Keine Abstecher zu irgendwelchen Fuchsbauten.«

Sie schob sie durch die Tür, konnte sie jedoch dabei nicht anzusehen. Der Anblick von Wills hängenden Schultern und Thomas finsterer Miene taten ihr in der Seele weh.

»Sie haben mich wirklich nicht belästigt, wissen Sie.«

Sie wirbelte herum und wandte sich der faszinierenden Stimme zu. Wie sehr sie doch wünschte, sie könnte ihn dafür verantwortlich machen. Aber es war ihre eigene Schuld. Sie hätte wissen müssen, dass die Jungen sich ebenso wenig von Leas Babys würden fern halten können wie sie selbst.

»Bitte entschuldigen Sie die Störung, Sir. Ich verspreche, die Katze mitsamt ihren Jungen möglichst bald nach Hause zu holen.«

Ash, der immer noch auf dem Fußboden saß, stützte einen Ellbogen auf das Knie und das Kinn auf die Hand. Ärgerlich dachte sie: *Hat der Kerl denn gar keine Manieren, dass er nicht einmal aufsteht, wenn eine Dame den Raum betritt?*

»Mrs. Pearson, wenn das eine Entschuldigung sein sollte, ist diese gründlich misslungen, fürchte ich. Sie haben sich mit so eisiger Stimme entschuldigt, dass die Kälte in diesem Zimmer noch jahrelang spürbar sein wird.«

Sie funkelte ihn böse an. »O ja, ich verstehe. Von mir wird erwartet, dass ich tadellose Manieren an den Tag lege, während Sie sich auf dem Boden herumlümmeln wie ... wie ein dekadenter orientalischer Pascha!«

»Ist es das, was sie so aufbringt?« Er zog sich an dem schweren Sessel hoch, als er jedoch auf einem Bein kniete, hielt er abrupt mitten in der Bewegung inne. »Verdammt«, hörte sie ihn leise fluchen.

Emaline hatte ihren Onkel Walter oft genug unter Gichtanfällen leiden sehen, um zu erkennen, wenn ein Mann Schmerzen hatte. Wenn sie auch nicht glaubte, dass Sir Ashten an Gicht litt, so war er offensichtlich wegen eines körperlichen Gebrechens sitzen geblieben.

Sofort eilte sie zu ihm und griff instinktiv nach seinem Arm. Seine Hand umklammerte die ihre, und sie ging leicht in die Knie, als er sich an ihr hochzog. Er legte seine starken Arme um ihre Taille, um sie zu stützen, und einen Moment standen sie beide schwankend da.

Einen winzigen Augenblick lang gestattete Emaline sich, die Umarmung zuzulassen. Wie eine Verhungernde, der man etwas zu essen anbot, konnte sie nicht anders, als einen Happen zu nehmen, auch wenn sie wusste, dass es falsch war. Sie fühlte sich in seinen Armen so wunderbar geborgen und sicher.

Wie lange ist es her, dass mich jemand in den Armen gehalten hat?, fragte sie sich wehmütig.

Dann rückte sie von ihm ab und löste sich aus der Umarmung. Sie versuchte, gegen ihre aufsteigende Sehnsucht anzukämpfen, indem sie sich vor Augen hielt, dass es doch nur eine Illusion sei. Er konnte nicht Spieler und gleichzeitig stark sein. Nur schwache Männer verfielen einem solchen Laster. Männer wie ihr Vetter Newell. Diese Lektion hatte ihr Onkel ihr regelrecht eingebläut.

Sie strich sich glättend über das bereits glatte Haar und sagte streng: »Sie sind zu stolz, Sir. Offensichtlich haben Sie ein schlimmes Bein. Sie hätten gleich um Hilfe beim Aufstehen bitten sollen.«

Sir Ashten grinste jungenhaft. »Meine Güte, wie streng Sie sind. Wenn Sie weiter so streng zu Ihren Jungs sind, werden die aus Protest noch nur Landplage.«

»Ich bin nicht übertrieben streng«, entgegnete sie, biss sich gleich darauf auf die Unterlippe und nestelte an den Bändern ihres Capes. »Klinge ich wirklich so schlimm?«

»Ihr Tonfall würde jeden Mann dazu verleiten, sich von seiner schlechtesten Seite zu zeigen, nur um dem ungerechten Vorwurf gerecht zu werden. Warum sind sie so hart zu jedem – sogar zu sich selbst? Sind Sie in Ihrem bisherigen Leben so unglücklich gewesen?«

Beleidigt funkelte Emaline ihn an. »Natürlich nicht. Ich habe zwei wundervolle Söhne, und ich war mit einem Mann verheiratet, der mich geliebt hat.«

»Haben Sie ihn auch geliebt?«, fragte er milde.

Sie setzte zu einer Erwiderung an, suchte nach einer Antwort, aber ihr Kopf war leer. Schließlich flüchtete sie sich in den Gedanken, dass dieses Gespräch ungehörig war für zwei Menschen, die sich kaum kannten. Sie presste die Lippen zu einem schmalen Strich zusammen und wandte sich ab, und beugte sich zu Lea hinunter, um nach ihr zu sehen.

Die Katze erwiderte ihren Blick aus halb geschlossenen Augen, als ginge sie das ganze menschliche Getue nichts an. Nicht die schlechteste Einstellung, ging es Emaline durch den Kopf.

»Das ist nicht der Punkt«, sagte sie. »Ich bin nur gekommen, um zu sehen, wie es Lea geht.«

Als sie ihn lachen hörte, richtete sie sich wieder auf und drehte sich um.

Er lehnte an dem Ungetüm von Sessel, ein schalkhaftes Leuchten in den Augen, so selbstbewusst, so wissend, so spöttisch, dass sie ihn nur zu gerne geohrfeigt hätte, um das anmaßende Lächeln wegzuwischen.

»Und ich dachte, Sie wären wegen der Jungs gekommen. Sie sind auch nicht besser als die beiden. Die sind auch nur hereingeschlichen, um einen Blick auf den Nachwuchs zu werfen.«

»Ich ... Ich ...«

»Kommen Sie, Sie werden sich gleich besser fühlen, wenn Sie erst die Wahrheit eingestanden haben.«

»Noble Rede für einen ... einen Spieler. Und ... Betrüger!«

Das Funkeln in seinen Augen erlosch. Er kam auf sie zu, und sie wich zurück, bis sich die leeren Regale des Bücherbords in ihren Rücken bohrten. Ganz dicht vor ihr blieb er stehen, und seine Körperwärme schlug ihr entgegen, als hätte sie das Tor zum Hades aufgestoßen. Seine Augen schimmerten hart wie grüner Achat, und seine Züge wirkten wie in Stein gemeißelt. Emaline schlug das Herz bis zum Hals, und ihr ging ein völlig unangemessenes »Grundgütiger!« durch den Kopf.

Seine Stimme war so kalt und beißend wie der Herbstwind. »Madam, ich kann nur sehr wenig auf dieser Welt mein Eigen nennen. Den Siegelring, den mein Vater mir mit den besten Wünschen übergeben hat, als ich sechzehn war. Dann noch die Haut, in der ich geboren wurde, und meine Ehre. Würden Sie mir also freundlicherweise erklären, warum sie mich des Kostbarsten, das ich besitze, berauben wollen, indem Sie mich einen Betrüger nennen?«

Emaline senkte den Kopf und stammelte: »Das ... das hätte ich nicht sagen dürfen. Ich glaube es nicht wirklich. Es tut mir sehr Leid.«

Er legte ihr eine Hand unter das Kinn und zwang sie, ihn anzusehen. »Aber warum haben Sie es dann überhaupt gesagt?«

Sie wand sich innerlich, aber Erinnerungen an das aufbrausende Temperament ihres Onkels Walter brachen unaufhaltsam hervor. Sie selbst hatte nie die ganze Kraft seines Zorns zu spüren bekommen, wohl aber der arme Newell. Und doch allein sein Toben mitzuerleben, hatte Spuren bei ihr hinterlassen.

Angesichts von Sir Ashtens Zorn verlor sie vollends den Mut. Sie wollte nicht unloyal sein, aber die Worte kamen wie von allein. »Das war Newells Erklärung für den Verlust des Hauses. Er schrieb, Sie hätten ihn bei einer Partie Faro betrogen. Ich glaube nicht, dass er mit dieser Version hausieren geht; er wollte wohl nur nicht, dass ich schlecht von ihm denken.«

Sie verstummte abrupt und biss sich auf die Unterlippe, um nicht noch mehr zu verraten.

Ash kochte vor Wut. Das runde, weiche Kinn immer noch in der Hand haltend, schaute er in die großen, braunen Augen, die ängstlich zu ihm aufblickten. Nach und nach vergaß er völlig, weshalb er eigentlich so wütend war.

Die Hitze blieb, loderte weiter in ihm, zusammen mit einem anderen Gefühl, das er zu lange nicht mehr empfunden hatte, um es jetzt wiederzuerkennen.

Und tief in ihren von Furcht geweiteten rehbraunen Augen sah er noch etwas anderes glimmen. Er wusste, wann eine Frau ihn begehrte, und sofort regte sich Verlangen in ihm.

Gott, wenn sie ihn jetzt schon für einen Halunken hielt, was sollte sie dann erst von ihm halten, wenn er sie küssen würde? Es wäre wohl das Beste, es hier und jetzt herauszufinden.

Als er ihr gerade den Kopf zuneigte, ertönte lautes Protestgeschrei, gefolgt von kläglichem Maunzen.

Er warf einen Blick auf den Schrank und sah, wie Lea ihre Kinderstube verließ.

»Was ...«

Emaline bückte sich, um die Katze auf den Arm zu nehmen. »O du Arme. Sie muss bestimmt mal. Sie haben sie doch heute gefüttert, oder? Ich bringe sie nur einen Moment nach draußen. Kümmern Sie sich doch bitte so lange um die Kleinen, ja?«

Dann war sie fort, und Ash wandte sich den fünf miauenden Katzenkindern zu. Mit einem frustrierten Seufzen hockte er sich vor den Schrank und murmelte: »Schon gut, ich weiß genau, wie allein und verlassen ihr euch fühlt.«

Er war nicht mehr da, als sie Lea zurückbrachte, dafür hörte sie Männerstimmen aus dem rückwärtigen Teil des Hauses – Sir Ashten und Knowles, wie sie vermutete. Sie wartete nicht ab, bis er zurückkam, um sich zu verabschieden, sondern setzte Lea nur vor dem Schrank ab und verließ dann fast fluchtartig das Haus.

Ihre Jungen warteten artig auf ihren Zimmern. Aber sie brachte es nichts übers Herz, sie wegen ihres Ungehorsams zu bestrafen, nicht nach Sir Ashtens durchaus korrektem Hinweis darauf, dass sie auch nicht besser gewesen sei. Ganz zu schweigen von seinem Vorwurf, sie wäre viel zu streng.

Meine Güte, war wirklich ein humorloser Hausdrache aus ihr geworden?

Als sie sich zum Essen an den Tisch setzten, hatte sie beschlossen, die Jungs mit vernünftigen Argumenten davon zu überzeugen, sich vom Manor fern zu halten. Aber Thomas beharrte darauf, dass Sir Ashten gesagt habe, sie könnten jederzeit wiederkommen. Und als Will fragte, ob es einen bestimmten Grund geben würde, weshalb sie Sir Ashten nicht besuchen sollten, wusste sie hierauf keine Antwort.

Was sollte sie auch sagen? Dass er ein Mann war, dem seine Ehre viel bedeutete?

Trotzdem. Die Art, wie er seinen Lebensunterhalt verdiente, konnte sie nicht gutheißen. Sie wollte keinesfalls, dass

Will oder Thomas womöglich auf den Gedanken kamen, ihm nachzueifern. Nachdem ihr also kein triftiger Grund einfallen wollte, den Jungen Besuche im Manor zu untersagen, würde ihr wohl nichts anderes übrig bleiben, als Lea und die Kätzchen bald herüberzuholen.

Drei Tage später brach ein freundlicher Herbsttag an, dessen warmer Sonnenschein an den eben erst vergangenen Sommer erinnerte. Trotzdem steckte Emaline die Jungen in warme Wollmäntel, ehe sie sie mit ihren Ruten und ihrem Segen zum Angeln aufbrechen ließ. Immerhin hatte Sir Ashten gesagt, sie wären auf *Adair Manor* willkommen, und sie interpretierte das als Erlaubnis, weiterhin im Fluss fischen zu dürfen, der sich über den Grund des Anwesens schlängelte.

Als die Jungs fort waren, holte sie ihren größten Korb hervor.

Die Kätzchen waren bald so weit, dass sie die Augen öffnen würden. Jetzt waren sie auch kräftig genug für einen Umzug. Sie freute sich schon darauf, miterleben zu können, wie die kleinen Tierchen ihre ersten Eindrücke von der Welt um sie herum gewannen. Und die Jungen sollten dieses Erlebnis mit ihr und Lea teilen.

Und waren die Katzen erst daheim, hatten ihre Söhne auch keinen Grund mehr für weitere Besuche bei Sir Ashten. Dann konnte sie nur noch hoffen, dass er bald einen Käufer fand.

Auf dem Weg zum Haupthaus hinauf dachte Emaline über die potenziellen Käufer nach.

Sie hätte nichts dagegen, wenn Sir Ashten an Squire Willberforce verkaufen würde. Er war ein Gentleman und würde ihr ganz sicher erlauben, im Pförtnerhaus wohnen zu bleiben. Andererseits brauchten die Wilberforces keinen weiteren Besitz, um ihr Ansehen zu festigen. Und wenn Sir Ashten an Lord Rustard verkaufte? Er war zwar nur Baron, aber Lady Rustard nahm ihre Rolle als »First Lady« der Gegend sehr ernst. Emaline konnte sich gut vorstellen, dass sie auf einem richtigen Pförtner bestand und eine Witwe mit ihren Kindern einfach an die Luft setzte.

Tatsächlich aber war es nur eine Frage, welche von beiden Möglichkeiten das geringere Übel wäre.

Mit diesen wenig erfreulichen Gedanken stieg sie die Treppe zur Vordertür hinauf.

Wie bei ihrem letzten Besuch klopfte sie mindestens fünfmal, aber diesmal wurde ihre Geduld belohnt. Knowles öffnete ihr.

»Guten Tag, Mrs. Pearson«, begrüßte er sie mit einer knappen Verbeugung. »Möchten Sie Ihre biblische Kinderschar besuchen?«

Auf ihren fragenden Blick hin erläuterte er: »Ihre Jungs haben Sir Ashten vom Ursprung des Namens erzählt.«

»Ach so. Nun, sie werden Sie nicht länger stören. Ich bin gekommen, um sie nach Hause zu holen.«

Knowles runzelte die Stirn. »Um ehrlich zu sein, Mrs. Pearson, wäre es mir nicht unlieb, wenn wir die Kleinen hier behalten könnten. Wir könnten ein paar Mäusefänger gut brauchen. Und das Haus wäre ein ideales Übungsgelände für den Nachwuchs, wenn Sie verstehen, was ich meine.«

»Natürlich. Es wird allerdings noch Wochen dauern, bis sie so weit sind. Aber vielleicht möchte der neue Besitzer ja ein Kätzchen behalten. Und jetzt lassen Sie sich bitte nicht länger von mir von der Arbeit abhalten.«

Knowles grinste, und sein breites Gesicht leuchtete auf. »Ich hatte gerade nichts Wichtigeres zu tun, als eine Spinne aus der Teekanne zu vertreiben. Möchten Sie vielleicht Sir Ashten beim Tee Gesellschaft leisten? Dann können Sie ihm bei der Gelegenheit auch gleich mitteilen, dass Sie die Katzen mitnehmen.«

»O nein, bitte stören Sie ihn nicht. Ich meine, machen Sie sich keine Umstände. Ich bin sofort wieder weg. Vielen Dank nochmal, dass Sie sich bis jetzt um die Tiere gekümmert haben.«

»Das habe ich gerne getan, Missus. Ich denke allerdings, dass er nicht erfreut darüber sein wird, dass Sie sie mitnehmen.«

Emaline runzelte die Stirn. »Ich kann mir nicht vorstellen, dass er sehr an ihnen hängt.«

Knowles zuckte die Achseln. »Wie Sie meinen.« Er wandte sich ab und ging in Richtung Küche davon.

Emaline blickte ihm einen Moment stirnrunzelnd nach, ehe sie in die Bibliothek eilte, um ihre Katzen zu holen.

Lea protestierte laut, als Emaline ihr die Fellbündel eins nach dem anderen wegnahm. »Ich hole euch nur nach Hause«, erklärte Emaline ihr, kraulte Lea hinter den Ohren und hob dann das dreifarbige Kätzchen aus dem Schrank, das bereits die Augen geöffnet hatte und sie nun neugierig ansah. Das Kleine maunzte leise. Emaline rieb die Wange an seinem Gesichtchen. »Dir passiert nichts, mein Kleines. Versprochen. Ihr bekommt ein gemütliches Lager in einem Korb neben dem Küchenfeuer.«

Als alle fünf Kätzchen im Korb lagen, deckte ihn Emaline mit einem Tuch ab. Lea umkreiste sie mit nervösem Miauen.

Dann hörte sie eine tiefe, neckende Stimme sagen: »Erst brechen Sie bei mir ein, und jetzt stehlen Sie mir auch noch meine Katzen. Sie scheinen mir eine unverbesserliche Sünderin zu sein, Mrs. Pearson.«

4. Kapitel

Ash schlenderte herein, ein wenig überrascht von sich selbst.

Er hatte eigentlich erwartet, froh zu sein, die verdammten Katzen loszuwerden. Auch wenn sie zugegebenermaßen unterhaltsam gewesen waren, seit sie, wenn auch noch zaghaft, begonnen hatten, ihre Umgebung zu erkunden. Das schwarze Kätzchen war sogar schon zweimal aus dem Schrank gefallen und hatte gerettet werden müssen. Ash hatte den Kleinen in Gedanken Trouble getauft, die Familientradition missachtend, sich an biblische Namen zu halten. Das orangefarbene Kätzchen sollten Thomas und Will hingegen ruhig Salah nennen.

Gestern hatte Ash allerdings voller Abscheu zugesehen, wie Knowles in einem der anderen Schränke der Bibliothek eine selbst gebastelte Katzentoilette aufstellte. Das allein war in seinen Augen schon Grund genug, die Tiere so bald wie möglich in den Stall umzusiedeln. Oder sonst wohin, Hauptsache, sie verrichteten ihr Geschäft nicht im Haus.

Als Knowles jedoch vorhin angekündigt hatte, Mrs. Pearson wäre gekommen, um die Katzen zu holen, hatte sein Besitzerinstinkt rebelliert.

Er wollte seine Katzen nicht hergeben, zumal sie für seine hübsche Einbrecherin der einzige Grund waren, herüberzukommen. Die einzige Maxime seines Vaters, die er sich je zu Herzen genommen hatte, war jene, dass ein vernünftiger Mann sich auch ein vernünftiges Maß an Vergnügen gönnen sollte.

»Mir wird wohl nichts anderes übrig bleiben, als Sie vor den Richter zu schleifen«, sagte er und ging lächelnd auf sie zu.

Emaline richtete sich auf und hielt den Korb von ihm weg, als wäre er ein Katzen fressendes Ungeheuer. Die Vorstellung amüsierte ihn einerseits, versetzte ihm jedoch gleichzeitig einen Stich. Warum nur hatte sie eine so schlechte Meinung von ihm? Was hatte sie für einen Grund, so selbstgerecht aufzutreten?

»Rufen Sie Squire Wilberforce ruhig«, entgegnete sie. »Ich würde gerne seine Hilfe in Anspruch nehmen, um meine Katzen nach Hause zu tragen.«

Er runzelte die Stirn. Das klang, als hätte sie alle Trümpfe in der Hand. »Kommen Sie, Mrs. Pearson. Es gibt keinen Grund, die Katzen zu holen. Wie Sie sehen, sind sie bestens versorgt worden.«

Sie besaß zumindest den Anstand, zu erröten. Ihre Katze strich um ihre Beine und rief unzufrieden maunzend nach ihren Babys. Ash lächelte. »Sehen Sie, sogar Ihre Lea ist gegen eine Zwangsumsiedlung.«

Emaline schob das Kinn vor und musterte ihn mit eisernem Blick. »Lea äußert nur die ganz natürliche Sorge einer Mutter für ihren Nachwuchs. Aber da Sie ja selbst keine Kinder haben, können Sie die Ängste nicht verstehen, die Eltern wegen ihrer Sprösslinge ausstehen. Ich trage gleich eine doppelte Verantwortung, weil ich meinen Söhnen Mutter und Vater in einer Person sein muss. Das ist nicht leicht, das können Sie mir glauben. Trotzdem müssten sogar Sie Verständnis dafür haben, dass ich sie möglichst von ... von wenig beispielhaften Einflüssen fern halten möchte.«

»Sie betrachten mich als schlechten Umgang für ihre Söhne?«, stellte er fest. Gegen jede Vernunft, traf ihn dieser Vorwurf tief. Sie war zwar nicht die Erste, die ihn mit dieser Einschätzung konfrontierte, aber trotzdem schmerzte es.

Ihr Tonfall und ihr Gesichtsausdruck wurden etwas weicher, und sie strich sich mit der freien Hand eine braune Haarlocke aus dem Gesicht. »Es liegt nicht an Ihnen persönlich, Sir Ashten, sondern an Ihrem Beruf. Ich habe meinen Vetter aufwachsen sehen und beobachtet, wie er auf die schiefe Bahn geriet. Er kam immer wieder zu den unmöglichsten Zeiten zu Besuch, voll beladen mit Geschenken, Süßigkeiten und abenteuerlichen Geschichten. Für Thomas und Will war er natürlich der Held. Ich fürchte nur, dass Sie mit Ihrem Titel und ... Ihrem Charme, ihren Eindruck noch festigen werden, dass Glücksspiel eine aufregende, lohnende Art ist, seinen Lebensunterhalt zu verdienen. Mal ganz ehrlich: Würden Sie Ihrem eigenen Sohn eine solche Laufbahn wünschen?«

Er musterte sie grimmig, sah jedoch nur diese wunderschönen, um Verständnis heischenden rehbraunen Augen. Zudem hatte sie immerhin gesagt, er habe Charme. Er versuchte, diesen alles beherrschenden Gedanken zu verdrängen, und konzentrierte sich lieber wieder darauf, sie daran zu hindern, ihm die Katzen wegzunehmen.

Aber als Spieler wusste er, wenn er auf verlorenem Posten stand.

Ihrem Argument hatte er nichts entgegenzusetzen. Tatsächlich wünschte er niemandem das Leben, das er führte – schon gar nicht zwei Jungen, die tatsächlich mit so etwas wie Verehrung zu ihm aufsahen.

Teufel auch, aber er beneidete ihre Söhne. Sie hatten ein Zuhause und eine Mutter, die für sie kämpfte wie eine Löwin.

Ihm blieb also nichts anderes übrig, als beiseite zu treten und sich mit ihrem dankbaren Lächeln zu begnügen. Sie knickste und ging, die Katzenbabys in ihrem Korb, die besorgte Katzenmutter neben ihrem schwingenden Rocksaum hertrottend.

»Vielleicht sollte ich das Anwesen behalten und künftig ein anständiges Leben führen?«

Knowles einziger Kommentar hierauf war ein verächtliches Schnauben. Er wandte sich vom Fenster ab, wo er gestanden und in den ungepflegten welken Gartens hinausgeschaut hatte.

Sein Diener hatte auf der Rückseite des Hauses ein abgeschlossenes Zimmer entdeckt. Scheinbar hatte es als Lagerraum gedient, in dem man über die Jahre alles untergebracht hatte, was irgendwann einmal kaputtgegangen war. Wacklige Stühle, Sofas mit rissigem Überzug und Möbel, die nur noch zum Verfeuern taugten. Ash hatte den Raum »Die Schatzkammer« getauft, und jetzt waren sie dabei, auszusortieren, was in Stand gesetzt werden konnte und was beim nächsten Guy-Fawkes-Freudenfeuer den Flammen überantwortet werden sollte. Knowles war überzeugt, das meiste von dem Krempel reparieren zu können, und Ash zweifelte keine Sekunde an seinen Worten.

Nun verschränkte er jedoch die Arme vor der Brust und musterte seinen Diener mit einer kritisch-fragend hochgezogenen Braue. »Ist es wirklich so unvorstellbar, dass ich den Wunsch hegen könnte, mich irgendwo niederzulassen?«

Knowles blickte von dem Beistelltisch auf, dessen abgebrochenes Bein er gerade neu befestigte. »Wie lange haben wir bisher höchstens an einem Ort gelebt? Sogar in den fünf Jahren in Diensten des Königs, die Ihnen den Ritterschlag eingebracht haben?«

Die Antwort war für einen Diener recht respektlos, aber Ash erwartete es nicht anders. Sie beide waren schon so lange zusammen, dass sie sich näher standen als viele Blutsverwandte. »Wir waren ein ganzes Jahr in Venedig«, verteidigte er sich. »Als mir das Kasino gehörte.«

Knowles grummelte unwillig. »Sie meinen, bis Sie es beim Spiel verloren haben? Wir hatten es richtig schön dort.«

»Es war nicht meine Absicht, es zu verlieren.«

Knowles schnaubte erneut und wandte sich wieder seiner Arbeit zu. »Wie oft kommt es vor, dass die Bank eines Kasinos gesprengt wird? Da muss jemand es verdammt leid gewesen sein, die Bank zu sein, nicht wahr?«

»Du bist ja nur sauer, weil wir Italien verlassen haben.«

»War ja auch schön warm und sonnig dort, oder? Aber Sie wollten ja unbedingt zurück nach Hause. Das heißt, sofern Menschen wie wir England als Zuhause bezeichnen können. Immerhin haben wir gerade mal fünf Jahre hier verbracht. Aber damals waren wir noch so jung, dass wir uns kaum noch daran erinnern können.«

Lächelnd wandte Ash sich wieder der Aussicht zu. »O doch, und ob ich mich erinnere.«

Und das tat er. Ferne, verschwommene Erinnerungen an eine grüne, beschauliche Welt und eine Zeit vor seinem Wanderleben als Spieler.

Und *Adair Manor* entsprach exakt dieser Erinnerung.

Der Garten war zwar ein von Unkraut überwucherter Urwald, aber im Frühjahr, wenn alles blühte, würde er sich in ein Meer von Farben verwandeln. Dahinter versperrten immergrüne Hecken und Steinmauern, die die Grenzen des Anwesens markierten, den Blick auf den Rest der Welt. Am Ende der von Buchen gesäumten Zufahrt konnte er das Pförtnerhaus sehen mit dem ordentlichen Gemüsegarten davor, auch wenn er der Jahreszeit entsprechend trostlos aussah. Zweifellos würde die umtriebige Mieterin demnächst Kartoffeln und Rüben anpflanzen.

Es stimmte, dass ihn in jener Nacht in Venedig vor zwei Jahren der Teufel geritten hatte. Und er war erleichtert gewesen, als die Würfel gefallen waren, auf die er sein gesamtes Vermögen gesetzt hatte. Natürlich hatte es ohne Geld einige Zeit und zahllose Partien gebraucht, um nach England zurückzugelangen. Aber er hatte sich nicht aufhalten lassen, getrieben von einer unerklärlichen Sehnsucht.

Ein unwiderstehlicher Drang, eine tiefe Rastlosigkeit ... aber was genau hatte ihn hergeführt?

Vage Erinnerungen? Eine verlorene Vergangenheit? Die Illusion, etwas sein zu können, das er nicht war?

Schon regte sich die vertraute Unzufriedenheit wie ein dunkler Schatten in seiner Seele. Er suchte etwas, konnte seine Sehnsucht aber nicht konkret definieren. Und doch hatte ebendiese Sehnsucht ihn die halbe Nacht wach gehalten.

Und während er in der Bibliothek seine Geschicklichkeit mit den Karten geübt hatte, hatte er nicht einmal eine Katze gehabt, die ihm Gesellschaft leistete und die sich seine Klagen anhörte oder fasziniert aus blauen Augen zusah, wie die Karten an ihr vorbeiflogen.

Als er sich eben vom Fenster abwenden wollte, erregte etwas Weißes seine Aufmerksamkeit. Er beugte sich vor und starrte angestrengt durch die Scheibe. Was zum ...? War das eine Katze, die da auf das Haus zuschlich?

Mit einem leisen Lächeln ging er zur Tür. »Ich bin drüben in der Bibliothek«, rief er, aber Knowles war so in seine Arbeit vertieft, dass er lediglich einen Grunzlaut anstelle einer Antwort von sich gab.

Emaline betrat die Küche, den Mantel gefaltet über dem Arm. »Was immer Sie gerade kochen, Mrs. Cranley, es riecht köstlich.«

Mrs. Cranley, die gerade in einem Topf gerührt hatte, richtete sich auf. Sie kochte in der Küche über offenem Feuer und beherrschte diese alte Kunst so perfekt, dass sie backen, braten, kochen und noch einige andere Wunder am Feuer vollbringen konnte. Emaline versetzte dies immer wieder in Staunen, und während sie von einem Herd träumte, bezeichnete Mrs. Cranley dies als unnötigen neumodischen Kram. »Wie soll man erkennen, ob die Temperatur stimmt, wenn man keine Flamme sehen kann?«

Mrs. Cranley wischte sich die Hände an der gestärkten Schürze ab und lächelte zufrieden. »Lammeintopf. Die Jungs haben eine Keule von Mr. Timothy mitgebracht. Ist schon ein komischer Kauz, dass er glaubt, er könne das Herz einer Frau mit einer Lammkeule erobern.«

Emaline lächelte. Mrs. Cranley sah in jedem ledigen männlichen Wesen zwischen neun und neunzig Jahren einen potenziellen Verehrer. »Also, mir ist eine Lammkeule jedenfalls lieber als Blumen.«

Sie ging zu dem Korb, der Lea und ihren Jungen als neues Zuhause diente. Er war leer. Die Abdrücke in dem Kissen deutete als Einziges darauf hin, dass die Katzen einmal dort gelegen hatten. Ihr schwante Böses.

»Wo ist Lea?«, fragte sie beunruhigt.

Mrs. Cranley blickte bestürzt auf den leeren Korb. »Also, eben war sie noch hier. Hat sich sogar von mir etwas Lamm erbettelt. Als ich den Eintopf aufgesetzt habe. Sie glauben doch nicht ...«

»O doch, allerdings.«

Emaline schnappte sich den Korb und ging zur Tür. »Warten Sie mit dem Essen nicht auf mich. Ich hoffe allerdings, dass ich schon bald zurück bin.«

Ash beobachtete fasziniert, wie Lea ihre Jungen eins nach dem anderen in den Schrank zurücktrug. Er hatte ihr die Küchentür geöffnet, und sie spazierte herein, den Kopf hoch erhoben, ein regloses, eingerolltes Kätzchen am Nackenfell tragend. Die Kleinen maunzten jedes Mal, wenn sie wieder ging, um das Nächste zu holen, und so blieb er bei ihnen.

Er machte es sich in dem riesigen Ledersessel gemütlich, die Fellbündel auf dem Schoß, wo sie herumkrabbelten und neugierig ihre Umgebung betrachteten.

Als Lea das letzte Kätzchen brachte, kletterte sie selbst in den Schrank und musterte Ash mit einem erwartungsvollen Blick, der so viel bedeutete wie: *Du kannst sie mir jetzt zurückgeben, nachdem wir alle wieder da sind.*

Er folgte der stummen Aufforderung und beobachtete mit einer Befriedigung, die ihn selbst überraschte, wie die Kätzchen hungrig den Zitzen ihrer Mutter zustrebten.

Das erwartete Klopfen ertönte viel zu bald für seinen Geschmack. Erst wollte er Knowles die Haustür öffnen lassen, wie es sich für einen ordentlichen Diener in einem ordentlichen Haushalt gehörte, aber dann fiel ihm ein, dass Knowles völlig von der Reparatur des ausrangierten Mobiliars in Anspruch genommen war. Also öffnete er selbst.

»Ich will nur meine Katzen holen«, sagte sie und rauschte herein wie eine Herzogin.

»Bitte treten Sie doch ein, Mrs. Pearson. Möchten Sie vielleicht eine Erfrischung? Ich habe im Keller einen recht ordentlichen Portwein entdeckt. Ansonsten haben wir inzwischen auch immer frische Milch im Haus.«

Abrupt blieb sie stehen und starrte ihn an, die Brauen fragend hochgezogen. »Milch?«

»Knowles hat sich angewöhnt, für die Katzen täglich Milch zu besorgen, und da unsere Katzen sich selbst gerade ein Schlückchen genehmigen, dachte ich, Sie würden es ihnen vielleicht gerne gleichtun.«

»Nein, vielen Dank.« Zögernd biss sie sich auf die Unterlippe. »Trinken sie wirklich gerade?«

»Sehen Sie selbst«, sagte er mit einer einladenden Geste in Richtung Bibliothek.

Mit einem resignierten Seufzer folgte Emaline ihm und schaute in den Schrank. Lea thronte sichtlich zufrieden auf ihrem alten Lager und schnurrte. Fünf Kätzchen lagen aufgereiht an ihrem grauweißen Bauch, die Gesichter im Fell ihrer Mutter vergraben.

»O Lea. Warum musst du deine Kinder immer hier großziehen?«, fragte sie vorwurfsvoll.

»Ja, das wüsste ich auch gerne«, sagte Sir Ashten. »Nehmen Sie doch Platz. Wir verfügen jetzt sogar über ein Sofa, wie Sie sicher bereits bemerkt haben. Sie sollten die Katzen jetzt nicht stören. Warum erzählen Sie mir nicht mehr über Leas Verbundenheit mit diesem Raum?«

Sie war sich durchaus bewusst, dass er sie austrickste, indem er an ihre Muttergefühle appellierte. Und er schaute dabei so selbstgefällig drein wie Lea. Andererseits hatte er Recht; sie konnte die Kätzchen schlecht beim Trinken stören.

Resigniert nahm sie auf dem Sofa Platz, den Korb auf den Knien balancierend. »Das ist keine besonders spannende Geschichte«, sagte sie. »Lea tauchte eines Tages hochtragend hier auf *Adair Manor* auf, und ehe wir wussten, wie uns geschah, brachte sie ihre Jungen zur Welt. Natürlich versuchten wir, sie irgendwo anders unterzubringen, da Onkel Walter seine Bibliothek nur ungern mit einer ganzen Katzenfamilie teilte. Aber ganz egal, wo wir sie auch hinbrachten – Küche, Scheune, sogar mein Zimmer –, Lea brachte sie jedes Mal wieder hierher zurück. Schließlich gab sogar Onkel Walter sich geschlagen. In den vergangenen elf Jahren hat sie acht Mal geworfen. Jedes Mal hier in diesem Raum.«

Ash schenkte Wein in zwei verschiedene Gläser, die Knowles in einer Truhe in der »Schatzkammer« entdeckt hatte. »Glauben Sie wirklich, dass es Ihnen diesmal gelingt, sie davon zu überzeugen, diesen Wurf drüben im Pförtnerhaus großzuziehen?«

Emaline nahm das Glas entgegen, trank jedoch nicht. »Ich muss eben besser aufpassen. Wenn wir Acht geben und Fenster und Türen geschlossen halten, wird ihr nichts anderes übrig bleiben.«

Sir Ashten setzte sich auf den Sessel ihr gegenüber. Er wirkte belustigt und viel zu entspannt für ihren Geschmack. Mit einem leisen Schock fiel ihr ein, dass er auch allen Grund hatte, entspannt zu wirken. Immerhin war das jetzt sein Haus, auch wenn er es nicht behalten wollte.

Er faltete die Hände auf dem Schoß: »Was meinen Sie, Mrs. Pearson? Sollen wir wetten, wo Lea letztendlich ihre Kinder großziehen wird, hier oder drüben bei Ihnen?«

5. Kapitel

Emaline stellte ihr Glas auf den Boden und stand auf. Sie hatte eben angefangen, ein Stück ihrer Befangenheit abzulegen, aber damit war es jetzt schlagartig vorbei. Glühender Zorn durchströmte sie, dass er es wagte, ihr eine Wette anzubieten. Eine Wette. Es kam ihr vor, als hätte er sie geohrfeigt.

Mit zitternder Stimme sagte sie: »Ich wette nicht, und jetzt werde ich meine Katzen nehmen und gehen.«

Er erhob sich ebenfalls und stellte sich zwischen sie und den Schrank. »Seien Sie doch nicht gleich eingeschnappt. Ich habe doch nur an eine rein freundschaftliche Wette gedacht, mehr nicht. Oder gestatten Sie sich nie einen Spaß?«

»Spaß hat nicht zwangsläufig etwas mit Spielen zu tun.«

Er lächelte, seine Augen mehr grün als braun, das unwiderstehliche Lächeln viel zu verheißungsvoll. Unschuldig fragte er. »Meinen Sie damit beispielsweise Küssen unter freiem Himmel an einem frischen Herbsttag? Oder Kuscheln vor dem Kamin, während es draußen schüttet wie aus Eimern? Oder ein warmes ...«

»Ich habe nichts von alledem gemeint.«

Sein Lächeln wurde nur noch breiter, und in seine Augen trat ein spöttisches Glitzern. »Wie? Sagen Sie bloß, Sie haben noch nie von den Freuden gekostet, die der liebe Gott Mann und Frau zugedacht hat?«

Mit glühenden Wangen umklammerte sie den Griff ihres Weidenkorbes fester. Mühsam beherrscht, entgegnete sie: »Sir, gestatten Sie mir die Bemerkung, dass Sie ein prinzipienloser Halunke sind. Sie führen mich bewusst in Versuchung. Aber ich werde nicht zulassen, dass Sie mich dazu verführen, die gleichen Fehler zu machen wie mein Vetter. Ich war siebzehn, als meine Mutter zu mir kam und mir erklärte, es wäre ihnen unmöglich, mich als Debütantin in die Londoner Gesellschaft einzuführen aufgrund der hohen Schulden, die Newell angehäuft habe und für die die ganze Familie aufkommen müsse. Das fand ich nicht so schlimm, ich habe ihm aber sehr wohl verübelt, dass er meiner Tante und meinem Onkel so großes Leid zugefügt hat durch seine Zügellosigkeit. Sollten Sie es also jemals wagen, mir noch einmal eine Wette anzubieten, werde ich Ihnen Ihre Impertinenz mit einem Satz heißer Ohren vergelten! Guten Tag, Sir! Ich komme morgen wieder, um die Katzen zu holen.«

Mit wehenden Röcken machte sie auf dem Absatz kehrt, das Kinn hoch erhoben und das Gesicht hochrot vor Zorn und Empörung.

Als die Haustür mit einem lauten Knall hinter ihr zufiel, gab Ash einen leisen Pfiff von sich. Gott, was für ein Feuer. Gut, dass er das Haus verkaufen wollte, sonst würden zwischen ihnen noch die Fetzen fliegen.

Trotzdem schade, dass eine so hübsche Witwe wie sie nicht das Geringste vom Flirten verstand und erst recht nicht für ein kleines Abenteuer zu haben war. Er hätte nichts dagegen gehabt, ihr auf diesem Gebiet noch das eine oder andere beizubringen.

Am darauf folgenden Morgen holte Emaline Lea und ihre Jungen so früh ab, dass sie keine Begegnung mit Sir Ashten fürchten musste. Sie wiegte sich bereits in Sicherheit, bis

Mrs. Cranley schon am nächsten Tag ein offenes Fenster vergaß, eine Gelegenheit, die Lea sich nicht entgehen ließ. Als sie erneut zum Haupthaus hinüberging, um die Katzen zu holen, war Sir Ashten glücklicherweise wieder abwesend, sodass sie nur Knowles antraf.

Wieder einen Tag später schloss Will die Haustür nicht richtig, als er zum Unterricht ging, sodass Emaline zum dritten Mal ziemlich genervt über einen knirschenden braunen Laubteppich zum Haupthaus stapfte.

Würde sie ihn diesmal antreffen? Was würde er sagen? Warum war sie nur so unhöflich gewesen? Und warum musste er ein so ... so ... unmöglicher Mensch sein?

Der Wind ließ ihre Wangen in der Kälte glühen und rief ihr die Bilder ins Gedächtnis, die seit ihrer letzten Begegnung in ihrem Kopf kreisten wie ein Fiebertraum.

Wie mochten sich seine warmen Lippen anfühlen? Und was für ein Gefühl mochte es sein, von seinen starken Armen gehalten zu werden?

Sie schüttelte diese Fantasien ab, wütend auf sich selbst und noch mehr auf ihn. Wie dreist von ihm, überhaupt an so etwas zu denken. Und sie war auch nicht besser, weil sie darüber nachgrübelte. Das musste aufhören. In wenigen Wochen würden auch die Katzenbabys so weit sein, dass Lea sie nicht mehr zurückbrachte. Vielleicht hatte er das Haus bis dahin ja auch schon verkauft und war längst fort.

Wie kam es nur, dass ihr bei dem Gedanken ganz schwer ums Herz wurde?

Mit schleppenden Schritten, ein Gefühl der Beklemmung in der Brust, stieg sie nervös die Treppe von *Adair Manor* hinauf und betätigte den inzwischen auf Hochglanz polierten Messingklopfer.

Knowles öffnete ihr, und sie erfuhr, dass es auch diesmal zu keiner Begegnung mit dem Hausherrn kommen würde.

»Er ist unterwegs und begutachtet die Ländereien«, erklärte der Diener, als er die Tür hinter ihr schloss und den kalten Oktobermorgen aussperrte.

Aber statt Erleichterung verspürte sie nur Ärger. Wieder unterwegs. Konnte dieser unruhige Geist denn nicht einmal irgendwo verweilen? »Er möchte sich wohl ein Bild davon machen, was der Grund und Boden wert sein könnte?«, fragte sie scharf.

Gleich darauf errötete sie wegen ihres ungehörigen Benehmens, aber Knowles zuckte nur die Achseln und sagte: »Ich vermute, dass er eher die Vergangenheit wiederaufleben lässt und so tut, als wäre er wieder ein fünfjähriger Junge mit einem richtigen Zuhause.«

Emaline wandte sich dem Diener zu und musterte ihn mit hochgezogenen Brauen. Es gehörte sich eigentlich nicht, mit Sir Ashtens Diener über seinen Herrn zu tratschen, aber er hatte ihre Neugier geweckt. Und die würde erst Ruhe geben, wenn sie gestillt war. Um einen beiläufigen Tonfall bemüht, fragte sie: »Wollen Sie damit sagen, dass er kein richtiges Zuhause mehr gehabt hat, seit er fünf war?«

Knowles ging voraus in die Bibliothek und erzählte ihr dabei die Geschichte seines Herrn, der sie verblüfft und sogar ein wenig entsetzt lauschte.

Sir Ashten war als Sohn eines Spielers geboren, und seine Mutter hatte ihren Mann offenbar mehr geliebt als ihren Sohn. Knowles war in die Dienste der Familie getreten, unmittelbar bevor Mr. Ravenhill Haus und Hof verspielte, woraufhin er mit Frau, Kind und Knowles als Kindermädchen sein Glück auf dem Kontinent versuchte. »Das waren magere Jahre. Wir waren nie länger als ein paar Wochen an einem Ort«, erzählte Knowles, holte das graue Kätzchen aus dem Schrank und setzte es in Emalines Korb.

»Wie furchtbar, ständig so hin- und hergeschubst zu werden«, sagte sie mitfühlend.

»Man vermisst nicht, was man nie gekannt hat, Missus. Aber manchmal habe ich ihn dabei ertappt, wie er sehnsüchtig durch das Fenster in fremde Häuser starrte und die Menschen dort beobachtete, die ein ganz normales Familienleben führten. Es war natürlich auch nicht sehr hilfreich, dass Mr. Ravenhill dem Glück gerne etwas auf die Sprünge half, wenn Sie verstehen, was ich meine. Ash lehnt solche Tricks kategorisch ab. Er ist ein ehrlicher Spieler.«

Sie starrte ihn einen Moment verständnislos an, ehe sie begriff, was er gesagt hatte. »Sein Vater war ein Betrüger?«

»Sagen wir, er hat sich nicht immer ganz korrekt verhalten. Das führte dann auch zum Bruch zwischen ihm und Ash. Wir ließen uns rekrutieren, und als wir nach Indien unterwegs waren, buchten seine Eltern eine Passage nach Amerika. Ash musste schummeln und sich zwei Jahre älter machen, als er tatsächlich war, um der königlichen Armee beizutreten, aber er war groß für sein Alter, und so machte man ihm keine Schwierigkeiten. Den Ritterschlag hat er für seine Leistungen im Dienste des Königs erhalten, aber in Indien hat es uns nicht allzu gut gefallen. War heiß wie in einem Glutofen dort.«

Emaline hob das letzte Kätzchen in den Korb. Sie kniete

vor dem Schrank und streichelte Lea den Kopf, während sie vor ihrem geistigen Auge einen schlaksigen, stolzen, jungen Burschen sah. Ein Mann, der seinen Titel nicht geerbt, sondern verdient hatte – unter Einsatz seines Lebens.

»War das der Grund, weshalb er aus der Army ausgeschieden ist? Weil ... weil es ihm in Indien nicht gefallen hat?«

»O nein, Missus. Er wurde von einem Säbel am Bein verletzt und musste seinen Abschied nehmen. Er hatte gar keine andere Wahl, als wieder zu den Karten zu greifen. Irgendwie musste er ja seinen Lebensunterhalt verdienen. Das Glück war zwar nicht immer auf unserer Seite, aber alles in allem sind wir ganz gut zurechtgekommen.«

Stirnrunzelnd ließ er den Blick durch den Raum schweifen. »Das hier sollte eigentlich der große Wurf sein. Sir Ash wollte sich zur Ruhe setzen, aber ich fürchte, daraus wird wohl nichts.«

Emaline stand auf und nahm den Korb an sich. Sie versuchte, sich vor Augen zu halten, dass Sir Ashten heute ein skrupelloser, herzloser Spieler war, mochte er früher auch einmal ein verlassener einsamer Junge und anschließend ein tapferer Soldat gewesen sein. Sie sollte kein Mitgefühl für ihn empfinden.

»Nun, ich bin sicher, dass er einen Käufer finden wird.«

»Ich glaube, das habe ich bereits«, sagte eine tiefe Stimme hinter ihnen.

Emaline blickte zur Tür. Sein Haar war windzerzaust und sein Gesicht von der Sonne gerötet. Lächelnd trat er vor, aber in seinen Augen lag ein herausforderndes Glitzern. Schuldbewusst fragte sie sich, wie viel er von ihrer Unterhaltung wohl mitgehört hatte. Sie hätte zu gern gewusst, wer der Kaufinteressent war, wollte aber nicht unziemlich neugierig erscheinen. Es war ihr schon peinlich genug, dass er sie dabei erwischt hatte, wie sie mit seinem Diener über ihn plauderte.

Knowles verabschiedete sich mit einer knappen Geste und verließ den Raum. »Die Pflicht ruft.«

Ash wandte sich seinem Gast zu, wobei er innerlich Knowles' loses Mundwerk verfluchte. Er hasste es, wenn man seine Vergangenheit zum Mittelpunkt einer Konversation machte. Dann sah er den bedrückten Ausdruck in den Augen seiner hübschen Einbrecherin, und sein Ärger legte sich etwas.

Ash hatte an jedem der vorangegangenen Tage beobachtet, wie Lea ihre Jungen am Nackenfell ins Haus zurückschleppte, und jedes Mal war Emaline kurze Zeit später die Zufahrt heraufgestürmt.

Nach ihrer letzten Begegnung hatte er es für das Beste gehalten, Distanz zu wahren und alles Weitere Knowles zu überlassen. Jetzt, da sie vor ihm stand, änderte er seine Meinung.

Er hatte sie vermisst. Es machte ihm viel zu großen Spaß, sie zu necken, bis ihre braunen Augen zornig funkelten. Er hatte ihre spitze Zunge vermisst und ihre reizvollen Kurven. Er konnte dringend Abwechslung brauchen, und zwar von ihr.

Ash warf einen Blick auf den Korb und die Kätzchen, die vorwitzig unter dem blauweiß karierten Tuch hervorlugten. Emaline löste immer wieder ihre Krallen von dem Weidengeflecht und schob sie zurück unter die Abdeckung.

»Das muss wirklich aufhören«, sagte er und konnte sich

angesichts der hartnäckigen Fluchtversuche der winzigen Stubentiger ein Lächeln kaum verkneifen.

Emaline runzelte die Stirn. »Ich versuche, Lea drüben im Haus zu halten, und wenn ich ...«

»Ich habe nicht gemeint, dass sie aufhören soll, ihre Jungen herzubringen. Ich meinte, dass Sie aufhören sollten, sie ständig zurückzuholen. Das Wetter wird bald umschlagen. Mein Bein kündigt jeden Wetterumschwung an, müssen Sie wissen. Wollen Sie riskieren, dass die Kleinen pitschnass werden? Und was, wenn Lea nachts entwischt? Wir möchten doch beide nicht, dass ein Fuchs sich eins von den Kleinen holt, oder?«

Sie blickte auf den Korb, einen nachdenklichen Ausdruck auf dem Gesicht, und er wusste, dass er gewonnen hatte.

Mit einer Hand hob er das schwarze Kätzchen aus dem Korb, als es erneut versuchte, über den Rand zu klettern. Er drückte es an die Brust und fühlte durch Jacke und Hemd das Vibrieren seines Schnurrens. »Mrs. Pearson, lassen Sie mich Ihnen einen Vorschlag machen.«

»Ich werde nicht ...«

»Nein, lassen Sie mich ausreden. Und sie brauchen mich auch nicht so wütend anzusehen. Ich rede von einer Abmachung und nicht von einer Wette. Wir lassen Lea ihren Willen und ihren Babys den Schrank. Und so lange sie hier sind, verpflichte ich mich zu einem tadellosen Lebenswandel, damit Sie Ihre Schützlinge jederzeit besuchen können, ohne fürchten zu müssen, mit lasterhaften Umtrieben konfrontiert zu werden. Kein Glücksspiel, keine Saufgelage ... nicht einmal ein Tanzmädchen zur Unterhaltung.« Er konnte es sich einfach nicht verkneifen, Letzteres hinzuzufügen.

Sie blickte aus den Augenwinkeln zu ihm auf, misstrauisch, aber abwägend, und plötzlich wünschte er, sie würde Karten spielen. Er hätte sein letztes Hemd darauf verwettet, dass sie eine vorsichtige, aber gute Spielerin wäre, die überlegt und clever handelte.

»Was passiert, wenn das Haus verkauft ist? Sie können nicht für den neuen Besitzer sprechen und garantieren, dass der ebenso großzügig ist.«

»Dann verspreche ich, erst zu verkaufen, wenn die Katzen alt genug sind. Wie lange wäre das? Sechs Wochen?«

»Zwölf. Lea muss ihnen das Jagen beibringen, wissen Sie. Aber sagten Sie nicht vorhin, Sie hätten schon einen Käufer?«

»Man hat mir ein Angebot unterbreitet, das stimmt. Allerdings war es sehr niedrig. Deshalb bin ich zu dem Schluss gekommen, dass ich das Haus wohl erst ein wenig in Schuss bringen muss, wenn ich es auch nur für die Hälfte seines tatsächlichen Wertes loswerden will. Sagen wir also acht Wochen vom Tag der Geburt an.«

»Elf, eine Woche rückwirkend«, konterte Emaline und wünschte, sie hätte den Mut, ihn nach dem Namen des Interessenten und der Höhe seines Kaufangebots zu fragen. Aber das wäre wirklich sehr ungehörig gewesen.

Während das schwarze Kätzchen an seiner Jacke bis zu seiner Schulter hinaufkletterte, reichte er ihr die rechte Hand, um ihren Handel zu besiegeln. »Abgemacht.«

Emaline starrte auf die schmale, gepflegte Hand. Diese langen Finger konnten förmlich mit Karten zaubern. Manipulierte er auch sie? Und wennschon. Zehn Wochen Aufschub waren immer noch besser als nichts.

Sie schaute wieder zu ihm auf. Das Kätzchen hatte sich

zufrieden auf seiner Schulter niedergelassen, das Köpfchen an seine Halsbeuge geschmiegt. Wenn ein Kätzchen Sir Ashten vertraute, sollte sie es vielleicht auch versuchen. Nur ein klein wenig.

Langsam ergriff sie die dargebotene Hand. Seine Züge entspannten sich, und er lächelte, als seine Finger sich mit sanftem und doch festem Griff um ihre schlossen. Sein Daumen strich über ihren Handrücken. Ihr Mund war plötzlich staubtrocken.

Sie zuckte zurück, die Katzen als Vorwand benutzend. Sie war sich seiner Nähe, seiner Kraft, seiner Persönlichkeit viel zu bewusst. Lea rief ihre Jungen mit leisen, kehligen Lauten, und das lieferte ihr eine willkommene Ausrede, sich von ihm abzuwenden.

»Ich setze sie dann wohl besser zurück«, sagte sie und kniete sich wieder vor den Schrank. In Gedanken fragte sie sich, ob er wohl auf alle Frauen eine solche Wirkung hatte, oder ob es daran lag, dass sie nach Jahren des Alleinseins besonders empfänglich war für bestimmte Signale.

»Bliebe nur noch eins zu klären«, sagte er.

Sie blickte fragend zu ihm auf. »Und das wäre?«

Er kniete sich so dicht neben sie, dass sie den vom Nieselregen feuchten Geruch seines Wollmantels riechen und die feinen Bartstoppeln auf seinen Wangen sehen konnte.

Er hob das schwarze Kätzchen von der Schulter und setzte es zu seinen Geschwistern. Als seine Hand die ihre streifte, wurde ihr plötzlich ganz warm.

Dann fragte er mit einem Lächeln: »Müssen wir den Katzen wirklich Bibelnamen geben?«

Am nächsten Abend begannen sie damit, sich Namen auszudenken. Sir Ashten bestand darauf, dass Emaline und die Jungen zum Essen kamen, um ihre Abmachung zu besiegeln und die Katzenkinder zu taufen. Immerhin gäbe es sogar einen richtigen Tisch – er war zu sperrig und zu schwer gewesen, als dass Newell ihn kurzfristig hätte wegschaffen können –, und er habe auch vorübergehend Personal aus dem Dorf eingestellt.

Vorübergehend.

Das Wort erinnerte sie an Sir Ashtens Lebenswandel. Er ließ sich treiben wie ein Blatt im Wind, verweilte nie lange an einem Ort. Und es hielt ihr auch ihre eigene ungewisse Zukunft wieder vor Augen. Ihr kam in den Sinn, Sir Ashten vielleicht zu bitten, einen Mietvertrag mit ihr abzuschließen, der auch über den Verkauf hinaus Gültigkeit hatte.

6. Kapitel

Emaline wurde nervös bei dem Gedanken daran, Ashten um etwas bitten zu müssen. Warum sollte er ihr eine Gefälligkeit erweisen? Immerhin war sie ihm gegenüber nicht besonders nett gewesen. Sie hatte ihn, das Beispiel ihres Vettern vor Augen, regelrecht vorverurteilt und ihm keine Chance eingeräumt, sich zu beweisen.

Natürlich war er kein Gentleman, wie er im Buche stand. Wie auch, bei seiner Vergangenheit? Aber alles, was sie bisher über ihn erfahren hatte, sprach dafür, dass er ein Ehrenmann war. Ein Mann, der seinen Lebensunterhalt am Spieltisch verdiente, wenn auch auf ehrliche Weise. Selbst wenn er sie das eine oder andere Mal provoziert hatte, hatte er Lea und ihren Jungen gegenüber ein großes Herz bewiesen. Auch das sprach eindeutig für ihn.

Trotzdem gab es keinen Grund, weshalb er einen langfristigen Vertrag mit ihr abschließen sollte. Sie wusste ja nicht einmal, ob es überhaupt rechtlich möglich war, einen Vertrag abzuschließen, der auch für den Käufer verbindlich wäre. *O John, warum konntest du nicht ein wenig weltgewandter sein und mich besser darauf vorbereiten, auch alleine zurechtzukommen?*

Seufzend schob sie den Gedanken an ihren verstorbenen Mann beiseite. Er war ein guter Mann gewesen, wenn auch nicht sehr praktisch veranlagt. Jetzt schien es fast so, als müsste sie sich diese Fähigkeit aneignen, was bedeutete, dass sie alles tun musste, um ihre angeschlagene Beziehung zu Sir Ashten zu reparieren, damit sie ihn vor dem Verkauf von *Adair Manor* um einen Mietvertrag für das Pförtnerhaus bitten konnte.

Mit diesem Ziel vor Augen zog sie ihr bestes Abendkleid an, eine recht aufwendige Kreation aus weißem Musselin mit blauweißer Seidenstickerei, die noch aus besseren Tagen stammte. Sie hatte das Kleid seit drei Jahren nicht mehr getragen. Es passte noch, wenn es auch mit seiner Schleppe hoffnungslos altmodisch anmutete, während die Korsage für ein wie sie fand recht schamloses Dekolletee sorgte. Sie zupfte nervös an dem tiefen Ausschnitt und legte dann das Goldkollier ihrer Mutter an. Thomas und Will steckte sie in ihre guten dunkelblauen Anzüge. Will zappelte ungeduldig, als sie versuchte, seine wilden Locken zu bändigen, bis sie es schließlich aufgab und sich damit zufrieden gab, dass zumindest sein Gesicht sauber war. So fein zurechtgemacht, sah Thomas seinem Vater verblüffend ähnlich. Um sich nicht schmutzig zu machen, fuhren sie mit dem Ponywagen zum Haupthaus.

Rob, der älteste Sohn der Findleys, erwartete sie vor dem Haus, um das Pony in den Stall zu bringen. Emaline hatte Schmetterlinge im Bauch wie damals vor ihrem allerersten Ball. Sie atmete tief durch, stieg von den Jungen eingerahmt die Treppe hinauf und betrat das Haus.

Es war wie verwandelt.

Der Fußboden im Flur war frisch gebohnert, und in den Wandhalterungen steckten brennende Kerzen. In der Mitte des Esszimmers stand ein Tisch, den sie seit ihrer Kindheit nicht mehr gesehen hatte, und gegenüber dem Kamin hing ein Wandteppich mit aufwendigem Blumenmuster, dessen eine untere Ecke allerdings von Motten zerfressen war.

Sie schaute sich verwundert um, erfreut, dass das Haus wieder so heimelig wirkte.

»Knowles und ich waren heute sehr fleißig, ich bitte also vorab um Entschuldigung, wenn ich um neun vor dem Kamin einschlafe«, sagte Sir Ashten, als er die Treppe herunterkam.

Sie wandte sich ihm zu, um ihn zu begrüßen, aber die höflichen Floskeln blieben ihr im Hals stecken, und ihr Herz tat einen Sprung. Sie hatte ihn schon immer attraktiv gefunden mit seinem etwas zu langen, sonnengebleichten Haar und seiner lässig-eleganten Kleidung. Aber das war nichts im Vergleich mit dem Anblick, der sich ihr jetzt bot.

Sein tannengrünes Jackett hob das Grün seiner Augen hervor, und der perfekte Sitz seiner ganz offensichtlich maßgeschneiderten Garderobe betonte die breiten Schultern und schmalen Hüften. Seine Haare hatte er gebändigt und streng zurückgekämmt, was seine kantigen, männlichen Züge zur Geltung brachte, und seine Augen schimmerten warm im Feuerschein des Kamins und der Kerzen.

Als er sich zu Will herabbeugte, der ihn etwas fragte, und dann Thomas begrüßte, hatte sie Gelegenheit, ihn genauer zu betrachten. Für einen Spieler hatte er ihrer Meinung nach eine erstaunlich kräftige Kieferpartie, die in ein eckiges, markantes Kinn überging.

Als er sie schließlich ansah, ein Lächeln auf den sinnlichen Lippen und ein übermütiges Blitzen in den Augen, war sie sich bewusst, dass er sie bei ihrer Musterung erwischt hatte.

Er sagte jedoch nichts. Weder gab er einen spöttischen Kommentar von sich, noch machte er eine anzügliche Bemerkung darüber, warum sie ihn so genau betrachtete. Stattdessen benahm er sich tadellos, ließ ihnen von Knowles die Mäntel abnehmen und führte sie anschließend ins Speisezimmer.

Das Essen verlief sehr kurzweilig.

Ash erwies sich als aufmerksamer, höflicher Gastgeber, wenn er sich auch das eine oder andere Kompliment an seine verführerische Einbrecherin verkneifen musste. Er wusste schließlich zu genau, dass sie diese mit einem unwilligen Stirnrunzeln quittiert hätte anstatt mit einem Lächeln. Dabei reizte sie ihn an diesem Abend ungemein zum Flirten. Das tief ausgeschnittene Kleid regte seine Fantasie an, und er fragte sich mehr als einmal, wie sie wohl ohne das Kleid aussehen mochte. Es kostete ihn seine ganze Willenskraft, jeglichen Annäherungsversuch zu unterlassen.

Gott sei Dank saßen die Jungen mit am Tisch. Sie erzählten von ihrem Alltag – von Fuchsbauten, Unterrichtsstunden, Nachbarn, Angel- und Jagdausflügen –, sodass die Unterhaltung nie ins Stocken geriet.

Knowles hatte sich selbst übertroffen und gezaubert: Ochsenschwanzsuppe, Fischpastete, Hasenpfeffer, Sellerie in Sahnesoße, Erbsen und zum Nachtisch Bratäpfel mit Vanillesoße. Die Jungen machten sich so gierig über das Dessert her, als hätten sie nicht bereits bei jedem der vorherigen Gänge kräftig zugelangt.

Als sie vom Esszimmer in die gemütliche Bibliothek wechselten, fragte Ash lächelnd: »Essen die beiden immer wie die Scheunendrescher?«

»Ja, und ich fürchte, sie sind wie die Süßwasserkarpfen. Je mehr man sie füttert, desto größer werden sie.«

»Dann ziehen Sie sich da gerade zwei Riesen heran.«

Er verspürte ein Ziehen in der Herzgegend, als sie mit blitzenden Augen und lächelnden Lippen zu ihm aufblickte.

Dann riefen die Jungen nach ihr, und der Bann war gebrochen.

Stirnrunzelnd schaute er ihr nach, nicht sicher, was da gerade geschehen war. Er wusste sehr gut, wie es sich anfühlte, sich zu ver- und wieder zu entlieben. Das war ihm schon oft genug passiert. Und sie war zweifellos hübsch genug, um bei jedem Mann mehr als nur Lust zu wecken. Aber das ... dieses Verlangen in Verbindung mit einem Beschützerinstinkt, das war ihm neu. Er hatte sich nicht so sehr gewünscht, sie leidenschaftlich zu lieben, als vielmehr, sie vor allem zu bewahren, was ihr dieses viel zu seltene Lächeln rauben könnte.

Das Problem war nur, dass eine Spielernatur wie er ihr lediglich Kummer bringen würde.

Was für eine vertrackte Situation.

»Sir Ashten«, sagte Will in seine Gedanken hinein. »Was gefällt Ihnen besser: Rëu oder Peleg?«

»Peleg«, sagte Thomas sofort und ließ ein Stück Schnur vor der Nase des grauen Kätzchens baumeln, das zusammen mit seinen Geschwistern auf dem Teppich vor dem Kamin lag, das spitze Koboldgesicht von riesigen blauen Augen beherrscht.

Ash ging zu ihnen hinüber, und sie machten sich ernsthaft an die Namensgebung.

Eine halbe Stunde später hatten sie sich noch auf keinen Namen einigen können. Allerdings hatte Ash inzwischen einen viel besseren Eindruck von Mrs. Emaline Pearsons Persönlichkeit und ihrer Situation gewonnen.

Sie und Lea hatten ihren Sprösslingen gegenüber den gleichen ausgeprägten Beschützerinstinkt, und er beobachtete belustigt, wie die beiden ihren Nachwuchs nachsichtig, aber wachsam beobachteten, wobei Emaline ihren Söhnen gelegentlich eine widerspenstige Locke aus dem Gesicht strich und Lea einem ihrer Kinder Zucker aus dem Fell leckte, nachdem Knowles Kuchen zum Tee gebracht hatte.

Aus verschiedenen Andeutungen hatte Ash geschlossen, dass seine Mieterin über ein sehr spärliches Einkommen verfügte, sich mit Näharbeiten etwas dazuverdiente und die Jungen oft auf dem Anwesen unterwegs waren, um aus schierer Notwendigkeit Wild und Fisch auf den Tisch zu bringen. Es beunruhigte Ash, dass sie diese zusätzliche Nahrungsquelle womöglich verlieren würden, wenn er das Haus verkaufte. Er zog es vor, diese unangenehmen Gedanken vorerst zu verdrängen.

Auch kamen die Jungs langsam in ein Alter, in dem sie männlicher Führung bedurften. Ihm entgingen die vorwurfsvollen Blicke nicht, die Thomas seiner Mutter zuwarf, wenn diese ihn behandelte wie den jüngeren Will. Er war ein guter Junge, aber Ash sah in seinen Augen den brennenden Wunsch nach mehr Verantwortung und Anerkennung als Erwachsener.

Aber auch das war eigentlich nicht sein Problem.

Während sie um die Namen stritten, wobei Thomas auf Bibelnamen beharrte, Ash vor allem aus Spaß an der Freude widersprach und Will sich nicht entscheiden konnte –, saß Emaline nur da und hörte zu. Ash entging nicht, dass sie sie beobachtete.

»Warum geben wir ihnen nicht zwei Namen?«, fragte sie, als es einen Moment ruhig war.

Ash grinste. »Ah, salomonische Weisheit gepaart mit der Schönheit der Königin von Saba. Was meint ihr, Jungs? Sollen wir dem Wunsch der Dame entsprechen?«

Emaline warf ihm einen warnenden Blick zu, wies ihn jedoch wegen des Kompliments nicht zurecht.

Will nahm das schwarze Kätzchen auf den Arm, das gerade hinter dem Schwanz seines grauen Geschwisterchens hergejagt war. »Ich würde ihn gerne Sir Lancelot taufen, abgekürzt auf Sir.«

»Wir waren uns doch einig, dass er Heber heißen sollte«, widersprach Thomas finster.

»Waren wir nicht. Du warst für diesen Namen, ich nicht.«

»Und ich will ihn Trouble nennen, weil er nämlich ständig in irgendwelche Schwierigkeiten gerät. Wie würdet Ihr entscheiden, edle Dame?«

Drei Augenpaare richteten sich erwartungsvoll auf Emaline. Sie überlegte kurz und antwortete schließlich: »Wir nennen ihn Sir Heber Troublealot du Lac.«

Sir Ashten musterte sie mit lachenden Augen. »Der Name ist zwar etwas gewaltig für den Zwerg, aber vielleicht wächst er ja noch hinein. Seid ihr anderen einverstanden?«

Sir Heber schlug nach Wills Schlips und schaffte es, den Knoten zu lockern, aber Will schien ganz zufrieden zu sein mit dem »ritterlichen« Namen. Thomas, der immer noch die Stirn gerunzelt hatte, schien widersprechen zu wollen, warf aber dann einen Blick auf seine Mutter und gab mit einem Nicken nach.

Hiernach kamen sie schneller voran, allerdings waren die Vorschläge teilweise so witzig, dass Will haltlos kicherte und sogar Thomas das eine oder andere Mal lächeln musste. Das rote Kätzchen wurde auf den Namen Lady Saba Salah getauft, das getigerte Katerchen Sir Nahor Galahad. Die graue Katze sollte Lady Peleg du Mist heißen, und die dreifarbige Glückskatze erhielt den schlichten biblischen Namen Rëu, was vor allem Thomas freute.

Nach einer Woche hatten sich als Rufnamen Saba, Sir Heber, Lady Mist, Galahad und Rëu durchgesetzt. Ash stellte zudem fest, dass er sich inzwischen so sehr an die Gesellschaft seiner Mieterin und ihrer beiden Söhne gewöhnt hatte, dass er sie vermissen würde, wenn das Anwesen erst verkauft war und er zu neuen Ufern aufbrach.

Besonders bewusst wurde ihm das an einem regnerischen Tag, an dem das nasskalte Wetter Emaline und die Jungen von einem Besuch abhielt. Ash wanderte so rastlos – und beinahe so unleidig – wie ein Bär im Käfig durch das Haus.

Um Kosten zu sparen, hatte er keine aufwendigeren Arbeiten ausführen lassen, sondern sich damit begnügt, die Decken neu zu verputzen, die Zimmer zu streichen, fehlende Backsteine an der Außenwand sowie die Dachrinnen zu ersetzen. Trotzdem war er nicht zufrieden.

Das Haus war zu neuem Leben erwacht, und das ließ den vernachlässigten, überwucherten Garten nur noch ungepflegter erscheinen. Außerdem standen überall Gerüste herum, die Möbel waren zum Schutz gegen Staub mit Laken bedeckt, und alles in allem herrschte ein einziges Chaos. Was hatte er sich da nur angetan?

Übellaunig zog er sich in die Bibliothek zurück und ließ sich in den Ledersessel vor dem heruntergebrannten Kaminfeuer fallen. Wie sollte er dieses Haus je zu einem anständigen Preis losschlagen? Lord Rustard hatte lächerliche zweitausend Pfund geboten, nicht einmal ein Viertel dessen, was das Haus eigentlich bringen müsste. War es ein Fehler gewesen, das Angebot abzulehnen? War es Geldverschwendung, in die Instandsetzung zu investieren?

Er hatte prinzipiell nichts dagegen, ein Risiko einzugehen, es ging ihm nur gegen den Strich, dass er nicht einmal wusste, um welche Summe es genau ging. Wie so oft in den letzten Tagen fragte er sich, ob sich aus den mehreren hundert Pfund, die er in die Renovierung gesteckt hatte, tatsächlich ein paar tausend machen ließen. Und wozu das Ganze? Nur um sein eigenes Geld zurückzubekommen?

Oder um Emaline Pearson lächeln zu sehen, wie sie es jedes Mal tat, wenn ein weiterer Raum in neuem Glanz erstrahlte?

Was zum Teufel machte er eigentlich?

Ein neugieriges Koboldgesicht lugte aus dem Schrank, gefolgt von einem ebenso vorwitzigen grauen Köpfchen. Die zwei Kätzchen purzelten heraus, von ihren nachdrängenden Geschwistern aus dem Schrank gestoßen. Ash musste lächeln, als die Fellbündel sich erst schnuppernd umschauten, ehe sie auf ihn zukamen.

»Abenteuerlustig?«, fragte er und hob die graue Katze hoch, die sich schnurrend den Hals kraulen ließ. Sir Heber wollte sich jedoch nicht fangen lassen und verschwand blitzschnell unter dem Sofa. Nur seine winzige Pfote schoss hin und wieder hervor, auf der Jagd nach Wollmäusen.

Ash grinste. Die kleinen pelzigen Clowns amüsierten ihn, hellten seine Laune auf und bewogen ihn zu der Überlegung, das Haus vielleicht doch zu behalten. Andererseits war ihm sein Ruf hier in der Gegend nur zu bewusst. Lord

Rustard hatte jedenfalls mit seinen Andeutungen unmissverständlich klar gemacht, dass ein Mann wie Ash nicht darauf hoffen durfte, in einer so kleinen Gemeinde je gesellschaftliche Anerkennung zu erlangen. Tatsächlich war Mrs. Pearson bislang die einzige Besucherin auf *Adair Manor* gewesen.

Zu bleiben schied also aus. Es sei denn, er konnte die Gemeinde davon überzeugen, dass der Saulus sich in einen Paulus verwandelt hatte. Oder er optierte für ein Einsiedlerdasein. Aber das war natürlich Unsinn.

Die Vernunft gebot also, von hier zu verschwinden, je eher, desto besser. Immerhin war es schon Ende Oktober, und der heutige Regen kündigte den nahenden Winter an. Es wäre sicher vernünftiger, abzureisen, solange die Straßen noch gut passierbar waren. Vielleicht sollte er Knowles die Freude machen und nach Italien zurückkehren.

Gedankenverloren starrte er vor sich hin, bis ein ängstliches Maunzen ihn aus seinen Gedanken riss. Lady Mist lag noch auf seinem Schoß, aber was war aus Sir Heber Troublealot geworden? Was hatte das dumme Tier jetzt wieder angestellt?

Lea hatte den Hilferuf ebenfalls gehört, sprang aus dem Schrank und lief zur Tür.

Ash folgte ihr ins Wohnzimmer, wo Sir Heber sich mal wieder in eine ausweglose Lage hineinmanövriert hatte.

Im Wohnzimmer war ein Gerüst aufgestellt worden, um die Stuckverzierung an der Decke zu reparieren, und der kleine Kater hatte sich – wie auch immer – an einem Seil hinaufgehangelt, das von der obersten Ebene herabbaumelte. Da hing er nun an dem leicht hin und her schwingenden Seil und miaute kläglich. Falls er losließ, würde er sechs Meter tief auf den Holzboden fallen, und noch mangelte es ihm an Kraft und Geschicklichkeit, um auf das Gerüst zu klettern.

Ash fluchte laut, rief dann nach Knowles und setzte Lady Mist neben der aufgeregten Lea auf den Boden. Dann begann er, das Gerüst zu erklimmen. Die Planken ächzten unter seinem Gewicht, und flüchtig ging ihm durch den Kopf, ob das wacklige Gestell überhaupt stabil genug war, um sein Gewicht zu tragen. In diesem Moment rutschte Sir Heber ab und hing nur noch an einer Pfote vom Seil. Ash wusste, dass er keine Zeit verlieren durfte. So schnell wie möglich stieg er die Leitern zu den zwei nächsten Ebenen hinauf, ohne das Schwanken der Konstruktion zu beachten. Er streckte die Hand aus. In dem Augenblick, als der Kater den Halt verlor, packte er zu. Er erstarrte. Das Gerüst wankte bedrohlich. Ganz vorsichtig kehrte Ash zurück zur Leiter.

»Was um alles in der Welt machen Sie denn da oben?«, fragte Knowles verblüfft, als er den Raum betrat.

»Ich unternehme gerade eine höchst amüsante Kletterpartie. Sei so gut und halte die Leiter fest«, wies Ash seinen Diener an. Er hatte gerade zu Ende gesprochen, da zerbrach das Brett, auf dem er stand.

Im Fallen griff er mit der freien Hand nach dem Seil. Hanffasern rissen seine Haut auf, und er verspürte einen kräftigen Ruck in der Schulter. Tränen mischten sich mit dem beißenden Schweiß, der ihm in die Augen lief. Seine Schulter schmerzte höllisch.

»Ich komme rauf«, rief Knowles.

»Wag es ja nicht!«, knurrte Ash durch zusammengebissene Zähne. »Wenn das Gerüst meinem Gewicht schon nicht standgehalten hat, wird es dich erst recht nicht tragen.«

»Dann hole ich Hilfe.«

»Großartiger Gedanke«, murmelte Ash, aber Knowles war bereits davongestürzt, und er hörte nur noch, wie die Haustür hinter ihm zuschlug.

Ash wusste, dass er sich nicht lange würde halten können, und so schaute er sich suchend um. Vorsichtig begann er, hin und her zu schwingen. Bei jeder Bewegung durchzuckten stechende Schmerzen sein Schultergelenk, aber schließlich gelang es ihm, die Beine um eine der Gerüststangen zu schlingen. Er war schweißgebadet, und sein Magen drohte vor Anstrengung zu rebellieren, als er sich auf ein schmales Brett zog, das sich gefährlich unter seinem Gewicht bog.

Benommen von den Schmerzen, blieb er dort sitzen, und nahm kaum wahr, dass das verängstigte Katerchen ihm die spitzen Krallen in den Handrücken grub. Nach einiger Zeit hörte er wieder das Schlagen der Tür, und als er den Oberkörper aufrichtete, sah er, dass er nicht mehr allein war.

»Was zum Teufel habt ihr hier zu suchen?«, rief er.

»Wir wollen Ihnen helfen, Sir«, entgegnete Thomas, Haar und Mantel klatschnass vom Regen.

»Sie sind leicht genug, um raufklettern zu können«, meinte auch Knowles.

»Ich werde nicht zulassen, dass ...« begann er, verstummte jedoch abrupt, als der Schmerz ihm schier den Atem raubte. In der nächsten Sekunde erklommen Will und Thomas das Gerüst geschickt wie zwei Äffchen.

Will war als Erster bei ihm, und Ash hielt ihm den Kater hin. »Hier, nimm du ihn. Und mach, dass du wieder runterkommst.«

Will nahm den kleinen Kater an sich und zögerte. Aber dann war Thomas bei ihm und sagte: »Los, Will. Hilf Mr. Knowles, den Fußboden abzupolstern für alle Fälle. Sir Ash, können Sie runterklettern?«

Seine Hand brannte wie Feuer, und die Schulter war vermutlich ausgekugelt, aber dennoch gelang Ash ein schiefes Grinsen. »Ich bin nur fast so hilflos wie der arme Heber. Versuchen wir es gemeinsam und hoffen wir, dass wir die Polsterung nicht brauchen.«

Will und Knowles hatten inzwischen sämtliche Kissen und Decken herbeigetragen, aber Ash schaffte es, ohne abzustürzen. Obwohl er jetzt die Hände frei hatte und Thomas jedes Brett auf seine Festigkeit prüfte, kamen sie nur sehr langsam voran.

Unten angelangt, ließ Ash sich auf die Kissen sinken, musste jedoch feststellen, dass das noch unbequemer war.

Mühsam und vor sich hin fluchend, richtete er sich wieder auf. Gleichzeitig spürte er einen kalten Lufthauch im Gesicht, der einen weiteren Besucher ankündigte.

»Gottverdammt.« Als er aufblickte, sah er Emaline Pearson in der Tür stehen.

7. Kapitel

»Hatten Sie nicht versprochen, sich zu benehmen, solange die Katzen bei ihnen sind?«, sagte Emaline anstelle einer Begrüßung und löste die Riemen ihres regennassen Capes, als sie auf ihn zukam. Ein neckender Unterton nahm ihren Worten die Schärfe, aber sie war bei aller Belustigung sichtlich besorgt.

Ash grinste gequält und drückte gleich darauf eine Hand auf die schmerzende Schulter. »Man wird ja noch in den eigenen vier Wänden fluchen dürfen, wenn die Situation es erfordert.«

Sie kniete sich neben ihn. Sie hatte das Haar aus dem feuchten, blassen Gesicht gestrichen, und ihre Augen waren weit aufgerissen und ungewöhnlich dunkel.

»Sie sind ganz durchnässt«, stellte er fest.

»Und Sie sind verletzt. Danke, Knowles, dass Sie Mrs. Cranley Bescheid gegeben haben, dass Sie mit den Jungs hier sind.« Sie blickte zu dem Gerüst auf, nahm dann Ashs Hand, drehte die Innenseite nach oben und betrachtete besorgt die Abschürfungen. »Wie sind Sie nur auf die aberwitzige Idee gekommen, der Katze hinterherzuklettern?«

»Heh, immerhin bin ich ein Ritter. Schien mir eine gute Gelegenheit zu sein, meinen Retterpflichten nachzukommen, auch wenn ich in Ermangelung einer holden Maid mit einem vorwitzigen Kätzchen vorlieb nehmen musste.«

Sie musterte ihn stirnrunzelnd und tastete vorsichtig seine Schulter ab. Als er zusammenzuckte und versuchte, sich ihr zu entziehen, wandelte sich ihre Sorge in Angst. »Sie haben sich ernsthaft verletzt. Es ist nicht nur die Hand, nicht wahr? Halten Sie ganz still. Knowles, holen Sie Dr. Pritchard. Thomas, du gehst mit und zeigst ihm den Weg. Will, du läufst zu Mrs. Cranley und holst Gurkensalbe und die Paste, mit der sie ihre Gelenke einschmiert.«

»Ja, Ma'am«, sagten die drei wie aus einem Mund.

Ash lehnte sich wieder in die Kissen zurück und schnitt eine Grimasse, als seine Schulter protestierte. »Wie ich sehe, bin ich in den besten Händen.«

»Nun, Sir Ashten, offenbar ist dies meine Gelegenheit, einen Ritter in Not zu retten. Und jetzt sagen Sie mir, wo es wehtut.«

Er verzog das Gesicht, kaum dass sie seine Schulter berührte, und sie zog sofort die Hände zurück. »Ich möchte Sie ja nicht beunruhigen, aber ich fürchte, Sie haben sich das Gelenk ausgekugelt.«

»Ich möchte Sie nicht beunruhigen, aber das weiß ich bereits. Das ist mir schon einmal passiert, und man hat mich damals gewarnt, dass es wieder passieren könnte. Es muss wieder eingerenkt werden, und zwar möglichst bald. Haben Sie so etwas schon einmal gemacht?«

»Sollten wir nicht besser auf den Doktor warten?«

»Wenn Sie sich nicht trauen, warten wir natürlich, aber ich weiß aus Erfahrung, dass es sich sofort um Längen besser anfühlt, sobald alles wieder an Ort und Stelle ist. Solange die Gelenkkugel draußen ist, wird Gewebe gedehnt, das nicht gedehnt werden sollte. O verdammt.«

Emaline zuckte zusammen. Bei der leisesten Bewegung schien er Höllenqualen zu leiden, und sie konnte es nicht ertragen, ihn so leiden zu sehen. Sie nahm ihren ganzen Mut zusammen und holte tief Luft. »Was muss ich tun?«

Ash erklärte ihr, wie sie an seinem Arm ziehen musste, damit die Gelenkkugel in die Pfanne zurückglitt. Dann schenkte er ihr ein schiefes Grinsen. »Es wird verdammt wehtun, Sie sollten mich also irgendwie ablenken.«

»Womit? Brandy?«

»Wie wäre es mit einem Kuss? Als rein medizinische Maßnahme.« Er hob die gesunde Hand und strich leicht mit den Fingern über ihre feuchte Wange. »Ach, kommen Sie, es sieht doch niemand, und statt mich hinterher zu ohrfeigen, können Sie sich an meinem Arm austoben.«

Sie wollte protestieren, aber seine Hand lag bereits auf ihrem Nacken und zog sie zu ihm hin. Ihre Lippen öffneten sich in einem stummen Protest, aber sie ließ mit klopfendem Herzen und Gänsehaut zu, dass er sie an sich zog. Es kam ihr vor, als würde sie in seinen fast dunklen Augen ertrinken.

Dann spürte sie seine Lippen auf den ihren und vergaß, wen sie da küsste: einen Mann, der seinen Lebensunterhalt mit Glücksspiel bestritt.

Warm und weich wie die Sommersonne fühlten sie sich an. Ihre Hand stahl sich zu seinem Gesicht und strich sanft über seine Wange bis zu seinem seidigen Haar. Sie seufzte tief. Dann stürzte sich ein pelziges Etwas auf ihre Hand, und nadelspitze Krallen und Zähne gruben sich in ihr Fleisch.

Emaline hob den Kopf und sah, dass Sir Heber sich offenbar vollständig von seinem Abenteuer erholt hatte. Sie löste das Kätzchen aus Ashs Haaren und funkelte das zappelnde, schwarze Knäuel zornig an.

Ash lächelte zu ihr auf. »Bringen wir es hinter uns. Nach einem solchen Kuss sterbe ich als glücklicher Mann.«

Sie setzte das Kätzchen ab, packte beherzt seinen Arm und zog. Ihr war zum Heulen zumute, als sie sein schmerzverzerrtes Gesicht sah.

Als das Gelenk wieder eingerenkt war, lag er ganz still da, kalkweiß und mit einem angespannten Zug um den Mund. Sie musste einfach etwas tun, um seine Schmerzen zu lindern. Sie beugte sich zu ihm herab, drückte die Brust an seine und strich ihm das Haar aus der schweißnassen Stirn. Diesmal war sie es, die ihn küsste, erst auf den Mund und dann auf die Schläfe, während ihre Hand zärtlich über sein Gesicht fuhr. Sie wünschte, sie könnte mehr für ihn tun.

Bei Gott, dieser Mann brachte sie um den Verstand.

Er starrte sie an, die Augen glasig vor Schmerzen, aber er lächelte und sagte rau: »Sie wecken in mir den Wunsch, etwas zu sein, das ich nicht bin, meine hübsche Einbrecherin.«

Durch Weste und Hemd hindurch fühlte sie, dass sein Herz ebenso schnell schlug wie ihr eigenes. Sie wollte eben fragen, was er damit gemeint hatte, als die Haustür aufflog. Hastig richtete sie sich auf, als Thomas und Knowles mit dem Doktor hereinkamen.

Ihr war ganz schwindlig, als sie aufstand, um dem Doktor das Feld zu überlassen. Und wieder fragte sie sich, was er wünschte, für sie sein zu können.

»Sechs Wochen soll ich den Arm in der Schlinge tragen! Zwei müssen reichen. Höchstens!« Ash saß mit nacktem Oberkörper in seinem Schlafzimmer und ließ sich von

Knowles mit einer Salbe, die nach Terpentin und Bienenwachs roch, die Schulter einreiben. Ash hätte liebend gern auf die Behandlung verzichtet, aber Knowles bestand darauf, die ärztlichen Anweisungen zu befolgen.

»Drei Wochen in der Schlinge und weitere sechs Wochen, in denen Sie nicht viel mit dem Arm anfangen können. So war es jedenfalls beim letzten Mal«, entgegnete Knowles.

Grummelnd ließ Ash sich in sein Hemd helfen. »Ich rieche wie ein Anstreicher«, maulte er.

»Die Missus und die Jungen kommen heute Nachmittag. Sie wollte etwas von Mrs. Cranleys Rheumasalbe mitbringen.«

Ash dachte kurz darüber nach. Vielleicht war es möglicherweise sogar von Vorteil, wenn er sich als romantischer Held mit einem Arm in der schwarzen Seidenschlinge präsentierte.

Vielleicht ließ sie sich ja zu einem weiteren Kuss hinreißen.

Aber wäre das auch klug?

Der Kuss hatte in ihm schwelendes Verlangen auflodern lassen, was wiederum gefährliche Folgen haben konnte. Seine Einbrecherin war keine weltgewandte, blasierte Witwe, die nur auf ein billiges Vergnügen aus war. Sie würde einen Ring am Finger und ein Eheversprechen verlangen, ehe sie sich ihm hingab. Und wie sollte er ihr ein solches Versprechen geben können?

Zu schade, dass sie ein so unschuldiges Wesen war.

Und wie sehr er sich danach sehnte, in diese Unschuld einzutauchen.

Er seufzte tief, und Knowles zog wissend eine Braue hoch.

»Sieh mich nicht so an, ja«, schalt Ash und schlüpfte in

eine schlichte, hellbraune Weste. »Ich habe nicht vor, sie zu verführen.«

»Fragt sich, wer hier wen verführt«, entgegnete Knowles.

Ash warf seinem Diener einen finsteren Blick zu, aber die Wahrheit lastete auf seinen Schultern wie schweres Marschgepäck. Knowles hatte Recht. Er war derjenige, der dabei war, sein Herz zu verlieren. An sie. An ihre lebhaften Söhne. Verführt von der Vorstellung, wieder ein richtiges Zuhause zu haben, von der Illusion eines friedlichen beschaulichen Daseins.

Aber wie lange würden solch einfache Freuden ihn zufrieden stellen? Wie lange würde es dauern, bis er die Bindung an sie und diesen Ort als unerträgliche Einschränkung seiner Bewegungsfreiheit empfand?

Einen Augenblick spielte er mit dem Gedanken, mit ihr zusammen fortzugehen. Er wusste, dass er sie dazu verführen könnte. Er könnte mit ihr und den Jungs auf und davonreiten. Sie konnten gemeinsam umherziehen, und er würde ihr die ganze Welt zu Füßen legen.

Das waren seine Gedanken, als er nach unten ging.

Dann sah er Lea unten in der Bibliothek. Sie säugte gerade ihre Kinderschar. Er setzte sich auf seinen Sessel und schaute zu.

Die Katzenmutter lag zufrieden im Schrank, die Tür sperrangelweit offen, sodass die Familie gut zu sehen war. Als Heber versuchte, Lady Mist beiseite zu schieben, fuhr Lea mit rauer Zunge dazwischen und brachte wieder Ordnung in das Gewühl.

Da wusste Ash, dass der Traum, mit der süßen Witwe fortzugehen, ein Traum bleiben würde.

Seine hübsche Mieterin war der Katzenmutter viel zu ähnlich. Sie waren beide zu ortsgebunden, brauchten ein festes Zuhause und einen geregelten Tagesablauf. Emaline aus ihrer gewohnten Umgebung herauszureißen, wäre ebenso sinnlos, wie Lea zwangsverlegen zu wollen. Sie brauchte Sicherheit. Sie und ihre Jungs waren hier verwurzelt. Sicher, es mochte ihm vielleicht gelingen, sie von hier wegzulocken, aber würden sie anderswo auch glücklich werden?

Widerwillig dachte er zurück an seine eigene Kindheit.

Er hatte das ständige Wanderleben gehasst.

Er hatte es verdrängt, aus seinem Gedächtnis gestrichen, aber plötzlich erinnerte er sich wieder an die Ungewissheit, die Furcht und die Einsamkeit. Er hatte ihre Söhne viel zu gern, um ihnen ein solches Leben zuzumuten. An ihm hatte es bereits tiefe Spuren hinterlassen: Er war ein Einzelgänger, misstrauisch und rastlos.

Aber wenn er nicht bleiben und sie nicht gehen konnte, was blieb dann übrig?

Emaline starrte auf die kahlen Bäume. Der Winter nahte mit Riesenschritten. Die grauen Äste reckten sich vor einem noch dunkleren Himmel. Der Guy-Fawkes-Tag war vorbei. Knowles hatte hinter dem Haus ein Freudenfeuer entzündet, immerhin hatte es mehr als genug zu verbrennen gegeben, und zahlreiche Dorfbewohner waren gekommen, nachdem einige von ihnen in Sir Ashtens Auftrag den Garten in Ordnung gebracht hatten und er einige weitere für Renovierungs- und Hausarbeiten eingestellt hatte. Jetzt ruhten die Gärten bis zum Frühling.

Und sie hatte immer noch nicht den Mut aufgebracht,

ihn um einen verbindlichen Mietvertrag zu bitten. Erst hatte sie sich um seinen verletzten Arm kümmern müssen, und dann hatte sie nicht gewollt, dass er glaubte, sie sei nur aus reiner Berechnung freundlich zu ihm. Aber langsam lief ihr die Zeit davon, und ihr gingen die Ausreden aus, um das Unausweichliche hinauszuschieben. Sie musste wirklich versuchen, das Ganze pragmatischer zu sehen.

Sie richtete den Blick auf das Haupthaus, dessen gefällige Proportionen durch die nackten Bäume und Sträucher wieder zu sehen waren. Es sah wieder heimelig aus mit der Rauchsäule, die aus dem Kamin aufstieg, den Lichtern hinter sauberen Scheiben und der ordentlich geharkten Kiesauffahrt.

Er würde sicher bald einen Käufer finden.

Die Vorstellung machte ihr immer noch Angst.

In den vergangenen Wochen waren die Kätzchen so gewachsen, dass sie ihre Unbedarftheit fast völlig abgelegt hatten. Ihre Körper hatten sich gestreckt, und auch der weiche Flaum war dickem Pelz gewichen. Squire Wilberforce hatte angefragt, ob er Lady Saba Salah als Haustier für seine jüngste Tochter haben könne, und auch dies drückte ihr aufs Gemüt.

Bald würde es Zeit sein, von den Katzenkindern Abschied zu nehmen, und auch Sir Ashten Ravenhill würde nicht mehr lange da sein.

Was soll ich nur tun, wenn er fortgeht?

Sie durfte gar nicht daran denken. Sie wollte nicht. Sie versuchte sich einzureden, dass sie sich nur um die Jungen sorgte, die Sir Ash, wie sie ihn nannten, längst ins Herz geschlossen hatten. Sie waren ganz stolz gewesen, dass er ihre Hilfe gebraucht hatte, und hatten sich angewöhnt, ihn jeden

Tag und fast jeden Abend zu besuchen. Thomas war in seiner Gegenwart viel offener und selbstsicherer, während Will ihm nachlief wie ein Hündchen und ihn in allem nachahmte, was sie ein wenig beunruhigte.

Im Grunde ihres Herzens wusste sie jedoch, dass sie ihn am meisten vermissen würde.

Emaline ließ sich nicht zu der Hoffnung hinreißen, er würde bleiben. Erst gestern hatte sie mit Lord Rustard gesprochen, der erneut sein Interesse an dem Haus bekundet hatte. Ihr war ganz mulmig geworden angesichts der Entschlossenheit in seinen Augen. Lord Rustard wollte das Haus haben, und früher oder später würde er Sir Ashten ein Angebot unterbreiten, das er nicht ablehnen konnte. Dann würde Lord Rustard sie aus dem Pförtnerhaus werfen, Mietvertrag hin oder her.

Sie musste sich dem Unabwendbaren stellen.

Aber tief im Innersten nährte sie die absurde Hoffnung, dass Ashs Küsse mehr gewesen waren als Spielerei. Hatte er sich vielleicht gewünscht, er könnte sie heiraten und sesshaft werden? Und wenn er sich dies wünschte, warum ließ es sich dann nicht in die Tat umsetzen? War der Wunsch nicht immer der Anfang aller Dinge?

Aber es war verrückt, in solchen Bahnen zu denken. Warum sollte er von einer einfachen Pfarrersfrau mehr wollen als nur einen einfachen Kuss – von einer Frau, die weder schön war noch reich oder mit besonderen Fähigkeiten gesegnet? Nein, er hatte sie vermutlich nur geküsst, weil er aus reinem Sportsgeist jede Frau küsste, die es zuließ. Und wenn sie versuchte, mehr in dem Kuss zu vermuten, würde es ihr nur das Herz brechen.

Und so stieg sie hocherhobenen Hauptes, einen Panzer aus Eis um das Herz gelegt, die Treppe zum Haupthaus hinauf.

Der Findley-Junge hatte die Rolle des Lakaien übernommen und ließ sie herein. Er teilte ihr mit, dass Knowles im Wohnzimmer sei, wo er den Abbau des Gerüstes beaufsichtige, und Sir Ashten mit den Jungen in der Bibliothek.

Lächelnd folgte sie dem Klang ihrer Stimmen zur Bibliothek.

Auf der Schwelle blieb sie wie angewurzelt stehen.

Sir Ashten saß über einen Beistelltisch gebeugt in dem Ungetüm von Ohrensessel, den verletzte Arm nicht mehr in der Schlinge. Thomas saß ihm gegenüber auf einem Schemel, und Will kniete an seiner Seite auf dem Fußboden.

Beide Jungen hielten Karten in den Händen.

Ihre Kehle war plötzlich wie zugeschnürt, und Bitterkeit breitete sich in ihrem Körper aus wie Gift.

Grundgütiger, er bringt ihnen das Kartenspielen bei!

8. Kapitel

Zorn flammte in ihr auf, färbte ihre Wangen tiefrot und brannte in ihrem Magen. Ihre Hand legte sich um den Türknauf, so fest, dass die Knöchel weiß hervortraten, und es kostete sie ihre ganze Willenskraft, nicht loszukeifen wie ein Fischweib. Mein Gott, und das, nachdem er versprochen hatte, einen tadellosen Lebenswandel einzuhalten, solange er hier war. Sie hätte ihm niemals vertrauen dürfen. Sie trat ein, fest entschlossen, ihm bei lebendigem Leib die Haut abzuziehen.

Dann aber sah sie, wie er mit der freien Hand einen pelzigen Haufen auf seinem Schoß streichelte. Der schwarze Sir Heber und die Glückskatze Rëu lagen aneinander gekuschelt auf seinen Knien. Seine langen Finger fuhren zärtlich und beschützend über die schlafenden Kätzchen.

Emaline zögerte. Nun sah sie auch noch Lady Mist, die auf dem Rücken ausgestreckt zu seinen Füßen lag. Er beugte sich herab, um der Katze den grauen Bauch zu kraulen, und sagte zu den Jungs: »Und jetzt tastet am Rand der Karte entlang. Fühlt ihr den Unterschied bei der Karte, die ich präpariert habe? Die Markierung ist sehr diskret, sodass jemand, der zu tief ins Glas geschaut hat, sie nicht bemerkt. Und darum, Jungs, lasst euch gesagt sein, man fährt immer besser dabei, wenn man einen klaren Kopf bewahrt und sich auf seinen Verstand verlässt anstatt auf das Glück.«

Ihr Ärger verflog schlagartig, und sie fühlte sich schwach und beschämt. Er brachte ihnen nicht das Spielen bei, sondern zeigte ihnen, wie man sich davor schützte, betrogen zu werden. Sie fragte sich, ob eine solche Lektion Newell möglicherweise davor bewahrt hätte, sein Haus, sein Vermögen und sogar die Achtung seiner Familie zu verlieren. Wie wäre alles gekommen, wenn Onkel Walter ihm weniger Vorwürfe gemacht hätte und seinem Sohn stattdessen mit Geduld und Vernunft begegnet wäre? Ob es einen Unterschied gemacht hätte?

Andererseits, wenn Newell das Haus nicht verspielt hätte, hätten sie Sir Ash nie kennen gelernt.

Plötzlich wusste sie nicht mehr, ob der Mann eine teuflische Versuchung war oder aber ein als Teufel getarnter göttlicher Segen. Vielleicht war er ja auch keins von beidem. Vielleicht war sie es ja, die die Welt viel zu lange nur in schwarz und weiß gegliedert hatte, in richtig und falsch. Vielleicht war Sir Ashten ja einfach ein Mann, der sich in der Welt durchschlug, so gut es eben ging. Genauso wie sie selbst.

Emaline biss sich auf die Unterlippe und überlegte. Die Kätzchen vertrauten ihm, und sie reagierten rein instinktiv. Sie beurteilten ihn danach, was für ein Mensch er war, und nicht nach seinem Ruf und irgendwelchen Moralvorstellungen. Sie spürten es, wenn jemand ihnen ehrlich zugetan war.

Tief in ihrem Inneren gab etwas nach, etwas, das sie Jahre mit Misstrauen und Abwehr erfüllt hatte. Zum ersten Mal sah sie in Ash nicht den Spieler, sondern den Menschen, und plötzlich war ihre Kehle wie zugeschnürt.

Er war ein Mann, der gerne lachte, wunderbar mit Kindern umgehen konnte und dessen Herz viel zu lange auf Eis gelegen hatte – so wie ihr eigenes. Und zum ersten Mal genügte ihr das.

Sie straffte die Schultern und betrat das Zimmer. Entschlossen, ihre ungerechte Vorverurteilung wieder gutzumachen, fragte sie: »Na, was für einen Unsinn heckt ihr drei wieder aus?«

Ash drehte sich so abrupt zu ihr um, dass die Katzen auf seinem Schoß aufschreckten. Er musterte Emaline stirnrunzelnd. Dass sie ausgerechnet jetzt hereinkommen musste. Er stand auf, eine Katze in jeder Hand. Sir Heber zappelte ein wenig und öffnete die Augen, die nicht mehr blau, sondern inzwischen tiefgrün waren. Die faule Rëu gähnte nur, völlig entspannt alle viere von sich gestreckt.

Ash verspürte den Drang, sich vehement zu verteidigen, aber er kämpfte ihn nieder. Es gab keine Veranlassung, sich vor ihr zu rechtfertigen, nur weil sie jedes Vergnügen prinzipiell ablehnte. Tatsächlich war es sogar ganz gut, dass sie ihn mit Karten in der Hand erwischt hatte. Streng genommen war es sowieso unvermeidlich gewesen. Vielleicht hatte er das Ganze ja sogar unbewusst provoziert, als er den Jungen zum Zeitvertreib ein Kartenspiel vorgeschlagen hatte, wohl wissend, dass sie es missbilligen würde. Sie würden sich streiten, dass die Fetzen flogen, und er konnte dankbar die zehntausend Pfund annehmen, die Lord Rustard geboten hatte, und verschwinden, ohne einen weiteren Gedanken an sie und *Adair Manor* zu verschwenden.

Innerlich wappnete er sich bereits gegen die bevorstehende Flut von Vorwürfen über seine verachtenswerte Lasterhaftigkeit.

Stattdessen lächelte sie zu ihm auf, zauste Thomas das Haar und beugte sich über den improvisierten Kartentisch. »Wer gewinnt?«

»Wir spielen nicht, Mutter«, entgegnete Thomas, als wäre das offensichtlich.

»Sir Ash hat uns nur die schmutzigen Tricks der Falschspieler gezeigt«, fügte Will hinzu.

»Nun, vielleicht kann er euch ja auch Whist beibringen. Ich weiß nicht, wann ich das letzte Mal Karten gespielt habe. Das muss lange vor meiner Heirat gewesen sein. Aber es hat Spaß gemacht. Eure Großmutter und ich haben um Baisers gespielt, die die Köchin für uns zubereitete. Vielleicht kann Mrs. Crawley ja als Spieleinsatz welche für uns backen.«

»Baisers!« Will sprang bei der Erwähnung seiner Lieblingsleckerei aus Eischnee und Zucker auf. »Darf ich sie jetzt gleich fragen?«

»Darfst du«, sagte sie, und die Jungen stürzten davon, machten dann in der Tür noch einmal kurz Halt, um sich mit einem höflichen Diener von Sir Ash zu verabschieden.

Ash traute dem Frieden nicht und war immer noch auf eine Moralpredigt gefasst. Was führte sie im Schilde? Hatte sie ihn nur nicht vor den Jungen abkanzeln wollen? »Nun?«, sagte er feindselig.

Emaline lächelte erneut, diesmal etwas zögerlich, dann hob sie eine Hand und streichelte Sir Hebers schwarzes Köpfchen, wobei ihre Hand der seinen so nahe kam, dass er sie fasziniert anstarrte.

»Ihrem Arm scheint es besser zu gehen«, stellte sie fest.

Er blickte an sich herab; er hatte die Schlinge abgelegt. Er zeigte auf einen Sessel, und als Emaline Platz genommen hatte, ließ er sich in seinen eigenen Sessel zurücksinken. Die Katzen legte er zurück auf seinen Schoß, wo sie ihr Schläfchen übergangslos fortsetzten. Lady Mist sprang auf

Emalines Schoß. *Du Glückliche*, ging es Ash durch den Kopf, als sie die Katze zärtlich streichelte.

»Wollen Sie denn gar nichts sagen?«, platzte er heraus, als er die Anspannung nicht länger aushielt.

Grübchen erschienen an ihren Mundwinkeln, als sie lächelte. »Wegen Ihres Arms? Oder wegen der Karten?«

»Wegen der verf... blöden Karten. Ich weiß doch, dass Sie sie verabscheuen ...« *Und mich dazu, weil sie eine so wichtige Rolle in meinem Leben spielen.*

Sie zögerte, richtete den Blick auf die graue Katze auf ihren Knien und wählte ihre Worte offensichtlich mit Bedacht. »*Verabscheuen* ist ein hartes Wort. Ich mag verabscheuen, was die Karten aus meinem Vetter gemacht haben – oder genauer, was er mit ihrer Hilfe aus sich gemacht hat, aber heute denke ich, dass es vielleicht falsch war, ihn deswegen zu verurteilen. Steht nicht in der Bibel geschrieben ›Wer frei von Sünde ist, der werfe den ersten Stein‹? Und Selbstgerechtigkeit ist immerhin auch eine Sünde.«

Bewusst provokant erwiderte er: »Keine Ahnung, ich habe Jahre nicht mehr in der Bibel gelesen.«

Aber sie lächelte weiter, so nachsichtig, als hätte sie Will vor sich und nicht einen erwachsenen Mann.

»Dann lassen Sie mich Lea und ihre Kinder als Beispiel anführen, die kennen Sie ja umso besser. Sie schenken denen, die ihnen Gutes tun, völlig vorurteilsfrei ihre Liebe.« Sie senkte den Kopf, scheinbar um Lea zu streicheln, die zusammen mit ihren beiden letzten Jungen aus dem Schrank gekommen war. Mit leicht zitternder Stimme fügte sie hinzu. »Finden Sie nicht, dass man diesem guten Beispiel folgen sollte?«

Ash saß benommen da, seine Kehle staubtrocken und unfähig, sich zu rühren. Warum tat sie ihm das an? Sie konnte unmöglich auf das anspielen, was ihm bei ihren Worten durch den Kopf ging. Nicht mit ihm. »Was wollen Sie von mir?«, fragte er ein wenig schroff.

Sie setzte Lady Mist auf den Boden, stand auf und trat zu ihm hin. Er wollte aufstehen, aber sie legte ihm ihre sehr weiße, sehr schmale Hand fest auf die Schulter. Schwere Ketten hätte ihn nicht fester an den Sessel fesseln können. »Stören Sie die Katzen nicht. Sie schlafen gerade so tief und fest. Im Übrigen gibt es nur eins, was Sie für mich tun können – einfach glücklich sein, Ash. Sie sind ein Gentleman und haben es verdient. Das und noch viel mehr.«

Sie beugte sich herab und hauchte einen Kuss auf seine Wange, so zart wie Schmetterlingsflügel auf seiner Haut. Dann wandte sie sich mit raschelnden Röcken um und entschwand wie ein Frühlingstraum.

Er blieb noch lange dort sitzen. Während er mit der einen Hand Sir Heber über das samtweiche Fell strich und mit der anderen Rëu hinter dem linken Ohr kraulte, dachte er über sein Leben nach, über sie und viel zu viele andere Dinge.

Emaline kam am nächsten Tag zurück, um Lady Saba Salah abzuholen und zu Squire Wilberforce zu bringen. Die Katzenjungen waren jetzt alt genug für ein neues Zuhause, und es war besser, sie wegzugeben, bevor die Bindung an *Adair Manor* zu groß wurde.

Genau wie bei mir, dachte sie, als sie durch den winterlichen Buchenwald ging.

Würde sie mit ihm gehen, wenn er sie darum bäte?

Sie ließ den Blick über das nackte, öde Land schweifen. Offenbar wollte sie als Frau die Verrücktheit nachholen, die sie sich als junges Mädchen nie gestattet hatte. Sie hatte sich in einen Mann verliebt, den sie nicht haben konnte, und ihr Herz war gleichzeitig froh und schwer. Wie war es möglich, Glück und Leid in einer Liebe zu empfinden?

Aber so war es. Und sie fürchtete, dass sie ja sagen würde, falls er fragte. Konnte sie den Jungen das antun? Durfte sie sie entwurzeln und ihnen ein rastloses Leben zumuten?

Als einzige Antwort kam ihr in den Sinn, dass ihr Herz bluten würde, wenn er ohne sie fortging. Und die Jungen würden ihn ebenfalls schmerzlich vermissen.

Ein paar letzte Blätter hingen an den Bäumen, hartnäckig und entschlossen, durchzuhalten. *Bin ich wie sie? Klammere ich mich an einen Ort, während ich eigentlich loslassen und mich von Gott leiten lassen sollte?* Sie blickte wieder auf die Bäume. Es würde ihr schrecklich fehlen, zu sehen, wie im Frühjahr die ersten Triebe sprossen. Und sie würde Mrs. Cranley vermissen. Und was sollte aus Lea werden? Es gab so vieles, was sie mit diesem Ort verband.

An der Weggabelung zum Haupthaus blieb sie stehen.

In der Auffahrt stand eine Kutsche. Der Kutscher hatte die Pferde eingedeckt, damit die verschwitzten Tiere sich im Wind nicht erkälteten. Emaline zog das Cape enger um sich, als könnte es sie unsichtbar machen, als Lord Rustard und Sir Ashten aus dem Haus kamen. Auf dem oberen Treppenabsatz blieben sie stehen und schüttelten einander die Hand. Lord Rustard lächelte zufrieden. Er stieg in seine Kutsche, und der Kutscher nahm eilig die Pferdedecken fort. Gleich darauf setzte sich die Kutsche in Bewegung und rumpelte an ihr vorbei. Sie hatte sich in den Schutz der Bäume zurückgezogen, und niemand bemerkte die einsame Gestalt am Wegrand.

Als sie wieder zum Haus hinübersah, war Ash verschwunden.

Dann ist es also so weit. Er hat verkauft.

Mit klopfendem Herzen setzte sie ihren Weg fort. Einerseits fürchtete sie, er könne sie bitten, mit ihm zu kommen. Andererseits betete sie, er möge sie nicht danach fragen, weil es ihr dann erspart bliebe, sich entscheiden zu müssen.

Ash stand in der Bibliothek und zog ein Band über den Boden. Die Katzen ließen sich nur zu gerne zum Spielen verlocken, schlichen sich an die Beute heran und stürzten sich dann mit eher linkischen als anmutigen Sätzen darauf. Lea lag ganz in der Nähe, putzte sich und behielt das Treiben im Auge. Ash lachte laut auf, als Sir Heber das Band packte und gleich wieder loslassen musste, als die rote Lady Saba Salah ihn ansprang, woraufhin die beiden Kätzchen fauchend über den Boden kugelten.

Ein Gefühl veranlasste ihn, zur Tür zu schauen.

Ihr Anblick erinnerte ihn an ihre erste Begegnung. Wie damals war ihr Haar zerzaust, und das verfluchte Cape verbarg ihre aufregende Figur. Er überließ das Band den Katzen und ging ihr entgegen.

»Wenn ich nur einen Funken Verstand besäße, hätte ich dieses Cape am Guy-Fawkes-Tag ins Feuer geworfen.«

Sie legte eine Hand auf die Bänder, die es vorn am Hals zusammenhielten. »Mein Cape? Es ist aus feinster Shropshirewolle und erfüllt seinen Zweck.«

»Viel zu gut, wenn Sie mich fragen.« Er nahm ihr das Cape ab, legte es beiseite und führte Emaline zu den Sesseln vor dem Kamin. Die Kätzchen kamen neugierig herbeigelaufen und spielten in den Falten des Capes Verstecken.

»Sehen Sie. Leas Kinder wissen einen besseren Verwendungszweck für diese Antiquität.«

Sie musste lächeln, als Sir Heber unter dem Cape hervorlugte und Lady Mist prompt mit der Pfote nach ihm schlug. Dann blickte sie ernst zu Ash auf. »Ich habe Lord Rustard das Haus verlassen sehen. Entschuldigen Sie die Frage, aber da es mich auch betrifft, wüsste ich gerne, ob Sie sich bezüglich des Kaufpreises einig geworden sind.«

Ash runzelte die Stirn. Er stand auf und ging zum Kamin. Er vergrub seine Hände in den Hosentaschen, zog sie wieder heraus und fuhr sich durch das Haar. *Verdammt, die Worte, die er die ganze Nacht geprobt hatte, blieben ihm jetzt im Hals stecken.*

Was würde sie zu seinem Vorschlag sagen? Was, wenn es ein furchtbarer Fehler war?

Er wandte sich von ihr ab, griff nach dem Schürhaken und stocherte unnötigerweise in den lodernden Flammen herum. Endlich fand er den Mut für seine kleine Ansprache.

Als er sich wieder zu ihr umdrehte, sah er gerade noch, wie ein schwarzer Kugelblitz gefolgt von einem orangefarbenen unter Emalines Rock verschwand. Die Katzen lenkten sie ab und ließen ihre goldbraunen Augen aufleuchten. Da wusste er, dass es kein Fehler war. Er würde es nie bereuen, solange er erleben durfte, wie diese rehbraunen Augen erstrahlten. Er wusste jetzt, wie man diese Sehnsucht nennt, die ihn bewogen hatte, heimzukehren. Aber konnte sein

Wunsch wirklich in Erfüllung gehen? Verdient hatte er es sicher nicht.

»Emaline?« Als sie zu ihm aufblickte, spiegelte sich in ihren Augen die gleiche Sehnsucht, die auch in seinem Herzen glühte.

In zwei großen Schritten war er bei ihr und schloss sie in die Arme. Ihre Lippen fanden sich mit dem gleichen leidenschaftlichen Verlangen, der gleichen Ungeduld und zitternden Ungewissheit. Dann vergaß er alles andere um sich herum.

Bis nadelspitze Krallen nach seinen Stiefeln schlugen und ein kleiner pelziger Körper sich um seine Beine wand.

Ash blickte auf Emaline herab. Ganz langsam schlug sie die Augen mit den langen goldenen Wimpern auf, und er suchte auf ihrem Gesicht nach der Gewissheit ihres Herzens.

»Nimm mich mit«, flüsterte sie.

Er schüttelte den Kopf. »Die Jungs brauchen ein Zuhause. Und du ... du, meine hübsche Einbrecherin, bist mit diesem Haus und diesem Land ebenso verwachsen, wie es deine geliebte Katze ist und ihre Kinder es eines Tages sein werden.«

Ihre Augen füllten sich mit Tränen, und ihre Stirn legte sich in Falten. »Ihre Kinder?«

Seine Arme schlossen sich fester um sie. »Ja. Und ihre Kindeskinder. Und deren Kinder. Ich fürchte, ich habe mir da ein Katzenhotel eingehandelt.«

»Aber Lord Rustard?«

»Hat mir etwas Land unten am Fluss abgekauft und zwei Pachthöfe. Im Gegensatz zu ihm verfüge ich nicht über die nötigen Mittel, um die Farmen in Stand zu setzen. Und ihn erfüllt es mit Genugtuung, dass er jetzt der größte Landbesitzer der Grafschaft ist. Außerdem scheint es ihm Spaß zu machen, einem Anfänger wie mir gute Ratschläge zu erteilen. Ich glaube, er hat den Ehrgeiz entwickelt, einen anständigen Menschen und Gutsbesitzer aus mir zu machen. Vor allem, damit er sich später mit meiner Bekehrung brüsten kann. Auch wenn wir natürlich wissen, wer das Wunder tatsächlich bewirkt hat.«

Verwirrt starrte sie ihn an. »Du bleibst? Du wirst es nicht leid werden, an einem Ort zu bleiben?«

Er streichelte ihr die Sorgen aus dem Gesicht. »Leid? Ich glaube, du und diese beiden Racker, die du deine Söhne schimpfst, seid genau das, was ich mir immer gewünscht habe. Ich bin endlich daheim, meine süße Em. Das heißt, natürlich nur, wenn du es auch willst. Das liegt allein in deinen Händen.«

Er nahm ihre Hände und küsste beide Handflächen. Emaline schlang ihm die Arme um den Hals.

»In meinen Armen wirst du immer zu Hause sein«, sagte sie leise, und ein überschäumendes Glücksgefühl durchströmte sie, als seine Lippen sich erneut auf ihre legten.

Lea betrachtete die beiden Menschen inmitten ihrer umhertollenden Kinderschar nachsichtig mit zuckendem Schwanz, restlos zufrieden mit sich und der Welt. Hier war sie daheim, und hier gedachte sie zu bleiben.

Lord Wintergreen und das Beast

Mona Gedney

Lord Wintergreen hatte nicht viel übrig für seine Mitmenschen, und so zögerte er nicht, einen Bettler anzurempeln, der ihm zu nahe kam, als er sich eben anschickte, die belebte Straße zu überqueren. Er hatte nicht die geringste Lust, sich mit solchem Pöbel abzugeben, und er schenkte auch den Folgen seines rabiaten Vorgehens keine weitere Beachtung. Nur am Rande – und völlig desinteressiert – nahm er wahr, dass der Bettler rückwärts stolperte und mit einer älteren Frau zusammenstieß, die prompt das Gleichgewicht verlor und mitsamt ihren Einkäufen zwischen den Beinen der anderen Passanten landete.

»Hallo, Sir! Kommen Sie zurück, helfen Sie der Frau! Immerhin sind Sie schuld an ihrem Sturz!«

Wintergreen hörte den herrischen Befehl und spürte gleich darauf einen kräftigen Zug an seinem Ellbogen. Da er ein solches Auftreten nicht gewohnt war, wandte er sich verblüfft der impertinenten Stimme zu. Eine junge Frau half gerade der älteren beim Aufstehen und zupfte dann deren abgetragenen Mantel und dunkle Haube zurecht.

»Haben Sie nicht gesehen, was Sie angerichtet haben?«, fuhr die junge Frau fort, ganz auf das Opfer des Zusammenpralls konzentriert und ohne ihn eines Blickes zu würdigen. »Die Passanten zertrampeln ihre Einkäufe, und keiner macht sich die Mühe, zu helfen – nicht einmal Sie, der Verursacher ihres Sturzes.«

»Nun, Sie scheinen ja als selbst ernannte gute Samariterin

unser aller Versäumnis wettzumachen«, entgegnete Wintergreen kühl.

»Vielen Dank, Miss«, sagte die alte Frau und warf ihm einen ängstlichen Blick zu. Sie wusste, wann sie einen Vertreter der Oberschicht vor sich hatte. Sein verächtlicher Gesichtsausdruck verriet nur zu deutlich, dass er nicht mit ihren Problemen belästigt zu werden wünschte. »Machen Sie sich keine Gedanken wegen meiner Einkäufe.«

»O doch«, widersprach ihre Helferin und bewahrte in letzter Sekunde einen Brotlaib davor, von einem Pferd zertrampelt zu werden.

»Da Ihr Eigentum beschädigt wurde, möchte der Gentleman sich bestimmt bei Ihnen entschuldigen und Ihnen ersetzen, was durch seine Schuld verdorben wurde«, sagte sie zu der alten Frau.

Wintergreen, mit dem man noch nie so umgesprungen war, starrte sie nur sprachlos an. Er wusste selbst nicht, was ihn mehr verblüffte, ihr Benehmen oder ihre Erscheinung. Sie war eine hübsche Person, vielleicht sogar schön, aber sogar schöne Frauen aus den höchsten Kreisen begegneten ihm aufgrund seiner gesellschaftlichen Stellung, seines Vermögens und seiner stattlichen Erscheinung stets respektvoll und zuvorkommend.

Die junge Frau, die er nun vor sich hatte, dachte jedoch gar nicht daran. Obwohl sie in beherrschtem Tonfall sprach, schossen ihre Augen Blitze, und sie musterte ihn, als sei er ein widerwärtiges Kriechtier.

Als er nicht reagierte, holte sie ihre eigene Geldbörse hervor und drückte der alten Frau mehrere Münzen in die Hand. »Da, nehmen Sie, Ma'am«, sagte sie ohne einen weiteren Blick auf Wintergreen. »Seien Sie vorsichtig, wenn ein solches Gedränge herrscht. Sie sehen ja, dass sogar Gentlemen – oder vielleicht gerade die – keine Rücksicht nehmen auf Ihr Geschlecht oder Ihr Alter.«

»Vielen Dank auch, Miss«, sagte die alte Frau noch einmal und tauchte wieder in der Menge unter. Offensichtlich hatte sie es eilig, von dem finster dreinblickenden Herrn wegzukommen. Die junge Frau blickte ihr noch einen Moment nach, bevor sie die Straße überquerte, wobei sie sich ebenso wenig um Wintergreen scherte wie um seine Missbilligung.

Das Ganze war so schnell gegangen, dass Wintergreen keine Zeit gehabt hatte, zu reagieren. Jetzt folgte er der Fremden, überholte sie und versperrte ihr den Weg, als sie gerade einen Buchladen betreten wollte.

Er fischte einen Sovereign aus der Tasche und hielt ihn ihr hin. »Ich wünsche nicht, dass jemand meine Schulden begleicht – oder das, was er fälschlicherweise als solche betrachtet«, sagte er steif.

Sie blickte auf das Geldstück und dann wieder auf sein Gesicht. »Ich nehme kein Geld von Fremden, Sir«, sagte sie in einem kultivierten, distanzierten Tonfall. »Dieses Geld – wie im Übrigen auch Ihre Hilfe – hätten Sie der Frau geschuldet, die Sie zu Fall gebracht haben.«

Hierauf ließ sie ihn einfach stehen und betrat das Buchgeschäft. Mit einem lauten Knall zog sie die Tür hinter sich zu.

Wintergreen blieb noch einen Moment verwirrt stehen und blickte ihr mit vor Empörung geröteten Wangen hinterher. Natürlich hatte sie Unrecht. Der Bettler hatte die alte Frau umgestoßen, nicht er. Man konnte ihn nun wirklich nicht für die Konsequenzen jeder seiner Bewegungen verantwortlich machen.

Und doch war er es gewohnt, dass man ihm mit Respekt begegnete. Es wurmte ihn, dass die junge Frau ihn mit unverhohlener Missbilligung angesehen hatte. Im Grunde war das unwichtig, aber es irritierte ihn trotzdem ein wenig, dass sie eine so falsche Meinung von ihm hatte. Hinzu kam, dass sie bald kein Geld mehr übrig haben würde, wenn sie es weiterhin einfach so weggab. Ihm war nicht entgangen, dass sie zwar stilvoll, aber nicht teuer gekleidet war.

Er beobachtete sie durch das Schaufenster, bis sie aufschaute, seinem Blick begegnete und ihm sogleich demonstrativ den Rücken zukehrte. Verärgert wandte er sich zum Gehen. Daheim würde er wenigstens seine Ruhe haben.

Diese Annahme erwies sich jedoch als trügerisch. Der Butler hatte Wintergreen kaum hereingelassen, als er ihm auch schon mitteilte, dass Albert Sperling, der seine Geschäfte regelte, in der Bibliothek auf ihn warte. Schon wenige Worte seines Besuchers genügten, um ihm den Nachmittag vollends zu verleiden.

»Was soll das heißen, sie will nicht? Grundgütiger, Sperling! Fünftausend Pfund müssten doch nun wirklich genug sein für eine dahergelaufene Landpomeranze und Gastwirtin!«

Sperling wand sich unter dem Zorn seines Arbeitgebers. Lord Wintergreen war von Natur aus unleidig und auch unter den günstigsten Umständen unangenehm. »Verzeihen Sie mir die Bemerkung, Sir, aber ich glaube nicht, dass die Bezeichnung ›dahergelaufene Landpomeranze‹ auf sie zutrifft. Ich hatte den Eindruck, es mit einer jungen Dame aus gutem Hause zu tun zu haben.«

Wintergreen funkelte ihn finster an. »Und warum sollte eine junge Dame aus gutem Hause ein Gasthaus betreiben?«, fragte er barsch. »Oder mir Briefe schicken, deren Inhalt an Erpressung grenzt?« Er schwieg eine Weile und wartete auf Antwort. »Ist es nicht so?«

Sperling nickte unbehaglich. »Wie ich schon sagte, in ihrem zweiten Brief steht, dass sie kein Geld will, aber ich fürchte, sie könnte Ihnen einigen Ärger machen, wenn Sie ihr nicht geben, was sie will.«

»Sie sind wohl verrückt geworden! Was bildet diese Person sich eigentlich ein? Und was will sie von mir?«

Sperling schloss die Augen und seufzte innerlich. Er wusste, was gleich kommen würde.

»Ich fürchte, die Dame will die Identität ihres Sohnes publik machen – und dass Sie sich weigern, ihn offiziell anzuerkennen, weil Sie fürchten, Ihren Titel zu verlieren.«

Er zuckte zusammen, als eine Vase an der Wand hinter ihm in tausend Stück zerbarst, und hielt die Augen geschlossen, als Wintergreen noch zwei weitere Gegenstände zerschmetterte. Als wieder Ruhe einkehrte, machte er die Augen vorsichtig wieder auf. Zu seiner Erleichterung hatte sein Arbeitgeber sich in einen Sessel vor dem Kamin sinken lassen und starrte ins Feuer.

»Es wird niemanden interessieren, was eine Frau wie sie erzählt! Ich werde ihn nicht anerkennen!«, knurrte Wintergreen, wenn auch in etwas gemäßigterem Tonfall. »Mein Bruder ist seit zehn Jahren tot, und jetzt plötzlich will sie seinen Namen in den Schmutz ziehen. Ich werde das nicht zulassen!«

Sperling rückte ein wenig näher an ihn heran. »Vielleicht

sollten Sie hinfahren, zum *Golden Lion*, meine ich, und sich persönlich vor Ort ein Bild machen, Sir.«

Als er das unheilvolle Flackern in Lord Wintergreens Augen registrierte, fügte er hastig hinzu: »Sie können ja inkognito bleiben und als Gast auf der Durchreise dort absteigen, so wie ich es getan habe. Und wenn sie sich den Jungen und seine Mutter aus der Nähe angesehen haben, können Sie immer noch entscheiden, was Sie in der Sache unternehmen möchten.«

Sperling wartete ein, zwei Minuten, darauf gefasst, dass jeden Moment weiteres Porzellan zu Bruch gehen würde, aber Wintergreen reagierte nicht, sondern starrte wortlos weiter in die Flammen. Schließlich stand Sperling auf, verneigte sich und zog sich zurück. Leise schloss er die Tür hinter sich.

Gut zwei Stunden später trat der Butler ein und legte Holz nach, aber ein Blick auf seinen Herrn sagte ihm, dass es besser war, nicht nach seinen Wünschen zu fragen. Da er Wintergreens Art längst gewohnt war, schwieg er und stellte lediglich eine Flasche Brandy und ein Glas auf den Tisch neben dem Lord, ehe er lautlos hinausging.

Als Lord Wintergreen blind ins flackernde Feuer starrte, dachte er nicht an die Nachricht, die Sperling ihm überbracht hatte, sondern an seine Kindheit und an Edward, der nun schon zehn Jahre tot war. Es erschien ihm unglaublich. Edward war so voller Leben gewesen, mit Augen, die blitzten vor Neugier und Übermut und leuchteten von liebevoller Zuneigung, wann immer sein Blick auf den jüngeren Bruder fiel. Er hatte seinerzeit den Butler in helle Aufregung versetzt, indem er die Uhr seines Großvaters auseinander genommen hatte, um zu sehen, wie sie funktionierte – nur um anschließend alle damit zu verblüffen, dass er sie korrekt wieder zusammensetzte, sodass sie so tadellos lief wie zuvor. Einmal war er ohne Erlaubnis auf dem edlen Jagdpferd seines Vaters querfeldein über unwegsames Gelände geritten und hatte das Tier anschließend wohlbehalten einem Stallburschen übergeben, der schon ganz krank gewesen war vor Sorge.

Aber ganz egal, was er auch anstellte, aufgrund seiner unwiderstehlichen Art hatte ihm jeder sofort verziehen. Der einzige Mensch, den er nie für sich hatte gewinnen können, war ihr kalter, unnahbarer Vater gewesen. Ihre Mutter war schon vor langer Zeit gestorben, und die Kinder waren erst von Kinderfrauen und Tutoren erzogen und dann baldmöglichst auf ein Internat abgeschoben worden.

Fünf Jahre waren sie auseinander gewesen. Nachdem Edward von Oxford abgegangen war, hatte er seinen Vater vollends gegen sich aufgebracht, weil er ihm vorwarf, seine Pächter schlecht zu behandeln. Edward hatte von seinem Vater verlangt, die Pachten zu senken und die Wohnhäuser besser in Stand zu halten. Ihr Vater war die ständige Kritik durch seinen Sohn bald leid gewesen und hatte Edward ans andere Ende der Welt geschickt, um den Familienbesitz auf Barbados und in der Nähe von New Orleans zu inspizieren.

Etwas unbehaglich fragte er sich, was Edward wohl davon gehalten hätte, wie er sich bei der Begegnung mit der alten Frau und ihrer Fürsprecherin benommen hatte, schob den Gedanken aber bald wieder als unwichtig beiseite und wandte sich wieder der Vergangenheit zu.

Er lächelte bei der Erinnerung daran, wie eifersüchtig er auf das Abenteuer seines großen Bruders gewesen war. Er selbst war ganz versessen darauf gewesen, in die Kavallerie einzutreten, aber sein Vater hatte ihm eröffnet, dass sein Erbe – auch wenn er nur der Zweite in der Erbfolge war – sich nicht so leichtfertig in Gefahr zu begeben habe, sondern sich gefälligst an das halten werde, was man ihm sagte. Aber anstatt gehorsam nach Oxford zu gehen, war er der Armee beigetreten und hatte mit neunzehn Jahren bereits im Halbinselkrieg in Spanien gegen Napoleons Truppen gekämpft.

Nur ein Jahr später hatte er einen Brief von seinem Vater erhalten, indem dieser ihn kurz und bündig von Edward Tod in New Orleans in Kenntnis setzte. Sein Bruder sei an Malaria gestorben. Des Weiteren hieß es in dem Schreiben, mit so etwas sei ja zu rechnen gewesen. Edward habe ihm zuvor bereits schriftlich mitgeteilt, dass er auf seinen Titel verzichte und in New Orleans ein neues Leben mit irgendeiner dahergelaufenen liederlichen Person beginnen wolle.

»Ich war sicher, dass er nicht lange durchhalten würde, wenn ich ihm erst den Geldhahn zudrehte, und so habe ich sofort jedwede Zahlung eingestellt«, schrieb sein Vater weiter. Mit der Zeit hätte er seinen Fehler sicher eingesehen und den ihm zugedachten Platz reumütig wieder eingenommen. Immerhin erwarteten ihn hier eine einflussreiche Position und eine wunderschöne junge Verlobte. »Nachdem Edward tot ist und du somit seinen Platz in der Erbfolge eingenommen hast, erwarte ich von dir, dass du deinen Abschied nimmst und sofort nach Hause kommst.«

Wintergreen hatte den Brief an einem Lagerfeuer in den spanischen Bergen gelesen, umgeben vom vertrauten Gelächter seiner Kameraden und dem köstlichen Geruch nach Rauch und Kaffee. Trotz der Gegenwart seiner Freunde hatte ihn urplötzlich ein Gefühl von Verlassensein und Einsamkeit befallen, das ihm schier den Atem raubte.

»Was ist denn, Trev?«, hatte einer seiner Kameraden gefragt. »Schlechte Nachrichten von daheim?«

Ohne zu antworten, war er aufgestanden und hatte sich in die Dunkelheit zurückgezogen, um mit seinem Schmerz allein zu sein. *Jetzt bin ich wirklich allein,* hatte er sich gesagt. Er hatte einfach nicht fassen können, dass er Edward nie wiedersehen sollte, der so lebenslustig und vital gewesen war, der einzige Mensch, den er liebte und der ihn geliebt hatte. Es kam ihm vor, als würden ihn all jene verlassen, die ihm etwas bedeuteten– seine fröhliche, liebevolle Mutter war gestorben, als er gerade drei Jahre alt gewesen war. Eine Kinderfrau, die er ins Herz geschlossen hatte, war von seinem Vater entlassen worden, da er jede Form emotionaler Abhängigkeit strikt ablehnte.

Es war so viel leichter gewesen, mit der Nachricht vom Tod seines Vaters umzugehen, die ihn ein halbes Jahr später erreichte. Nach der Nachricht von Edwards Tod hatte er seinem Vater mitgeteilt, dass er bei seinem Regiment bleiben wolle und bis auf weiteres nicht nach England zurückzukehren gedächte. Der eklatante Ungehorsam beider Söhne hatte dem alten Lord Wintergreen offenbar arg zugesetzt. Vielleicht waren es aber auch die sechzig Jahre, in denen er es sich hatte allzu gut gehen lassen. Jedenfalls war er kurz nach dem Eintreffen von Trevors Brief zusammengebrochen und hatte das Zeitliche gesegnet. Er selbst war von Schuldgefühlen getrieben heimgekehrt, um seine Pflichten als neuer Graf von Wintergreen zu übernehmen.

Das Feuer war erneut heruntergebrannt, als Lord Wintergreen endlich aus seiner Träumerei erwachte, aber wenigstens hatte er entschieden, wie er weiter verfahren wollte. Zu Sperlings grenzenloser Erleichterung beschloss der Graf, allein zum *Golden Lion* zu reisen und sich persönlich ein Bild von Marguerite Stanwick und ihrem Sohn zu machen. Sperling hasste Auseinandersetzungen und mochte sich gar nicht vorstellen, wie Wintergreen handeln würde, wenn er vor der Frau stand, die für ihn nicht mehr als eine Erpresserin war.

Der Graf hatte ohnehin keine besonders hohe Meinung von den Menschen im Allgemeinen. Und das zarte Geschlecht war in seiner Achtung besonders tief gesunken, nachdem zahlreiche berechnende junge Damen versucht hatten, ihn sich zu angeln. Das Benehmen dieser Frau hatte ihn nur darin bestätigt, dass Menschen egoistisch und gierig waren und man niemandem trauen konnte.

Gleich am nächsten Tag brach der Graf in seiner Kutsche von London auf, um den lächerlichen Forderungen dieser Marguerite Stanwick ein Ende zu machen. Die Schönheiten der herbstlichen Landschaft nahm er gar nicht wahr, so versunken war er in seine Gedanken darüber, was er dieser Person sagen würde, sobald er sich ein Bild von ihr gemacht hatte. Er würde als gewöhnlicher Reisender bei ihr einkehren, die Lage sondieren und ihr erst dann seine Identität enthüllen und ihr deutlich zu verstehen geben, was er von ihr hielt.

Als er im *Golden Lion* eintraf, übergab er die Leinen seines Gespanns einem Stallknecht, der sie ehrfürchtig entgegennahm, überwältigt von der Eleganz des Gefährts und der beiden rassigen Braunen im Geschirr. Wintergreens Aufmerksamkeit galt allein dem Gasthaus selbst, einem heimelig anmutenden Etablissement aus rosa Backstein, dessen Fenster in der frostigen Dämmerung einladend leuchteten.

Er hatte sich bewusst dazu entschlossen, allein zu reisen. Er wollte nicht, dass irgendjemand von seinem Personal über Edwards Fauxpas Bescheid wusste. Außerdem hatte er nicht riskieren wollen, dass ein unbedachtes Wort seines Lakaien oder Kammerdieners seine wahre Identität verriet. Er reiste unter dem Namen Mr. James Harding, Esquire, um die Dame in aller Ruhe studieren zu können, ohne selbst Verdacht zu erregen.

Wintergreen betrat den Schankraum und schaute sich mit widerwilliger Anerkennung um. Alles war sehr sauber, und die alte Holztheke schimmerte einladend im warmen Schein eines prasselnden Kaminfeuers. Der nicht mehr ganz junge Mann hinter dem Tresen bediente ihn freundlich, und als er sich nach einem Zimmer für die Nacht erkundigte, nickte er und erklärte, er werde Mrs. Stanwick sofort Bescheid geben, dass Kundschaft da sei.

Wintergreen presste die Lippen zu einem schmalen Strich zusammen; es passte ihm gar nicht, dass diese Frau sich erdreistete, seinen Familiennamen zu benutzen. Aber wahrscheinlich konnte er sich noch glücklich schätzen, dass sie sich nicht den Titel Gräfin von Wintergreen anmaßte. In ihrem Brief an ihn hatte sie behauptet, Edward habe sie in New Orleans geheiratet und sie hätte nach seinem Tod seinen Sohn zur Welt gebracht. Außerdem hatte sie ihm mitgeteilt, dass sie jetzt in England lebe und in der Nähe von London einen Landgasthof betreibe.

Wintergreen hatte den Brief nicht einmal bis zu Ende gelesen. Für ihn war es nur ein leicht zu durchschauender Versuch, Geld von ihm zu erpressen. So hatte er Sperling aufgetragen, das Schreiben zu beantworten. Wintergreen war nicht gewillt, eine Bedrohung seines Titels hinzunehmen, vor allem aber verübelte er dieser Frau, dass sie posthum das Ansehen seines Bruders schädigte.

Er war nicht überrascht gewesen, als sein Vater ihm seinerzeit mitteilte, dass Edward auf seinen Titel verzichtet hatte und in Übersee ein neues Leben anfangen wollte. Sein Bruder hatte nie viel für die feine Gesellschaft übrig gehabt – ebenso wenig wie für die Verlobte, die sein Vater für ihn ausgewählt hatte. Er hatte Abenteuer erleben wollen. Trotzdem war Wintergreen ganz sicher, dass sein Bruder ihn von einer Hochzeit unterrichtet hätte. Aber eine solche Nachricht hatte er nie erhalten.

Eine Bewegung am Rande seines Blickfeldes ließ ihn von seinem Bierkrug aufblicken, in den er mehrere Minuten lang gestarrt hatte.

»Sie wünschen ein Zimmer für die Nacht, Sir?«

Die Stimme war tief und melodisch, und sie gehörte zu der schönen, jungen Frau, die er erst am gestrigen Nachmittag in London unfreiwillig kennen gelernt hatte.

»Sie sind Mrs. Stanwick?«, fragte er perplex.

Sie nickte gelassen. »Was genau überrascht Sie daran, Sir? Mein Name oder der Umstand, dass ich ein Gasthaus betreibe?«

Wütend auf sich selbst, dass er sich so hatte überrumpeln lassen, entgegnete er vorsichtig: »Beides, muss ich gestehen. Ich hätte sie für zu jung gehalten, um schon verheiratet zu sein, und für zu kultiviert für eine ...«

Er verstummte, um seine weiteren Worte mit Bedacht zu

wählen. Er wollte sie nicht beleidigen, ohne sich vorab einen Eindruck verschafft zu haben.

Sie musterte ihn belustigt. »Sie haben mich doch sicher nicht für zu kultiviert gehalten für eine Gastwirtin? Sie haben mich doch sicher für ein Fischweib gehalten. Gehe ich recht in der Annahme, dass sie empört waren von meinem Benehmen?«

»Ein bedauernswerter Zwischenfall«, murmelte Wintergreen. »Ich fürchte, wir haben beide keine sehr gute Figur dabei gemacht.«

»Sie ganz sicher nicht«, pflichtete sie ihm bei. »Und ich hatte den Eindruck, dass meine Offenheit Ihnen missfallen hat.«

»Gestern vielleicht«, entgegnete er und ärgerte sich selbst über seine Unaufrichtigkeit. Ihre direkte Art gefiel ihm heute ebenso wenig wie am Vortag. »Aber als ich später noch einmal darüber nachgedacht habe, musste ich mir eingestehen, dass mein Verhalten vielleicht nicht ganz korrekt gewesen ist.« Er hatte nichts dergleichen gedacht, und er war auch jetzt nicht dieser Ansicht; er wollte sie nur für sich gewinnen, denn er würde nichts über sie erfahren, solange sie schlecht auf ihn zu sprechen war.

»Tatsächlich?«, fragte sie überrascht mit hochgezogenen Brauen. Offenbar traute sie ihm weder einen Sinneswandel zu noch Reue wegen eines eingestandenen Fehlers. Das ärgerte Wintergreen, auch wenn sie mit ihrer Einschätzung natürlich völlig richtig lag.

Er schaute sie sich genauer an, und was er sah, gefiel ihm. Ihre ausdrucksvollen Züge waren wie fein gemeißelt, das dunkle Haar im Nacken zu einem ordentlichen Knoten geschlungen. Das Auffälligste an ihr aber waren die Augen. So wechselhaft wie das Meer, dachte er, ehe er sich solchen Mumpitz verkneifen konnte, eine seltene Mischung aus Grau-, Grün- und Blautönen. Der Ausdruck dieser ungewöhnlichen Augen war unzweifelhaft intelligent und hellwach. In diesem Moment schauten sie ein wenig distanziert und misstrauisch, das kühle Grau vorherrschend, aber er erinnerte sich noch gut, dass das Grün bei ihrer Begegnung am gestrigen Tag dominiert hatte.

Trotz seiner Vorurteile ihr gegenüber fand er es plötzlich nicht mehr so abwegig, dass Edward diese Frau geliebt hatte. Sie war das genaue Gegenteil dieses Porzellanpüppchens, das sein Vater zu seiner zukünftigen Frau auserkoren hatte.

Überrascht und verärgert, dass er so empfänglich war für ihre Reize, unterdrückte er den Gedanken sofort wieder und nickte kühl. »Jawohl, Ma'am.«

Sie schien einen Moment darüber nachzudenken und nickte schließlich, als wäre sie zu einem Schluss gekommen.

»Wenn Sie dann so gut wären, mir zu folgen. Ich zeige Ihnen Ihr Zimmer.« Sie griff nach seinem Koffer, aber er war schneller. Er folgte ihr aus dem Schankraum. Ihr Kleid war tannengrün, und mit Widerwillen registrierte er die Anmut, mit der sie die schmale Stiege zu seinem Zimmer hinaufging.

Er stellte seinen Koffer in der kleinen Kammer ab, und sie eilte gleich wieder hinaus, anscheinend nicht an einem längeren Gespräch mit ihm interessiert. Egal, was man von ihr halten mochte, ein leichtfertiges Frauenzimmer war Marguerite Stanwick jedenfalls nicht. Auch diesen Eindruck, den er nach der Lektüre ihrer Briefe von ihr gewonnen hatte, musste er revidieren.

»Sie haben hier aber ein nettes Haus, Mrs. Stanwick«, sagte er, als er ihr auf der Treppe zurück nach unten folgte.

»Freut mich, dass es Ihnen gefällt, Mr. Harding«, entgegnete sie knapp. Unten angekommen, verschwand sie in den Wirtschaftsräumen, und Wintergreen kehrte, sich selbst überlassen, in den Schankraum zurück, wo er es sich gemütlich machte und den Abend über das Treiben um sich herum beobachtete. Von seinem Tisch aus verfolgte er das Kommen und Gehen der Stammgäste. Er musste zugeben, dass das Gasthaus gut geführt wurde und das Publikum zwar etwas »rustikal« anmutete, sich aber alles in allem zu benehmen wusste.

Mrs. Stanwick ließ sich nur einmal kurz blicken. Sie schaute sich im Schankraum um und lächelte den Herren zu, die sie ansprachen oder sich zu Wintergreens Verblüffung sogar respektvoll verneigten. Solch altmodische Ehrerbietung hatte er seit seiner Kindheit nicht mehr erlebt. Er wartete darauf, dass sie zu ihm herüberkam und ein paar Worte mit ihm wechselte, aber sie beachtete ihn gar nicht.

Schließlich, nach einem einfachen, aber köstlichen Abendessen – einem in Pfannkuchenteig gebackenen Würstchen, ein Gericht, dass er zuletzt gegessen hatte, als er noch ein kleiner Junge gewesen war – zog er sich auf sein Zimmer zurück. Gegen seinen Willen war er beeindruckt davon, wie es der Wirtin gelungen war, mit wenig Aufwand auch hier eine behagliche Atmosphäre zu schaffen. Als er einschlief, fiel ihm auf, dass die Laken nach Lavendel dufteten wie jene in seiner Kindheit.

Das Erwachen war weniger angenehm. Etwas Schweres lastete auf seiner Brust, und das Atmen fiel ihm schwer.

Gleich darauf hörte er eine junge Stimme schimpfen: »Schäm dich, Beast! Er ist ein Gast! Das darfst du nicht!«

Wintergreen schlug die Augen auf, um zu sehen, zu wem die Stimme gehörte. Im ersten Moment sah er nur eine verschwommene Gestalt und nahm vor allem das Gewicht auf seiner Brust wahr.

»Verzeihen Sie bitte, Sir«, fügte die Stimme entschuldigend hinzu. »Darum nennen wir ihn auch Beast, wissen Sie. Er schleicht sich an sein Opfer an – für gewöhnlich ist es einer von uns –, und dann springt er es an.«

Wintergreen starrte die rote Katze auf seiner Brust an, die den Blick mit der gleichen Intensität erwiderte. Dann richtete er den Blick auf den Jungen neben seinem Bett und hatte plötzlich einen Kloß im Hals.

Das war Edwards Sohn, ganz sicher. Er hatte das dunkle, lockige Haar, die hohen Wangenknochen und die schlanke Gestalt seines Vaters geerbt. Nur die Augen hatte er von seiner Mutter, zumindest was Form und Farbe betraf; der Ausdruck darin war so ernst und nachdenklich wie damals bei seinem Bruder.

»Wie heißt du, mein Junge?«, fragte er schärfer als beabsichtigt.

»Grant Stanwick, Sir«, antwortete er und errötete verlegen. »Meiner Mutter gehört das Gasthaus.« Er hob Beast von Wintergreens Bett und funkelte die Katze vorwurfsvoll an. »Ich bitte nochmals um Entschuldigung, dass Beast Sie erschreckt hat, Sir.«

Wintergreen zwang sich zu einem Lächeln. »Ich denke, ich werde mich von dem Schreck wieder erholen«, versicherte er dem Jungen und wurde mit einem Lächeln belohnt.

»Danke, Sir. Ich hoffe, dass Beast sie nicht wieder stören wird.«

Wintergreen warf einen zweifelnden Blick auf Beast, der ihn ohne zu blinzeln aus bernsteinfarbenen Augen unverwandt ansah, bis Grant ihn sich über die Schulter legte und das Zimmer verließ. Wie entschlossen Grant auch sein mochte, Beast von ihm fern zu halten, Wintergreen war sich ziemlich sicher, dass der Kater seinen eigenen Kopf hatte.

Als er sich bereit machte, zum Frühstück hinunterzugehen, und mit geschickten Fingern vor dem Spiegel seinen Plastron band, dachte er wieder an den Jungen, den er eben kennen gelernt hatte. Selbstverständlich würde er für ihn aufkommen, das war er Edwards Sohn schuldig. Trotzdem war er sicher, dass Edward seine Mutter nicht geheiratet hatte – nicht ohne seinen Bruder von diesem Ereignis zu unterrichten oder persönlich Maßnahmen zu ergreifen, um Kinder aus dieser Ehe abzusichern. Und der Gedanke, dass Edward eine Gastwirtin geheiratet hätte, war absurd. Er war mit Belinda Malston verlobt gewesen, der einzigen Tochter eines Marquis, eine schöne Frau von Rang und Namen. Und so hübsch Marguerite Stanwick auch sein mochte, hatte sie dem doch nicht viel entgegenzusetzen.

Als er sich vom Spiegel abwandte und aus dem Fenster schaute, sah er erfreut, dass dunkle Wolken sich zusammenzogen und erste Regentropfen gegen die Scheibe klatschten. Das schlechte Wetter würde ihm eine willkommene Ausrede liefern, seinen Aufenthalt zu verlängern, und er wollte die Gelegenheit nutzen, um sich den Jungen und seine Mutter genauer anzusehen.

Entschlossen, sein Vorhaben sogleich in die Tat umzusetzen, wählte er im Schankraum einen Tisch in Kaminnähe und bestellte zum Frühstück Steak und Bier.

»Wie lange arbeiten Sie schon im *Golden Lion*?«, fragte er den weißhaarigen Ober, der ihn schon am Vorabend bedient hatte.

»Dreißig Jahre, Sir«, erwiderte der Mann.

»Aber nicht für Mrs. Stanwick«, entgegnete er leichthin, in der Hoffnung, der Kellner werde sich als redselig erweisen.

Der Mann lächelte breit. »O nein, Sir, dazu ist sie viel zu jung, wie Ihnen nicht entgangen sein wird. Mrs. Stanwick hat das Gasthaus erst vor zwei Jahren übernommen. Davor war ich bei Mr. Comstock angestellt.«

»Tatsächlich?«, erwiderte Wintergreen ein wenig abwesend. Sie war also schon seit zwei Jahren hier. Warum hatte sie dann mit ihrem ersten Brief so lange gewartet? Und was hatte sie ausgerechnet hierher geführt?

»Ist sie eine Verwandte von Mr. Comstock?«

Der Ober schüttelte den Kopf und polierte dabei beflissen einen Bratbock aus Messing. »Ihr Vater hatte Mr. Comstock mal geholfen, als der noch ein junger Bursche war, und das hatte der ihm nie vergessen. Da er keine Familie hatte, schrieb er, als sein Ende nahte, an Mrs. Stanwicks Vater und teilte ihm mit, das er ihm den Lion vererbe. Mrs. Stanwicks Vater starb, bevor er herkommen konnte, und nachdem sie die Alleinerbin war, fiel auch der *Golden Lion* an sie. Der Testamentvollstrecker schrieb ihr, es stände ihr frei, das Gasthaus zu verkaufen oder es selbst weiterzuführen.«

»Und? Sind Sie froh, dass sie hergekommen ist, anstatt zu verkaufen?«, fragte Wintergreen neugierig.

»Und ob, Sir«, antwortete der Ober ernst und machte sich

daran, die Gläser auf dem Tresen zu polieren. »Mrs. Stanwick ist sehr gut zu uns. Sie hat keinen einzigen der sechs Angestellten entlassen, die schon in Mr. Comstocks Diensten standen, nicht einmal Joseph, der längst zu alt ist für die Stallarbeit. Sie hat seinerzeit dem Anwalt geschrieben, dass alle ihre Stellung behalten sollten. Joseph wurde mit der Aufsicht der Stallburschen betraut, sodass er selbst keine schweren Arbeiten mehr verrichten muss.«

Der Ober grinste. »Seitdem führt Joseph ein straffes Regiment, und die Stallburschen haben nichts mehr zu lachen, das können Sie mir glauben.«

Wintergreen schwieg, und nach einer Weile fuhr der Alte mit leuchtenden Augen fort: »Das war sehr großherzig von ihr ... Aber von einer Pfarrerstochter war das wohl auch nicht anders zu erwarten.«

»Eine Pfarrerstochter?«, fragte Wintergreen verblüfft. »Soll das heißen, dass Mrs. Stanwicks Vater Geistlicher war?«

Der Ober nickte. »Wie schon gesagt, hatte er Mr. Comstock vor langer Zeit einmal sehr geholfen.«

»Guten Morgen, Mr. Harding.«

Zu seiner Überraschung stand Mrs. Stanwick plötzlich neben ihm. Er fühlte sich unbehaglich, nachdem sie seine Fragen mitbekommen haben musste, so als hätte sie ihn bei einem weiteren Fauxpas erwischt. Er stand auf und zog einen Stuhl für sie unter dem Tisch hervor, aber sie ignorierte die Aufforderung.

»Ich muss mich bei Ihnen für den Kater meines Sohnes entschuldigen«, fuhr sie mit aufrichtigem Bedauern fort. »Ich fürchte, es war sehr unangenehm, auf diese Art geweckt zu werden.«

Der Ober schmunzelte. »Ist Beast auf Ihr Bett gesprungen, Sir?«

Wintergreen nickte. »Weckt er alle Gäste auf diese charmante Art?«

Marguerite Stanwick lächelte zum ersten Mal und schüttelte den Kopf. »Glücklicherweise nicht, sonst würden die Gäste irgendwann wegbleiben, und wir könnten schließen. Sie müssen eine besondere Anziehung auf ihn ausgeübt haben.«

»Ich fühle mich tief geehrt«, sagte er feierlich. »Ich hoffe, ich kann ihm eine weitere Gelegenheit bieten, mich zu inspizieren. Ich fürchte, ich bin nicht darauf eingerichtet, um bei so schlechtem Wetter zu reisen. Ich würde gerne meinen Aufenthalt verlängern, wenn das Zimmer nicht bereits anderweitig vergeben ist.«

Inzwischen regnete es Bindfäden.

»Kein Problem«, sagte sie. Als der Ober das Frühstück brachte, fügte sie hinzu: »Grainger, das geht auf Kosten des Hauses. Das ist das Mindeste, was wir tun können, um Beasts Attacke wieder gutzumachen.«

Ehe Wintergreen protestieren konnte, wandte sie sich zur Tür. Grant war hereingekommen, gefolgt von Beast, der sofort zu Wintergreen herübergelaufen kam und schnurrend um dessen Stiefel strich.

»Lass das, Beast! Komm her! Du hast für heute schon genug angerichtet!«, schimpfte der Junge und schnappte sich den Kater, der ungerührt in die Runde sah.

»Mr. Channing wird bald hier sein, Grant. Nimm Beast mit und bereite dich für den Unterricht vor«, sagte seine Mutter lächelnd und fuhr ihm zärtlich mit der Hand durch das Haar.

Grant machte einen knappen Diener vor Wintergreen und ging dann zur Tür. »Ich würde mir gerne Ihre Pferde ansehen, Sir, wenn ich darf. Reisen Sie noch heute Morgen ab?«

Belustigt schüttelte Wintergreen den Kopf. Fast glaubte er, seinen Bruder vor sich zu haben, der es kaum erwarten konnte, endlich in den Stall zu kommen. »Ich werde wegen des Wetters etwas länger bleiben. Ich zeige dir die Pferde später.«

»Danke, Sir«, sagte der Junge strahlend und eilte davon.

»Das war sehr freundlich von Ihnen, Mr. Harding, aber unnötig«, bemerkte seine Mutter. »Grant war schon immer ganz verrückt nach Pferden, aber er sollte sich mit dem gleichen Eifer dem Unterricht widmen.«

»Ist Mr. Channing sein Lehrer?«, fragte Wintergreen neugierig. Er war entschlossen, möglichst viel über Edwards Sohn in Erfahrung zu bringen. Erst dann würde er besser beurteilen zu können, was genau für ihn getan werden sollte. Was die Wünsche seiner Mutter betraf, war er sich nicht mehr ganz so sicher, wie er verfahren sollte, aber das hatte auch noch Zeit.

Mrs. Stanwick nickte. »Mr. Channing ist unser Vikar und setzt sich sehr für Grants Erziehung ein. Wir können uns wirklich glücklich schätzen, ihn zu haben.«

Wintergreen fragte sich flüchtig, welche Motivation hinter Mr. Channings Interesse am Sohn der Gastwirtin stecken mochte. Seine unausgesprochene Frage wurde gleich darauf beantwortet, als die Tür aufging und ein dunkelhaariger, streng gekleideter junger Mann eintrat.

»Mrs. Stanwick.« Er verneigte sich tief und nahm ihre Hand. Er war so sehr auf sie konzentriert, dass er die Anwesenheit der anderen nicht gleich registrierte. Mrs. Stanwick machte die Gentlemen miteinander bekannt, und sie verneigten sich steif. Wintergreen stellte mit einer gewissen Belustigung fest, dass Mr. Channing verblüffende Ähnlichkeit hatte mit einem zornigen Terrier, der seinen Knochen bewachte, wobei Mrs. Stanwick in diesem Fall zweifelsfrei der Knochen war.

»Grant erwartet Sie im Büro, Mr. Channing«, sagte sie und begleitete ihn hinaus. Channing warf noch einen letzten vernichtenden Blick auf Wintergreen, ehe er sich ihr anschloss.

»Wie oft wird der Junge unterrichtet?«, erkundigte Wintergreen sich beiläufig bei Grainger.

»So oft wie der Vikar es einrichten kann«, entgegnete der Mann trocken. »Wenn es nach ihm ginge, käme er täglich und sonntags gleich zweimal.«

»Dann macht ihm das Unterrichten so großen Spaß?«

»Ich würde sagen, dass Mrs. Stanwick der eigentliche Grund für seinen Eifer ist, auch wenn es mir nicht zusteht, das zu sagen. Er mag den Jungen, keine Frage, aber ihm wäre es bestimmt lieber, wenn sie beim Unterricht dabeibliebe. Nach dem Unterricht hängt er immer wie ein treues Hündchen hier rum und merkt gar nicht, wenn sie zu tun hat oder einfach ihre Ruhe haben will.«

Zwei Gäste betraten den Schankraum, und Grainger ging hinüber, um sie zu bedienen. Ihr kleiner Plausch war zu Ende.

Wintergreen machte es sich vor dem Kaminfeuer gemütlich. Er hatte Zeit. Irgendwann würde die Dame des Hauses schon wieder auftauchen, und dann konnte er an ihr Gespräch von vorhin anknüpfen. Sie schien sehr bemüht, alles für ihren Sohn zu tun, aber er wollte unbedingt noch mehr über die beiden erfahren.

Er saß noch nicht lange da mit ausgestreckten Beinen, die Knöcheln übereinander geschlagen, als ein kehliges Schnurren ihm verriet, dass Beast sich unter seinen Knien niedergelassen hatte. Vor dem Tier schien es kein Entrinnen zu geben. Er mochte Katzen nicht besonders, aber ihm war klar, dass er dieses spezielle Exemplar würde tolerieren müssen, wenn er sich bei dem Jungen und seiner Mutter beliebt machen wollte.

»Hast du es auch gemütlich da unten?«, fragte er trocken mit einem Blick auf das Tier.

Beast blinzelte träge, musterte ihn einen Moment, machte dann die Augen wieder zu und schnurrte weiter. Wintergreen schloss ebenfalls die Augen, und so dösten die beiden eine Weile vor dem Feuer.

»Wie ich sehe, sind Sie zwangsadoptiert worden«, bemerkte Mrs. Stanwick einige Minuten später. Er hatte sie gar nicht kommen hören.

Wintergreen setzte sich abrupt auf, wobei er den Kater erschreckte, der ihm einen vorwurfsvollen Blick zuwarf, sich streckte und dann beleidigt von dannen ging.

»Ja, ich wurde wohl auserwählt«, entgegnete er in einem Tonfall, der darauf schließen ließ, dass er hiervon nicht weiter überrascht war.

»Das ist eigentlich untypisch für Beast«, bemerkte die Wirtin nachdenklich. »Es muss mit Ihrer Abneigung gegen Katzen zusammenhängen. Das hat er bestimmt gespürt.«

Ein wenig überrumpelt von dieser weiteren richtigen Einschätzung seiner Person, widersprach er vehement. »Ich habe immer Katzen gehabt«, entgegnete er. Er hielt es für klüger, an dieser Stelle zu verschweigen, dass er sie nur als Mäusefänger akzeptierte, und auch das nur im Stall.

»Wir auch«, sagte Mrs. Stanwick. »Aber Beast hat Grant ganz besonders ins Herz geschlossen. Er ist bei uns, seit wir den *Golden Lion* übernommen haben.«

»Und wann war das?«, wollte Wintergreen wissen. Sein Interesse schien sie zu überraschen, und so fügte er hastig hinzu: »Hat der Junge die Katze schon lange?«

Beruhigt, dass sein Interesse offenbar nur Grant und seinem Haustier galt, nickte sie. »Zwei Jahre.«

»Haben Sie die Katze mitgebracht?«, fragte er beiläufig.

»Nein. Und ich denke, Beast hätte die Überfahrt mit dem Schiff gar nicht gefallen«, entgegnete sie und lächelte bei der Vorstellung.

»Dann haben Sie früher im Ausland gelebt?« Er täuschte Überraschung vor.

Sie nickte wieder, und erneut stellte er fest, dass sie wirklich eine außergewöhnlich schöne Frau war, auch wenn sie sich dessen scheinbar nicht bewusst war.

»Wir sind aus Boston angereist. Mein Vater war dort Geistlicher, und Grant und ich haben bei ihm gewohnt. Aber dann ...« Sie schaute ihn offen an. »... einen Teil wissen Sie ja bereits von Grainger.«

Wintergreen lächelte entspannt. »Ja. Ich muss mich für meine Neugier entschuldigen, aber es kam mir seltsam vor, dass eine junge Dame, die ganz offensichtlich aus gutem Hause stammt, ein Gasthaus betreibt.«

»Ja, Ihr erster Eindruck war ganz sicher der, dass Sie es

mit einer wohlerzogenen jungen Dame aus gutem Hause zu tun hatten?« Der Anflug eines Lächelns umspielte ihre Lippen, so als verspotte sie sie beide. »Ich wusste nicht, was mich hier erwartet, aber es hat sich alles wunderbar gefügt. Grant ist glücklich, und ich habe alle Hände voll zu tun.«

»Haben Sie denn keine Verwandtschaft mehr?«, fragte er und musterte sie forschend.

Sie zögerte, und er glaubte zu bemerken, dass sie ganz leicht errötete, aber sonst deutete nichts darauf hin, dass sie die Unwahrheit sagte. »Nein. Wir beide sind allein.«

»So«, fuhr sie fort, offenbar entschlossen, der Unterhaltung ein Ende zu machen. »Jetzt muss ich Mary antreiben, sonst fällt das Abendessen heute aus.«

»Das wäre nun wirklich bedauerlich«, pflichtete er ihr bei, stand auf und verneigte sich höflich, ehe sie den Raum verließ. Als er sich wieder dem Feuer zuwandte, sprang Beast von der Sitzbank, auf der er sich niedergelassen hatte, und krallte sich am Schaft von Wintergreens rechtem Stiefel fest, fast so, als würde er ihn umarmen.

Wintergreen betrachtete den Kater einen Moment nachdenklich und unterdrückte den Impuls, das Tier einfach abzuschütteln. Stattdessen bückte er sich und löste vorsichtig nacheinander die vier Pfoten. Die Krallen hatten tiefe Kratzer im Leder hinterlassen. Sein Diener, der stets strikt darauf achtete, dass sein Herr tadellose Eleganz ausstrahlte, würde entsetzt sein.

»Gut, dass Appelby das nicht sieht, Beast«, murmelte Wintergreen. »Sonst wärst du nämlich in akuter Lebensgefahr.«

»Beast!«, rief Grant, der ganz plötzlich an seiner Seite auftauchte. »Was hast du jetzt wieder angestellt?« Errötend wandte der Junge sich Wintergreen zu. »Es tut mir schrecklich Leid, dass er sich so schlecht benimmt, Mr. Harding. Ich verstehe gar nicht, warum er sie so belästigt.«

»Deine Mutter hat da eine ganz eigene Theorie«, entgegnete Wintergreen und schaute der Katze in die tiefgründigen bernsteinfarbenen Augen. »Könnte sein, dass sie Recht hat. Aber nimm es dir nicht so zu Herzen«, fügte er freundlich hinzu, als er den betretenen Gesichtsausdruck des Jungen sah.

»Ich werde die Stiefel für Sie polieren, Sir«, erbot sich Grant, der immer noch peinlich berührt sein Schuhwerk betrachtete.

»Unsinn!«, meinte Wintergreen, gerührt von seiner Sorge. »Ich fürchte, Beast würde das nur zum Anlass für eine weitere Attacke nehmen, ich würde also vorschlagen, wir belassen es dabei.«

Widerstrebend ließ Grant sich überzeugen und nahm Wintergreens Einladung an, sich zu ihm zu setzen und eine Weile mit ihm zu plaudern.

»Ich wollte eigentlich nicht länger bleiben als eine Nacht, und da ist mir etwas Gesellschaft zum Zeitvertreib durchaus willkommen. Wie war der Unterricht?«

»So wie immer«, antwortete Grant und errötete gleich darauf bis in die Haarwurzeln. »Bitte verzeihen Sie, Sir. Das klingt undankbar gegenüber Mr. Channing. Und unhöflich Ihnen gegenüber. Es ist nur ...«

»Du hast nicht viel übrig für Latein, habe ich Recht? Mir ging es genauso.«

Grant lächelte erleichtert. »Sie haben Recht, Sir, Latein gefällt mir nicht besonders. Aber ich gebe mein Bestes, auch wenn ich lieber ausreiten oder meiner Mutter hier im Gasthaus zur Hand gehen würde.«

Wintergreen lächelte in sich hinein. Wieder Pferde; der Apfel fiel eben nicht weit vom Stamm. »Ich hatte auch immer eine Schwäche für Pferde. Meine Mutter ist gestorben, als ich noch sehr klein war.«

»Das tut mir Leid, Sir«, entgegnete Grant höflich. Nach kurzer Überlegung fügte er hinzu: »Mein Vater ist noch vor meiner Geburt gestorben.«

»Ach?« Wintergeens Herzschlag beschleunigte sich. Das Ganze war viel leichter, als er sich hatte träumen lassen. »Deine Mutter hat erzählt, ihr wärt aus Boston hergekommen. Bist du dort geboren?«

Grant schüttelte den Kopf. »Ich bin in New Orleans zur Welt gekommen, Sir, aber sobald sie wieder reisen konnte, hat mein Großvater uns beide zu sich nach Boston geholt. Er meinte, New Orleans wäre kein geeigneter Ort, um einen Jungen großzuziehen.«

»Ich neige dazu, dem zuzustimmen. Stammte dein Vater aus New Orleans?«

»Nein, Sir. Mein Vater war ein englischer Gentleman, der geschäftlich dort zu tun hatte. Das war einer der Gründe, weshalb ich gerne hergekommen bin. Weil es die Heimat meines Vaters ist. Auch wenn ich ihn nie kennen gelernt habe, fühle ich mich ihm hier ein wenig näher.«

»Ja, das kann ich verstehen«, sagte Wintergreen nachdenklich. »Ich könnte mir vorstellen, es würde ihn freuen, dass du hier bist und Mr. Channing deine Mutter bei deiner Erziehung unterstützt.«

Grant schnitt eine Grimasse. »Ich weiß, dass das undankbar von mir ist, Sir«, sagte er in vertraulichem Tonfall, ganz offensichtlich der Meinung, in diesem Gast einen Freund gefunden zu haben, »aber der Unterricht bei Mr. Channing ist langweilig und etwas unangenehm.«

»Langweilig kann ich nachvollziehen, aber unangenehm? Inwiefern?«

»Er stellt so viele Fragen«, erwiderte der Junge und strich sich das Haar aus dem Gesicht, mit einer Geste, die Wintergreen so sehr an seinen Bruder erinnerte, dass er plötzlich einen Kloß im Hals hatte. »Andauernd will er etwas über meine Mutter wissen.«

»Vielleicht liegt es nur daran, dass er sich für euch beide interessiert«, meinte Wintergreen, aber Grant schüttelte den Kopf.

»Er mag Mutter, das weiß ich, aber er scheint wirklich alles über uns wissen zu wollen, und das gefällt mir nicht.«

»Das kann ich verstehen.« Wintergreen stand von der Sitzbank auf. Der Junge besaß eine sehr scharfe Beobachtungsgabe; er würde vorsichtig sein müssen, wenn er sich nicht alles verderben wollte. »Was meinst du? Sollen wir rüber in den Stall gehen und nach meinen Pferden sehen?«

Grant strahlte, der Ärger auf seinen Hauslehrer war vorübergehend vergessen. »Wirklich, Sir? Das wäre toll!«

Die Gelegenheit, die rassigen Braunen aus der Nähe zu sehen, schien ihn zu versöhnen. Wintergreen zeigte ihm, wie man die Tiere striegelte und überließ den überglücklichen Grant der Pferdepflege, während er selbst zum Gasthaus zurückschlenderte.

»Ihr Sohn ist ein wirklich netter Bursche«, sagte er zu

Mrs. Stanwick, als er in den Schankraum zurückkehrte, wo sie und Grainger gerade die Einkäufe für den Schankbereich besprachen.

»Vielen Dank, Sir«, entgegnete sie ernst. »Ich bin ganz Ihrer Meinung. Ich habe großes Glück mit ihm.«

Wintergreen runzelte die Stirn. Wenn sie so zufrieden war, warum wollte sie dann überhaupt ihre Situation verbessern? Oder ging es nur darum, dass sie als Mutter einfach das Beste für ihren Sohn wollte?

Im Laufe des Nachmittags wurde es immer kälter, bis schließlich Schneeregen an die Scheiben schlug, während Wintergreen behaglich am warmen Feuer saß und Beast ignorierte, der friedlich an seiner Seite schlief. Er war rundum zufrieden mit sich und der Welt. Bis ein sichtlich bedrückter Joseph keuchend hereingehumpelt kam.

»Was gibt es denn, Joseph?«, fragte Grainger und kam sofort hinter dem Tresen hervor, um dem alten Mann zum nächsten Stuhl zu helfen. »Warte, ich hole dir einen Brandy, das bringt dich wieder auf die Beine.«

Joseph winkte ab. »Keine Zeit!«, sagte er atemlos. »Hol die Missus!«

Grainger rannte davon, und Wintergreen ging zu dem alten Mann hinüber. Besorgt musterte der dessen aschgraue Gesichtsfarbe.

»Ich hole Ihnen einen Drink«, sagte er, trat hinter die Bar und schenkte ihm einen Brandy ein.

Joseph kippte ihn dankbar herunter.

»So«, sagte Wintergreen und zog sich einen Stuhl heran. »Was ist denn passiert?«

Joseph redete nicht lange um den heißen Brei herum, zumal sein Gegenüber unmittelbar betroffen war. »Der Junge ist weg, Sir ... auf und davon. Mit einem Ihrer Braunen.«

Entsetzt sprang Wintergreen auf. »Einem solchen Pferd ist er doch niemals gewachsen!«

Joseph schüttelte den Kopf. »Ich weiß auch nicht, was in ihn gefahren ist, Sir... Ich kann nur sagen, dass er pferdeverrückt ist und schon immer war. Die Versuchung war wohl einfach zu groß.«

»Sucht jemand nach ihm? Dieses Wetter ist teuflisch! Das Pferd könnte stürzen und sich das Bein brechen!«

»Das weiß ich, Sir! Und ob ich das weiß! Er muss losgeritten sein, bevor es angefangen hat zu frieren. Er hätte niemals riskiert, dass dem Pferd etwas zustößt. Die Stallburschen sind schon unterwegs und suchen nach ihm!«

»Ich werde auch nach ihm suchen! In welche Richtung soll ich reiten, Joseph? Haben Sie vielleicht einen Verdacht?«

»Ich würde sagen, nach Osten, Sir, über die Wiesen. Da reitet er immer lang, wenn sich eine Gelegenheit bietet!«

Über die Wiesen! Ein Kaninchenloch genügte, und die beiden würden stürzen. Ohne sich vorher umzuziehen, lief Wintergreen zum Stall. Er war gerade damit fertig, den zweiten Braunen zu satteln, als die Stalltür aufschwang, und der Junge sein lahmendes Pferd hereinführte.

Als er Wintergreen entdeckte, zuckte Grant sichtlich zusammen, führte aber erst das Pferd in die Box. »Es tut mir sehr Leid, Sir. Er ist nur leicht verletzt. Die Schramme am linken Vorderbein ist nicht tief. Wir sind auf einer vereisten Fläche gestürzt.«

Wintergreen sah sich die Wunde an und bemerkte dann

erst das Blut seitlich an Grants Kopf. »Geh ins Haus und lass dich von deiner Mutter verarzten«, befahl er.

»Erst wenn ich das Pferd versorgt habe, Mr. Harding.« Er hatte angefangen abzusatteln und sprach beruhigend mit dem Tier.

»Darum kümmere ich mich selbst!«, entgegnete Wintergreen barsch. Er konnte sehen, dass Grant sich kaum noch auf den Beinen halten konnte. Er sah genauso aus wie Edward nach einer seiner Eskapaden.

»Ich mache das«, widersprach der Junge entschlossen, biss die Zähne zusammen und nahm sich ein altes Handtuch, um das Pferd trockenzureiben.

»Grant! Gott sei Dank! Was um alles in der Welt hast du dir nur dabei gedacht?«, rief seine Mutter, die eben mit Joseph und Grainger den Stall betrat.

»Ich wollte nur wissen, was es für ein Gefühl ist, ein solches Pferd zu reiten«, antwortete er, ohne seine Arbeit zu unterbrechen. »Ich habe nicht damit gerechnet, dass es friert. Es tut mir Leid, dass es sich verletzt hat.«

»Verletzt? Das Pferd ist verletzt?«, fragte Joseph aufgebracht.

Grant nickte knapp. »Schau dir sein linkes Vorderbein an, ja?«

Der erfahrene Pfleger beugte sich über das verletzte Bein und untersuchte es sorgfältig unter den besorgten Blicken der anderen Anwesenden. »Eine Schürfwunde, aber ich denke, es ist noch einmal gut gegangen. Das dürfte rasch wieder verheilen. Ich muss das Bein aber bandagieren, damit es nicht dick wird und keine Narbe zurückbleibt. Ich kümmere mich sofort darum.« Eilig humpelte er in Richtung Haus davon.

Grant seufzte erleichtert. »Wenn Joseph sagt, dass er wieder gesund wird, dann kann man sich darauf verlassen«, teilte er Wintergreen mit. »Niemand versteht mehr von Pferden als er.«

»Dann kannst du ja jetzt gehen und dich selbst verarzten lassen, bevor du mir noch umfällst und wir dich reintragen müssen.«

Als sie das Blut an seinem Kopf sah, nahm Mrs. Stanwick Grants Arm und zog ihren Sohn hinter sich her zur Tür. Im Türrahmen blieb sie gerade so lange stehen, wie sie brauchte, um sich bei ihrem Gast zu entschuldigen. »Bitte verzeihen Sie, Mr. Harding. Sollte Ihr Pferd doch einen dauerhaften Schaden davontragen, werden wir es selbstverständlich ersetzen.«

Wintergreen nickte nur. Er verzichtete darauf, ihr zu eröffnen, dass ein Passgespann wie dieses mehr kostete, als der Verkauf des Gasthauses einbringen würde. Als er jedoch sah, wie Joseph sich ans Werk machte, war er geneigt, Grant zu glauben, dass das Pferd bei ihm in den besten Händen war. Er klopfte dem alten Mann auf die Schulter und lief dann hinüber zum Haus.

Das Abendessen verlief sehr still, und ein zerknirschter Grant ging schon früh nach oben und zu Bett. Nur wenige unerschrockene Stammgäste kämpften sich durch Wind und Wetter, um sich an den Kamin zu setzen und Geschichten zu erzählen. Wintergreen machte es sich in ihrer Nähe bequem und lauschte.

Als ein sehr großer, grobknochiger Dorfbewohner zähneklappernd den Schankraum betrat, wurde er unvermittelt von Beast attackiert, der ihm von einem hohen Regal neben der Tür aus auf die Schulter sprang.

Die drei anderen Männer am Kamin wollten sich schier ausschütten vor Lachen. »Hat Beast dich wieder voll erwischt, McDowell!«, rief ein Mann mittleren Alters, das Gesicht gerötet von der Kälte, dem Bier und dem Gelächter. »Das wird dich lehren, zu versuchen, ihn auszutricksen!«

McDowell klaubte überraschend gut gelaunt den Kater von seiner Schulter und setzte ihn auf eine Bank.

»Gib mir ein Stück Papier, Grainger«, sagte McDowell lachend. »Dem werde ich's zeigen.«

Die anderen gingen zu ihm hinüber, und Grainger warf McDowell ein zu einer Kugel zusammengeknülltes Blatt Papier zu. Wintergreen setzte sich aufrechter hin, um zu sehen, was dort vor sich ging. Zu seiner Überraschung warf McDowell mit der Papierkugel nach dem Kater, der diese geschickt mit der Pfote zurückschlug. Die Männer jubelten.

»Zeig's ihm, Beast!«, rief der rotgesichtige Mann lachend. »Lass dich nicht reinlegen!«

Beim nächsten Wurf tat McDowell erst so, als wollte er nach links werfen, wechselte jedoch dann im letzten Moment auf die rechte Seite.

Aber Beast ließ sich nicht so leicht täuschen und schlug den Ball auch diesmal gekonnt zurück. Die Umstehenden johlten.

»Haben Sie so was schon mal gesehen, Sir?«, wandte sich der rotgesichtige Mann an Wintergreen.

Wintergreen schüttelte lächelnd den Kopf. »Nein, ich habe noch nie eine Katze auf diese Art Ball spielen sehen.«

»Beast ist verdammt clever«, meinte Grainger. »Er hat das schon immer gekonnt, und es macht ihm einen Riesenspaß.

Wenn länger niemand mehr mit ihm Ball gespielt hat, nervt er mich so lange, bis ich mir die Zeit dazu nehme.«

Wintergreen sah belustigt zu, wie die Katze das Spiel den ganzen Abend fortsetzte, von kurzen Unterbrechungen abgesehen, in denen sie etwas fraß oder sich ein Nickerchen gönnte. Und die Gäste machten gerne mit.

Wintergreen stand bei Mrs. Stanwick, als sie die Tür hinter dem letzten Gast absperrte. Gemeinsam blickten sie über den gefrorenen Garten und die dahinter liegenden Felder, die im Mondlicht glitzerten wie eine Märchenlandschaft.

»Gefällt Ihnen Ihre Arbeit, Mrs. Stanwick?«, fragte er beiläufig, als sie den Riegel vorschob.

»Wenn Sie damit meinen, ob ich mir ausgesucht habe, ein Gasthaus zu betreiben, lautet die Antwort nein, Mr. Harding«, entgegnete sie lächelnd. »Wenn Sie aber wissen wollen, ob mir mein Leben hier gefällt, würde ich sagen ja. Ich führe ein ordentliches Gasthaus und verdiene damit ganz gut. Ich bin zufrieden.«

»Aber eine Frau wie Sie ...«, begann er, brach jedoch gleich wieder ab. Das hatte er eigentlich nicht sagen wollen, selbst wenn er es dachte. Eine Frau wie Marguerite Stanwick sollte nicht Menschen bedienen, die ihr in puncto Umgangsformen und Bildung nicht das Wasser reichen konnten.

»Eine Frau wie ich muss wie viele andere allein stehende Frauen auch ihren Lebensunterhalt bestreiten«, führte sie seinen Satz lächelnd zu Ende. »Und ich habe noch Glück. Ich kann mich gleichzeitig um meinen Sohn kümmern. Was sollte ich mir mehr wünschen?«

Ja, was? Sie schien so aufrichtig, dass es ihm schwer fiel

zu glauben, sie könnte ein falsches Spiel spielen. Vielleicht war die ganze Angelegenheit mit den Briefen ja ein Missverständnis. Vielleicht hatte sie ja etwas ganz anders gemeint.

Zu seiner Überraschung wandte sie sich ihm mit einem herzlichen Lächeln zu. »Es ist sehr nett von Ihnen, sich um mein Wohlergehen zu sorgen, Mr. Harding«, sagte sie. »Und noch freundlicher war es, Grant nicht die Hammelbeine lang zu ziehen für seine unglaubliche Dummheit. Ich versichere Ihnen, dass ich mir den jungen Mann morgen früh vorknöpfen werde.«

»Seien Sie nicht zu streng mit ihm«, sagte Wintergreen und beugte sich leicht zu ihr vor. »Ich hatte einen Bruder, der Grant sehr ähnlich war. Tatsächlich könnte Ihr Sohn sein Zwilling sein, vom Alter einmal abgesehen natürlich.«

»Dann ist Ihr Bruder auch ein solcher Pferdenarr?«, fragte sie, ihr Lächeln so warm und anziehend, dass er sich unwillkürlich noch weiter vorbeugte.

Wintergreen schüttelte den Kopf. »Das war er mal. Früher. Er ist schon lange tot.«

Ihr Lächeln erlosch. »Das tut mir Leid«, sagte sie ernst. »Ich weiß, wie es ist, einen Menschen zu verlieren, den man liebt.«

Er musterte sie, betroffen von dem Schmerz in ihren Augen. Es war nicht nur Schmerz über den Verlust ihres Vaters, sondern auch wegen Edward, auch wenn sein Tod schon so viele Jahre zurücklag. Seltsam, dass sie immer noch um ihn trauerte und gleichzeitig versuchte, aus ihrer Beziehung zu ihm Kapital zu schlagen.

Als er jedoch in ihre Augen schaute, vergaß er Edward vorübergehend. Gegen seinen Willen übte sie eine größere Anziehung auf ihn aus als jede andere vor ihr. Ihre Herzenswärme und ihr Mitgefühl für andere bewegten ihn. Er war ihr so nah, dass er die Luft anhielt und sie dann ganz sanft küsste. Als sie ihn gewähren ließ, zog er sie an sich und küsste sie erneut, diesmal leidenschaftlicher, wobei er alles ausblendete außer ihrer Nähe und seinem Verlangen.

Abrupt rückte er von ihr ab und musterte sie. Er ermahnte sich, nicht aus den Augen zu verlieren, mit was für einer Art Frau er es hier zu tun hatte. Er durfte nicht weich werden, und wie immer sagten Taten mehr als tausend Worte.

Wintergreen wünschte ihr eine gute Nacht und ging zu Bett, begleitet von Beast, der es offenbar immer noch auf seine Stiefel abgesehen hatte. Zweimal setzte er den Kater vor die Tür, aber als er am nächsten Morgen aufwachte, lag er eingerollt und leise schnurrend in der Kuhle in seinen Kniekehlen.

»Wenigstens hast du mich heute nicht geweckt«, bemerkte Wintergreen, als er Beast ein drittes Mal aus dem Bett warf. »Das war sehr rücksichtsvoll von dir.«

Er musterte den Kater streng. »Ich denke allerdings, dass du mehr Zeit mit deinen Leuten verbringen solltest und weniger mit mir. Ich bin nämlich ziemlich sicher, dass du weißt, wie ich zu dir stehe.«

Beast sah ihn eine Weile aus seinen goldenen Augen an, sprang dann zurück aufs Bett und ließ sich wieder auf der Decke nieder. Seufzend gab Wintergreen auf und schlief wieder ein. Es war sowieso viel zu kalt, um aufzustehen.

Als er das nächste Mal wach wurde, knisterte im Kamin ein Feuer, und Beast war verschwunden – vermutlich hatte Grant ihn mitgenommen, vielleicht ahnte er, dass Wintergreen nicht eben versessen war auf den pelzigen Bettgenossen.

Auf dem Weg zum Frühstück zögerte er kurz an der Tür zum Schankraum bei der Erinnerung an Beasts Attacke auf McDowell am Vorabend. Vorsichtig schlüpfte er durch die Tür, aber seine Umsicht erwies sich als überflüssig: Grant und Beast hockten vor dem Kamin und trainierten mit Papierbällen. Der Kater war viel zu sehr in sein Spiel vertieft, um irgendjemanden zu attackieren. Fasziniert beobachtete Wintergreen, wie die beiden den Ball fünfmal hin- und zurückschlugen, ohne dass er den Boden berührte.

»Damit könnte er im Zirkus auftreten«, sagte er und ging an ihnen vorbei zu einem behaglichen Plätzchen in der Nähe des Feuers.

»Ja, er ist richtig gut«, bestätigte Grant stolz. »Ich kenne keine andere Katze, die so geschickt wäre – und das sagen alle anderen auch. Ich habe mich schon oft gefragt, wer ihm das beigebracht haben mag.«

»Dann warst das nicht du?«

Grant schüttelte den Kopf. Mit einer Geste, die Wintergreen so sehr an Edward erinnerte, strich er sich das Haar aus der Stirn, wobei er darauf achtete, nicht an das Pflaster über seiner Kopfwunde zu kommen.

»War Beast schon hier, als ihr das Gasthaus übernommen habt? Oder ist er später dazugekommen?«

»O, der war schon hier, Sir. Jeder in der Gegend kennt Beast.«

Wintergreen nickte; er hatte sich selbst schon davon überzeugen können, dass der Kater hier bekannt war wie der sprichwörtliche bunte Hund. Neu war nur, dass Beast bereits im *Golden Lion* gewesen war, als Marguerite und ihr Sohn hergekommen waren.

»Los, Grant. Zeit für den Unterricht.«

Grant, Wintergreen und Beast wandten sich der Stimme zu. Clarence Channing stand steif in der Tür und betrachtete die Szene im Schankraum mit unverhohlener Missbilligung.

»Zu Ihren Diensten, Mr. Harding«, murmelte er mit einer leichten Verbeugung. »Grant, lass die Katze und komm mit ins Büro.«

Grant hatte sich Beast unter den Arm geklemmt und setzte ihn bei Channings Worten wieder ab.

»Wie ich gehört habe, hast du deiner Mutter gestern Abend einen Riesenschreck eingejagt, junger Mann«, bemerkte Channing, wobei er sich vergeblich bemühte, gleichzeitig väterlich und vorwurfsvoll zu klingen. Er blickte streng auf den Jungen herab und tätschelte ihm den Kopf. »Du solltest rücksichtsvoller sein.«

»Ja, Sir«, entgegnete Grant errötend und mied Channings Blick. Grant war sich durchaus bewusst, dass er einen Fehler gemacht hatte. Dennoch war ihm der Unmut auf seinen Lehrer deutlich anzumerken. Vermutlich war er der Meinung, dass es Mr. Channing nicht zustand, ihn zurechtzuweisen. Ohne auf seinen Lehrer zu warten, lief er voraus ins Büro.

»Er braucht eine strenge Hand«, bemerkte Channing an Wintergreen gewandt. »Er ist ein guter Junge, aber Mrs. Stanwick lässt ihm zu viele Freiheiten. Es mangelt ihm an Disziplin.«

Wintergreen sah dem Vikar an, dass er nur zu gerne für

die besagte Disziplin sorgen würde. Er dachte an Edward und hätte diesem großspurigen Pfaffen gerne die Meinung gesagt. Wie konnte der sich einbilden, er könne seinem Neffen Zucht und Ordnung beibringen.

»Sein Vater wird wohl für die nötige Führung sorgen, wenn er zurückkommt«, entgegnete Wintergreen, als wüsste er nicht, dass Mrs. Stanwick verwitwet war.

Channing musterte ihn überrascht. »Sein Vater ist tot. Mrs. Stanwick ist schon vor der Geburt des Jungen verwitwet.«

»Tatsächlich?« Wintergreen gab sich weiter ahnungslos.

»Ich dachte, Sie wüssten das.« Nach einer kurzen Pause fügte er hinzu: »Als Mann von Welt werden Sie verstehen, wie schwierig Mrs. Stanwicks Lage ist.«

»Ich schätze, eine Witwe und allein erziehende Mutter hat es immer schwer«, entgegnete Wintergreen.

»Das ist richtig, aber das habe ich nicht gemeint«, sagte Channing etwas ungeduldig, weil sein Gegenüber ihm offenbar nicht folgen konnte. »Sie sehen es doch sicher auch so, dass es kaum das Richtige ist für eine so gebildete und wohlerzogene Frau wie Mrs. Stanwick, ein Gasthaus zu führen. Und es ist auch nicht unbedingt das Umfeld, in dem ihr Sohn aufwachsen sollte.«

Wintergreen, der insgeheim derselben Meinung war, widersprach. »Mir scheint, dass die beiden hier ganz glücklich sind – vor allem Grant.«

»Sie haben doch selbst erlebt, was er gestern Nachmittag angestellt hat. Sich einfach Ihr Pferd zu nehmen und sich und das Tier in Gefahr zu bringen. Sie hätten sich beide den Hals brechen können!« Channing starrte Wintergreen an, als wäre der nicht ganz bei Sinnen.

»Haben sie aber nicht«, entgegnete Wintergreen ruhig.

»Aber das war nicht Marguerite zu verdanken, Mrs. Stanwick, meine ich«, verbesserte er sich hastig. »Er wusste, dass er keine Konsequenzen zu fürchten haben würde. Er tut, was er will. Sie setzt dem Jungen keine Grenzen.«

»So wie Sie es tun würden, nehme ich an«, meinte Wintergreen, der langsam ärgerlich wurde. Es spielte keine Rolle, dass er selbst die gleichen Gedanken gehabt hatte. Es war ihm zuwider, sich mit einem so engstirnigen, bornierten Spießer wie Channing auf eine Stufe zu stellen.

Der Vikar errötete und richtete sich zu seiner voller Größe auf – wobei er Wintergreen immer noch nur knapp bis zur Schulter reichte.

»Allerdings. Mrs. Stanwick weiß das, und sie schätzt meinen Rat und meine Unterstützung.«

»Und doch hat sie Sie in der gestrigen Angelegenheit nicht um Hilfe gebeten, nicht wahr?«

»Ich denke, das liegt nur daran, dass wir noch keine Gelegenheit hatten, uns in Ruhe über die Sache zu unterhalten«, entgegnete der Pfarrer bedauernd. »Ich bin sicher, dass sie mich hinterher bitten wird, den Jungen unter meine Fittiche zu nehmen. Wie schon gesagt, er braucht nur eine etwas strengere Hand.«

»So wie ich das sehe, ist Mrs. Stanwick durchaus dazu in der Lage, das Maß an Strenge aufzubringen, das sie für angemessen hält«, sagte Wintergreen trocken und dachte dabei an ihren leidenschaftlichen Einsatz für die alte Frau bei ihrer ersten Begegnung. »Ich denke, Sie bringen sich in große Schwierigkeiten, wenn Sie sich in ihre Privatangelegenheiten einmischen.«

Channings Gesicht nahm eine unvorteilhafte puterrote Färbung an. Er verneigte sich knapp und verließ den Schankraum in Richtung Büro.

»Vielen Dank, Mr. Harding«, sagte Mrs. Stanwick. »Ich bin zwar nicht auf Hilfe angewiesen, aber ich weiß es trotzdem zu schätzen, dass Sie sich für mich und Grant eingesetzt haben.«

»Ich weiß sehr wohl, dass Sie sehr gut alleine zurechtkommen, Ma'am«, entgegnete er, überrascht von ihrem plötzlichen Auftauchen. »Ich wusste gar nicht, dass Sie hier sind.«

Sie lächelte. »Ich war in der Vorratskammer«, erklärte sie und nickte in Richtung der Tür neben der Bar. »Und Mr. Channing hat ganz offensichtlich ebenso wenig geahnt, dass ich mithöre.«

Wintergreen grinste. »Er hatte auch so schon eine interessante Gesichtsfarbe, als er zum Unterricht gegangen ist. Wenn Sie ihm zusätzlich die Leviten gelesen hätten, wäre er heute wohl nicht mehr in der Verfassung gewesen, die Unterrichtsstunde abzuhalten.«

»Gepredigt hat er ja auch so schon genug. Damit dürfte er sein Pulver bereits verschossen haben.«

Sie schwieg einen Moment, schaute ihn dann offen an und lächelte warm. »Es war sehr nett von Ihnen, für uns einzutreten, Mr. Harding.«

Zu seiner eigenen Verblüffung wurde ihm leicht schwindlig. Er war so vertieft in ihre Augen, dass er nicht darauf achtete, wohin er die Füße setzte. Beast fauchte und heulte wütend auf, als er über ihn stolperte.

Zu seiner Erleichterung war der Bann hiermit gebrochen. Er riss den Blick von ihr los, um auf den Kater hinabzuschauen.

»Entschuldige, Beast«, sagte er und bückte sich, um den orangefarbenen Kopf zu streicheln.

Aber Beast fauchte nur und schlug zornig nach seiner Hand.

»Ich glaube, er nimmt Ihre Entschuldigung nicht an«, bemerkte Mrs. Stanwick belustigt.

»Das sehe ich«, entgegnete Wintergreen und musterte den Kater abschätzig. »Ich denke, wenn ich einen friedlichen Nachmittag verleben möchte, sollte ich Beast zu Mr. Channing und Grant ins Büro sperren. Würden Sie mir dabei helfen, Mrs. Stanwick?«

Sie schaute ihn an, und wieder hatte er das Gefühl, in ihren wunderschönen Augen zu ertrinken. »Ich denke, das ist eine gute Idee, Sir.«

Er erstarrte, als sie sanft eine Hand auf seine legte. »Ich nehme Beast. Von mir wird er es sich eher gefallen lassen.«

Sie zog ihre Hand zurück, aber er fühlte weiter ihre Wärme auf der Haut. Verärgert über seine eigenen Fantasien schüttelte er den Kopf, als könnte er so die Gedanken an sie loswerden, und schaute wieder auf den Kater. Das Tier erwiderte seinen Blick so eindringlich, dass er leises Unbehagen verspürte.

»Ich glaube, Sie haben Recht. Es ist wohl besser, ihn zu entfernen, bevor er sich auf mich stürzt«, sagte er schließlich, um Fassung bemüht. Er benahm sich fast wie ein mondsüchtiger Hänfling, der noch nie ein hübsches Gesicht gesehen hatte. »Ich würde dieser Katze durchaus zutrauen, wegen meiner Unachtsamkeit gerade eben Rachegedanken zu hegen.«

Erleichtert sah Wintergreen zu, wie sie das Tier hinausbrachte, dann machte es sich wieder vor dem Kamin gemütlich, um seine Gedanken zu ordnen. *Gut, dass ich Sperling nicht mitgebracht habe,* sagte er sich trocken. Er schauderte bei dem Gedanken daran, wie albern er sich vor Marguerite Stanwick aufgeführt hatte. Sperling hätte seinem Arbeitgeber mit Sicherheit nicht mehr denselben Respekt entgegengebracht, wenn er miterlebt hätte, wie dieser derart die Fassung verlor. Und das nur wegen eines hübschen Gesichts und einiger freundlicher Worte!

Diese Gedanken waren schlagartig vergessen, als die Tür zum Schankraum wieder aufging, und sein Herz tat einen Sprung, als er sie lächelnd hereinkommen sah. Sie hob die leeren Hände.

»Jetzt müssten Sie sicher sein, Sir«, sagte sie und setzte sich zu ihm auf die Bank. »zumindest vorübergehend. Ich fürchte allerdings, dass ich nicht dauerhaft dafür garantieren kann. Beast ist nämlich ziemlich nachtragend, wie Ihnen jeder der Stammgäste bestätigen kann. Jetzt unterstützt er aber erst einmal Mr. Channings Lateinunterricht mit tatkräftigem Schnurren.«

Wintergreen lächelte und stellte sich den Missmut des Vikars vor. Ebenso wusste er, dass Mr. Channing sich ärgern würde, weil Mrs. Stanwick nicht im Büro geblieben war. Wenn er ahnen würde, dass sie zurückgekommen war, um sich mit ihrem Gast zu unterhalten, wäre das für ihn bestimmt der Tropfen, der das Fass zum Überlaufen brachte.

»Sie lächeln, Sir?«, bemerkte sie. »Ist das vielleicht Schadenfreude, weil sie den Kater jemand anderem aufs Auge gedrückt haben?«

»Sie haben mich durchschaut«, erwiderte er, streckte die

Füße dem Feuer entgegen und bereitete sich auf eine wie er hoffte längere Unterhaltung vor. »Aber es ist auch der Gedanke daran, wie froh ich in Grants Alter gewesen wäre, wenn jemand meinen Lateinunterricht gestört hätte.«

»Dann waren Sie kein eifriger Schüler?« Wintergreen registrierte, dass sie immer noch sein Profil studierte. Ihm gefiel der Gedanke, dass sie sich offenbar zu ihm hingezogen fühlte, auch wenn sie ihn nur als James Harding kannte und nicht als Trevor Stanwick, Graf von Wintergreen. Und obwohl sie ihm bei ihrer ersten Begegnung so gar nichts hatte abgewinnen können.

»Ganz und gar nicht«, gestand er. »Um die Wahrheit zu sagen, ich galt allgemein als hoffnungsloser Fall. Ich wollte nur eins: gegen Bonaparte kämpfen. Ich träumte nur von Pferden, Schlachten und Ehre.«

»Tatsächlich? Und haben Sie diese Träume verwirklicht? Waren Sie in der Armee?«

Er nickte und sah sie an. »Ja, war ich.« Das Gespräch lief nicht so, wie er es geplant hatte. Er hatte eigentlich *sie* befragen wollen, um möglichst viel über *ihre* Vergangenheit zu erfahren. Stattdessen ließ er sich über sich selbst aus wie ein selbstverliebter Schuljunge.

»Und? Hat es Sie glücklich gemacht?« Sie musterte ihn ernst, als wäre die Antwort ihr wirklich wichtig. Er dachte eine Weile darüber nach. Er hatte sich schon viele Jahre nicht mehr gefragt, ob er glücklich war. Nicht mehr seit der verrückten Zeit, da er weggelaufen war, um in die Armee einzutreten – vor Edwards Tod und seiner eigenen Rückkehr in das von Konventionen beherrschte Dasein eines Lord Wintergreen.

»Ja, das hat es«, sagte er schließlich. »Ich glaube, ich bin nie wieder so glücklich gewesen wie in dieser Zeit.«

»Warum sind Sie nicht in der Armee geblieben?«, fragte sie neugierig und errötete gleich darauf verlegen. »Verzeihen Sie, das geht mich natürlich nichts an. Ich wollte nicht indiskret sein.«

»Das sind Sie nicht«, sagte er und nahm ihre Hand, als sie Anstalten machte, aufzustehen. Er wusste, dass sie diese Art von Vertraulichkeit normalerweise nicht tolerieren würde. Umso mehr freute es ihn, dass sie sitzen blieb, offenbar geneigt, noch etwas mehr Zeit mit ihm zu verbringen.

Einige Minuten saßen sie in freundschaftlichem Schweigen beisammen und schauten in die lodernden Flammen.

»Mein Mann hatte einen Bruder, der unter Wellington in Spanien gekämpft hat«, sagte sie schließlich. »Er war genau so, wie Sie sich selbst beschrieben haben. Edward hat erzählt, dass er schon als kleiner Junge nur Pferde und Soldaten im Kopf hatte.«

Er war entzückt, dass sie selbst das Gespräch auf das Thema gebracht hatte, das ihn am meisten interessierte. »Ich habe auch unter Wellington gedient, zumindest für kurze Zeit.«

»Vielleicht haben Sie ihn ja gekannt«, sagte sie eifrig. »Sein Name war Trevor Stanwick, und sein Vater – und natürlich Edwards – war Graf von Wintergreen.«

Wintergreen schüttelte den Kopf und musterte sie dabei aufmerksam. Das Strahlen verblasste wieder, und sie lächelte ein wenig verlegen.

»Das wäre wohl auch ein zu großer Zufall gewesen. Aber es hätte mich gefreut, jemanden zu kennen, der Kontakt zu

Edwards Familie hatte. Edward hat seinen Bruder sehr geliebt, wissen Sie.«

»Zweifellos hat sein Bruder seine Zuneigung erwidert«, sagte Wintergreen ein wenig hölzern. Sie sollte nicht denken, dass die Liebe einseitig gewesen war.

»Wahrscheinlich«, entgegnete sie, aber es klang ein wenig skeptisch. »Zumindest war Edward davon überzeugt.«

»Und was ist aus seinem Bruder geworden?«, fragte Wintergreen möglichst beiläufig. »Stehen Sie mit ihm in Kontakt? Sind Sie deshalb nach England gekommen?«

Sie schüttelte den Kopf, nicht einmal mehr den Hauch eines Lächelns auf den Lippen oder in den Augen. »Vielleicht hat Edward sich ja getäuscht, was seine Beziehung zu seinem Bruder betraf«, sagte sie und starrte dabei ins Feuer. »Nachdem Trevor den Titel seines Vaters geerbt hat, hat er nicht das geringste Interesse an Edwards Tod oder auch an seiner Frau und seinem Kind bekundet. Ich nehme an, er hielt es für unter seiner Würde, uns zur Kenntnis zu nehmen.«

Wintergreen zwang sich, tief durchzuatmen, obwohl er so wütend war, dass er kaum sprechen konnte. Schließlich gelang es ihm, ihr scheinbar ruhig zu antworten. Diese Frau wusste ja nicht, was sie da sagte! Sie schien zu glauben, dass der Titel ihm mehr bedeutet hatte als Edward. Was für ein Unsinn!

»Das ist ein schwerer Vorwurf, den Sie da gegen Ihren Schwager erheben. Wie kommen Sie darauf?«

»Ich habe lediglich eine Tatsache festgestellt«, entgegnete sie schlicht und hielt dabei die Hände mit den Handflächen nach oben vor sich. »Als Edward gestorben ist, habe ich seinem Vater geschrieben, aber nie eine Antwort erhalten. Ich hatte einen Brief beigelegt, der an Edwards Bruder weitergeleitet werden sollte, da ich damals nicht wusste, wo er zu erreichen war.«

Sie wandte das Gesicht wieder dem Feuer zu. »Auch von ihm habe ich nie etwas gehört. Edward wurde in New Orleans bestattet, und das Begräbnis hat mich meinen letzten Cent gekostet. Hätte mein Vater mich nicht zu sich geholt, wäre ich wahrscheinlich verhungert. Ich hatte nicht mehr sehr viel Lebensmut, wissen Sie.«

»Waren Sie denn ganz allein auf sich gestellt, bis Ihr Vater Sie geholt hat?«, fragte er, wider Willen berührt von ihrem aufrichtigen Tonfall.

Sie nickte zögernd. »Da war meine Schwester Marilee.«

»Und die hat Ihnen geholfen?«

Wieder nickte sie. »Marilee war aber noch sehr jung, erst dreizehn. Mein Vater hatte sie in Edwards und meine Obhut gegeben, bis er in Boston eine Unterkunft gefunden hatte.«

»Sie muss Ihnen trotz aller Jugend ein Trost gewesen sein in dieser schweren Zeit«, sagte er sanft.

Mrs. Stanwick zuckte die Achseln. »Wahrscheinlich schon. Jedenfalls hat sie getan, was sie konnte.«

Wintergreen fand diese Bemerkung ungewöhnlich gegenüber der jüngeren Schwester, und er musterte sein Gegenüber neugierig. »Und wo ist Ihre Schwester jetzt?«, fragte er. Ihm ging durch den Kopf, wie glücklich er wäre, wenn Edward noch leben würde. »Stehen Sie einander nahe?«

Es dauerte eine Weile, ehe sie antwortete. »Marilee ist tot«, sagte sie schließlich leise.

Wintergreen war sichtlich betroffen. »Entschuldigen Sie,

dass ich mich in Ihre Privatangelegenheiten eingemischt habe. Bitte verzeihen Sie mir meine Neugier, Mrs. Stanwick.«

Sie nickte und schaute wieder ins Feuer. Wintergreen stellte keine weiteren Fragen, und so saßen sie eine Weile schweigend da und sahen in die Flammen.

Die Beschaulichkeit fand jedoch ein jähes Ende. Beast stürmte herein, wickelte sich fauchend um Wintergreens Stiefel und krallte sich derart daran fest, dass es Mrs. Stanwick und Grant, der kurz nach seinem Kater hereinkam, nur mit größter Mühe gelang, ihn mit sanfter Gewalt zu entfernen.

»Also wirklich, Beast!«, rief der Junge aus. »Mr. Harding muss ja denken, du hättest gar keine Manieren!«

Da dies exakt Mr. Wintergreens Meinung entsprach, fiel ihm keine passende Erwiderung ein. Nur Mr. Channing, der die Szene mit kühler Missbilligung von der Tür aus beobachtete, bemerkte: »Sie sollten ein solches Tier nicht behalten, Mrs. Stanwick. Ich habe Ihnen immer wieder gesagt, dass man ihn erschießen sollte.«

Alle – Beast ausgenommen – starrten ihn an.

»Wie können Sie so etwas sagen!«, rief Grant mit vor Wut geröteten Wangen. »Er gehört nicht Ihnen, und es steht Ihnen nicht zu, so etwas zu sagen!«

»Es steht mir sehr wohl zu, weil ich mich um dein Wohl sorge, junger Mann – und um das deiner Mutter«, entgegnete Mr. Channing ernst, ungerührt vom Zorn seines Schülers. »Diese Katze macht doch nichts als Ärger.«

»Ich kann Ihnen versichern, dass ich mit diesem Problem ganz gut alleine fertig werde, Mr. Channing«, stellte Mrs. Stanwick fest, die immer noch damit beschäftigt war, Wintergreens Stiefel aus der Umklammerung des Katers zu befreien.

»Das sieht man«, entgegnete Channing spöttisch und verneigte sich knapp. »Ich muss jetzt gehen. Die Pflicht ruft. Aber wie Sie wissen, stehe ich Ihnen stets zu Diensten. Sollten Sie sich doch dazu entschließen, in dieser Sache das einzig Vernünftige zu tun, werde ich mich des Katers gerne annehmen.«

Nach einer weiteren knappen Verbeugung wandte er sich ab und verließ den Schankraum.

»Das ist doch die Höhe!«, schimpfte Grant. »Hast du gehört, was er gesagt hat? Er will Beast erschießen!« Er befreite Wintergreens malträtierten Stiefel von den letzten Krallen, die der Kater tief ins Leder gegraben hatte, und landete mitsamt seinem Haustier auf dem Fußboden. Grant drückte die zornige Katze an sich und blickte auf die beiden Erwachsenen.

»Er versteht einfach nicht, was Beast dir bedeutet, Grant«, sagte seine Mutter tröstend. »Er sieht in der Katze nur einen Störfaktor.«

»Einen sehr persönlichen«, erwiderte Grant bitter. »Er ist der Meinung, dass Beast seinen Unterricht stört und ihn außerdem daran hindert, sich ganz auf dich zu konzentrieren.«

Grant schwieg einen Moment, dann leuchteten seine Augen auf. »Erinnerst du dich noch an sein Gesicht, als Beast ihm vom Kaminsims aus auf die Schulter gesprungen ist? Er wollte dir gerade die Hand küssen und wäre fast vornüber auf die Nase gefallen. Er hat sich fast zu Tode erschrocken!«

Wintergreen registrierte befriedigt, dass Mrs. Stanwick sich bei der Erinnerung ein Lachen verkneifen musste. Er wäre selbst gerne Zeuge der Szene gewesen, die den arroganten Vikar zweifellos tief in seinem Stolz getroffen hatte.

Der Abend verlief sehr angenehm. Im Schankraum herrschte reger Andrang, nachdem es gegen Mittag deutlich wärmer geworden war, und Wintergreen vertrieb sich erneut die Zeit damit, die Stammgäste bei ihren Spielen mit Beast zu beobachten. Es war nicht zu übersehen, dass die Katze an dem Wettbewerb ebenso viel Spaß hatte wie die Männer. Channing hätte unter den Anwesenden schwerlich einen gefunden, der seine Meinung geteilt hätte, Beast gehöre erschossen. Sogar McDowell, der am häufigsten von Beast attackiert wurde, hatte seinen Spaß an den kleinen Machtkämpfen und hegte ganz offensichtlich große Zuneigung für seinen Widersacher.

Wintergreen wollte am nächsten Morgen abreisen und nach London zurückkehren, war sich aber immer noch nicht schlüssig, wie es weitergehen sollte. Ursprünglich hatte er vorgehabt, Mrs. Stanwick vor seiner Abreise seine wahre Identität zu enthüllen und ihr mitzuteilen, dass es für sie besser wäre, ihn nicht mit weiteren Briefen zu belästigen. Jetzt war er unsicher. Nur eins stand fest: Er würde dafür sorgen, dass es Edwards Sohn an nichts mangelte.

Nur hielt er es inzwischen nicht mehr für ausgeschlossen, dass Edward Mrs. Marguerite Stanwick doch geheiratet haben könnte. Sie war sicher keine Frau für eine Affäre, egal, wie diskret das Arrangement auch sein mochte. Und doch ... sein Vater hatte keinen Brief aus New Orleans an ihn weitergeleitet, und es war auch kein solches Schreiben in seinem Nachlass gefunden worden. Auch eine Heirat hatte der alte Lord mit keinem Wort erwähnt, sondern ihm lediglich Edwards Tod mitgeteilt.

»Worüber grübeln Sie so ernst nach, Mr. Harding?«, fragte Mrs. Stanwick und ließ sich an seiner Seite nieder. »Eben haben Sie noch über Beasts Kapriolen gelacht, und dann ganz plötzlich sind sie ernst geworden und waren in Gedanken meilenweit weg.«

»Ich schätze, das war ich wohl auch«, erwiderte er lächelnd. Wie kam es, dass er sich so gerne mit dieser Frau unterhielt? Immerhin war sie ihm bei ihrer ersten Begegnung in London alles andere als sympathisch gewesen. Er hatte sie zwar hübsch gefunden, aber aufgrund ihrer scharfen Zunge alles andere als anziehend. Hinzu kamen seine Skrupel, Gefallen an ihr zu finden. Immerhin war sie vielleicht seine Schwägerin.

Sie musterte ihn einen Moment und legte dann eine Hand an seine Wange.

»Ich konnte Sie gar nicht leiden, als wir uns in London begegnet sind«, sagte sie, unbewusst seine eigenen Gedanken reflektierend. »Ich fand Sie arrogant und kaltherzig.«

Sie lächelte, und wie so oft in den letzten zwei Tagen hatte er das Gefühl, in ihren Augen zu ertrinken.

»Ich fürchte, ich habe das getan, was mein Vater mir oft vorgeworfen hat: Ich habe vorschnell geurteilt«, gestand sie. »Ich habe mich in Ihnen getäuscht.«

Wintergreen rutschte unbehaglich auf der Bank hin und her. »Da bin ich mir nicht so sicher. Ich hatte die Frau, die nach dem Zusammenstoß mit dem Bettler gestürzt war, wirklich nicht bemerkt, aber wenn ich ehrlich bin, hätte ich mich andernfalls wahrscheinlich auch nicht anders verhalten.«

»Das glaube ich nicht«, sagte Mrs. Stanwick entschieden. »Ich denke, Sie unterschätzen Ihre eigene Freundlichkeit. Denken Sie nur daran, wie Sie reagiert haben, nachdem Grant sich unerlaubt Ihr Pferd ausgeborgt und es dann auch noch verletzt zurückgebracht hat. Außerdem wollten Sie persönlich bei Wind und Wetter losreiten, um die beiden zu suchen.«

»Er war selbst verletzt, und er hat die Verantwortung übernommen für das, was er getan hatte. Er hat nicht versucht, die Schuld auf jemand anderen abzuwälzen oder sich mit irgendwelchen Ausflüchten herauszureden. Das ist eine sehr seltene Charaktereigenschaft, erst recht bei einem Jungen seines Alters.«

»Ja, er war schon immer sehr aufrichtig«, pflichtete Mrs. Stanwick ihm bei. »Das ist eine seiner liebenswertesten Eigenschaften. Er hat mir immer viel Freude gemacht. Es wird mir sehr schwer fallen, ihn auf ein Internat zu schicken, aber ich fürchte, mir wird nichts anderes übrig bleiben. Mr. Channing meinte, es wäre an der Zeit.«

Wintergreen ging durch den Kopf, dass der Vikar es zweifellos eilig hatte, sich den Jungen vom Hals zu schaffen, damit er sich stattdessen seiner Mutter widmen konnte, behielt den Gedanken jedoch für sich.

»War Grant mit Ihnen in London? Haben Sie sich dort Schulen angesehen?«

Mrs. Stanwick schüttelte den Kopf. »Ich war in einer anderen Privatangelegenheit dort«, antwortete sie in einem Tonfall, der deutlich machte, dass sie sich nicht weiter darüber auslassen wollte.

Eine Privatangelegenheit! Ihm fiel der zweite Brief ein. Bestimmt war sie deswegen in der Stadt gewesen. Aber wie sollte er das »Erpresserschreiben« mit der Frau in Verbindung bringen, die jetzt neben ihm saß?

Er schaute sie an und versuchte, die Briefe aus seinem Gedächtnis zu streichen. Sie erwiderte seinen Blick. Sie waren so ineinander versunken, dass sie nichts anderes wahrnahmen. Die letzten Gäste gingen, und Grainger folgte ihnen, um die Tür zu verriegeln. Beast war verschwunden; vermutlich lag er wie gewöhnlich bei Grant im Bett.

»Ein Penny für Ihre Gedanken?«, murmelte sie, als er sich zu ihr hinüberbeugte.

»Eines Tages werde ich sie Ihnen verraten«, sagte er ebenso leise, zog sie an sich und küsste sie. Wann das sein würde und was für Gedanken das dann sein würden, konnte er noch nicht sagen. Im Augenblick genügte es, dass sie zusammen waren.

Er hielt sie fest an sich gedrückt, das Gesicht an ihr duftendes, dunkles Haar geschmiegt, bis sie Grainger zurückkommen hörten. Sie rückte sanft von ihm ab und strich ihr Kleid glatt. Als der Barmann hereinkam, sagte sie: »Ist es sehr kalt heute Nacht, Grainger? Werden unsere Gäste nach Hause kommen, ohne sich zu erkälten?«

Der Ober grinste sie an. »McDowell und die anderen haben so viel Alkohol im Blut, dass Kälte ihnen nichts anhaben dürfte. Außerdem ist es etwas wärmer geworden. Es taut.«

»Ich denke, ich werde morgen abreisen«, sagte Wintergreen widerstrebend. Der überraschte Ausdruck auf ihrem Gesicht, als sie sich ihm wieder zuwandte, schmerzte ihn. »Wenn es nicht mehr glatt ist, muss ich mich auf den Weg machen.«

»Müssen Sie?«, entgegnete sie abwesend und drehte eine Falte ihres Kleides zwischen den Fingern. »Wir werden Sie vermissen – vor allem Grant und Beast natürlich.«

»Ich werde Sie auch vermissen. Aber ich werde Sie bald wieder besuchen.«

»Natürlich«, entgegnete sie mit einer Leichtigkeit, von der

er wusste, dass sie gespielt war. »Sie sind uns jederzeit willkommen. Wir freuen uns immer, wenn Gäste wiederkommen, nicht wahr, Grainger?«

»Ja, Missus«, bestätigte er und schaute von ihr zu Wintergreen. »Ich werde Joseph Bescheid geben, dass er Ihre Kutsche morgen früh bereithalten soll.«

»Danke.« Wintergreen war sich bewusst, dass er vom Freund zum gewöhnlichen Gast degradiert worden war. »Wir sehen uns morgen früh, Ma'am«, fügte er an die Hausherrin gewandt hinzu und verabschiedete sich mit einer Verbeugung.

»Natürlich«, erwiderte sie mit einem etwas starren Lächeln. »Bevor Sie abreisen, bekommen Sie noch ein warmes Frühstück. Wir erlauben unseren Gästen nicht, uns hungrig zu verlassen.«

Als er die Treppe hinaufging, war er überrascht von der inneren Leere, die er empfand. Sie hatte ihm, bildlich gesprochen, die Tür vor der Nase zugeschlagen. Sie war die Wirtin und er nur ein guter Gast. Mehr war nicht mehr zwischen ihnen. Er fragte sich, ob sie vielleicht auf mehr gehofft hatte. Schließlich schien Mr. Harding ja offensichtlich ein wohl situierter Gentleman zu sein. Jedenfalls wäre er mit Sicherheit ein besserer Fang als der Vikar. Vielleicht hatte sie ja auch überlegt, ob er ihr helfen würde, eine Einigung mit Graf Wintergreen zu erreichen.

Er konnte lange nicht einschlafen, und als er schließlich doch eindöste, wusste er immer noch nicht, wie er in der Angelegenheit Marguerite Stanwick weiter verfahren sollte. Die Klarheit, mit der er angereist war, war jedenfalls dahin.

Auch am Morgen war er einer Entscheidung nicht näher, aber wenigstens blieb er von Beast verschont. Wintergreen packte seine Sachen, um gleich nach dem Frühstück aufbrechen zu können. Er schnitt eine Grimasse, als er die Stiefel anzog und die Kratzer am Schaft sah. Appelby würde sich furchtbar aufregen. Er wusste, dass der Kammerdiener bereits beleidigt war, weil er ihn nicht mitgenommen hatte, und wenn er zu allem Überfluss auch noch mit zerkratzten Stiefel zurückkehrte, würde es mit seinem Seelenfrieden vollends vorbei sein.

Wintergreen stieg steif die Treppe hinunter, deren frisch gewachste Stufen in der Morgensonne schimmerten. Aus einem unerfindlichen Grund hob sich plötzlich seine Laune. Er würde schon eine Lösung finden und zumindest für den Jungen aufkommen. Wenn Marguerite Stanwick die anständige Pfarrerstochter war, die sie zu sein vorgab, würde sich sicher alles zum Guten wenden. Und wenn nicht – er zuckte bei dem Gedanken die Achseln –, würde er sich mit diesem Problem befassen, wenn es so weit war. Er hatte schon Schlimmeres gemeistert.

Er war so in seine Gedanken vertieft, dass er den Schatten über sich nicht wahrnahm, als er den Zwischenabsatz erreichte. Als Beast vom Geländer weiter oben auf seine Schulter sprang, war Wintergreen auf den Angriff in keinster Weise vorbereitet. Er verlor das Gleichgewicht und stürzte mitsamt dem Kater die restlichen Stufen hinunter. Hart schlug er auf dem Steinboden im Erdgeschoss auf und rutschte unaufhaltsam auf den gusseisernen Türstopper in Gestalt eines sitzenden Löwen zu.

Als er wieder zu sich kam, registrierte er als Erstes ein unangenehmes Hämmern, dessen Ursprung er erst nach einigen Sekunden lokalisieren konnte: Es war in seinem Kopf. Schwach hob er eine Hand, um der Ursache auf den Grund zu gehen, aber jemand packte mit festem Griff sein Handgelenk.

»Lassen Sie das«, sagte eine schroffe, fremde Stimme. »Sie machen es nur noch schlimmer, wenn Sie dran rumfummeln.«

Mühsam schlug er die Augen auf. Ein beleibter Mann mit grauem Haar und gepflegtem grauen Schnauzbart musterte ihn väterlich.

»Ich bin gerade erst mit dem Nähen der Wunde fertig geworden, Sir. Fassen Sie die Nähte nicht an.«

»Nähte?«, wiederholte Wintergreen benommen. »Sie haben meinen Kopf genäht?«

»Zehn Stiche, Sir, und eine verdammt ordentliche Naht, wenn ich so sagen darf. Erst kürzlich habe ich zu meiner Frau gesagt, dass ich ebenso gut mit Nadel und Faden umgehen kann wie sie.«

Die Erinnerung kehrte langsam zurück, und er zuckte leicht zusammen bei der Erinnerung an den Löwen, auf den er unaufhaltsam zugeschossen war.

»Ich kann mich wohl noch glücklich schätzen, dass ich mit zehn Stichen davongekommen bin«, murmelte er.

Der Arzt blickte anerkennend auf ihn herab. »Das können Sie laut sagen, Sir. Das hätte böse ausgehen können. Aber sie hatten einen Schutzengel. Nur zehn Stiche und einen Gips.«

»Gips?«, fragte Wintergreen verdattert. »Was für ein

Gips?« Er versuchte, den Kopf zu heben, um an sich herabzusehen.

»Bleiben Sie still liegen, Sir«, schimpfte der Arzt. »Sie haben sich bei dem Sturz das rechte Bein gebrochen, aber ich habe es gerichtet und eingegipst. Wenn sie allerdings zu sehr herumzappeln, machen Sie meine gute Arbeit zunichte und behalten womöglich ein Hinken zurück, weil der Knochen nicht ordentlich zusammenwächst.«

Wintergreen ließ sich auf das Kissen zurücksinken. Das hatte ihm gerade noch gefehlt. Jetzt saß er hier fest, dem Arzt, Beast und Marguerite Stanwick hilflos ausgeliefert. Einen kurzen Augenblick fragte er sich, ob sie den Zwischenfall möglicherweise arrangiert hatte, um endlich zu bekommen, was sie für ihren Sohn forderte.

Dann erinnerte er sich, dass Beast mit ihm zusammen die Treppe heruntergefallen war. Da er wusste, wie sehr Grant an dem Tier hing, fragte er: »Wie geht es dem verfluchten Kater?«

»Beast geht es gut, Sir«, sagte eine helle Stimme von der anderen Bettseite. In diese Richtung hatte Wintergreen noch gar nicht geschaut. Jede Bewegung tat höllisch weh. »Es tut mir so Leid, Lord Wintergreen. Bisher ist durch ihn noch nie jemand ernsthaft zu Schaden gekommen.«

»Komm hierher, damit ich dich sehen kann, Grant«, befahl er, und der Junge trat in sein Sichtfeld. Der Junge hatte geweint, auch wenn er das natürlich nie zugeben würde.

Trotz seiner Wut auf den Kater brachte er es nicht übers Herz, den Jungen zu schelten. Stattdessen hörte er sich sagen: »Ich bin auf der Treppe ausgerutscht, Grant. Beast war nicht wirklich schuld an dem Sturz.« Niemand war Zeuge des Zwischenfalls gewesen, wer also sollte ihm widersprechen?

Die Züge des Jungen erhellten sich. »Wirklich, Sir? Es war gar nicht Beast? Ich war sicher, dass er schuld wäre, weil er neben Ihnen hockte, als wir Sie nach dem Lärm gefunden haben. Mr. Channing meinte, Beast hätte es endlich geschafft, jemanden umzubringen.«

»Reizende Bemerkung«, brummte Wintergreen und dachte bei sich, dass dieser Mr. Channing nicht unbedingt der mitfühlendste Mensch unter Gottes Sonne war. »Ich nehme an, das hat ihn mehr interessiert, als mir zu helfen.«

»Meine Mutter hat gesagt, er solle gehen, wenn er nicht mehr beizutragen habe als überflüssige Bemerkungen. Sie hat die Blutung gestillt, und Grainger hat einen der Stallburschen geschickt, Mr. Watley zu holen.«

»Sie war so klug, Sie nicht zu bewegen, bis ich eingetroffen bin«, fügte der Doktor hinzu. »Sie hatte Sie zugedeckt, um Sie warm zu halten, aber ansonsten durfte Sie niemand anrühren. Sie können ihr wirklich dankbar sein, Sir.«

»Natürlich, das bin ich auch«, entgegnete Wintergreen abwesend, in Gedanken jedoch ganz woanders. Grant hatte ihn mit seinem richtigen Namen angesprochen, wie ihm gerade erst bewusst geworden war. Woher kannte er seinen Namen?

»Ist deine Mutter in der Nähe? Ich würde mich gerne bei ihr bedanken.«

Grant nickte und eilte davon.

»Ich möchte gerne allein mit Mrs. Stanwick sprechen«, teilte Wintergreen dem Arzt mit, der am Fußende des Bettes stand.

»Selbstverständlich, Sir. Aber es sollte ein kurzer Besuch bleiben. Sie brauchen Ruhe.«

Er ging hinaus, als Mrs. Stanwick das Zimmer betrat, und schloss leise die Tür hinter sich. Langsam kam sie näher, ohne ihn anzusehen.

»Kann ich etwas für Sie tun, Lord Wintergreen?«, fragte sie kühl, den Blick auf einen Punkt oberhalb seines Kopfes geheftet.

»Ich wollte mich für Ihre Hilfe bedanken, Mrs. Stanwick. Wie ich hörte, haben Sie sich nach dem Unfall um mich gekümmert.«

»Gern geschehen. Das hätte ich für jeden anderen auch getan.«

»Das weiß ich«, sagte er mit einem leisen Lächeln, und das stimmte. Egal, ob Freund oder Feind, Gast oder Fremder, Marguerite Stanwick wäre sofort zur Stelle gewesen.

Stille senkte sich herab. Sie hatte ihn in ihrem eigenen Zimmer untergebracht, da es das einzige Zimmer im Erdgeschoss war. Es war schlicht, aber blitzblank, genau so wie er es sich vorgestellt hatte.

Als er die Hoffnung aufgegeben hatte, dass sie von sich aus noch etwas sagen würde, fragte er: »Darf ich fragen, wie Sie meine wahre Identität aufgedeckt haben?«

»Sie meinen, woher ich weiß, dass Sie nicht Mr. Harding sind, sondern Graf Wintergreen, Edwards Bruder?«, fragte sie, wobei sie ihn immer noch nicht ansah.

»Nach Ihrem Sturz war ich so frei, Ihr Gepäck durchzusehen. Ich habe nach einer Adresse gesucht oder einem Namen, um bei Ihnen zu Hause Bescheid zu geben.«

»Ich verstehe. Und was haben Sie gefunden?«

»Das.« Sie nahm einen zusammengefalteten Brief aus der Tasche, den sie ihm reichte.

Widerwillig nahm er ihn entgegen und erkannte die Nachricht an Sperling, die er nicht abgeschickt hatte. Sie trug seinen Namen und sein Siegel.

»Darf ich fragen, was Sie hier wollten und warum Sie unter falschem Namen abgestiegen sind?« Sie vermied es immer noch, ihn anzusehen, ihre Stimme so steif wie die gestärkte Schürze der Köchin.

Sie war ein einziger wandelnder Vorwurf, und Wintergreen ärgerte sich über diese geheuchelte Unschuld.

»Was hätte ich denn Ihrer Meinung nach tun sollen? Wie sollte ich sonst reagieren angesichts Ihrer unverschämten Forderungen an mich?«

»Unverschämte Forderungen?«, wiederholte sie verständnislos. Wenigstens sah sie ihn jetzt an, wie er befriedigt feststellte.

Er nickte. »Ich habe Ihre Briefe erhalten, Mrs. Stanwick – sofern das wirklich Ihr Name ist –, in dem Sie verlangen, dass ich Ihren Sohn als Edwards rechtmäßigen Erben anerkenne und meinen Titel an ihn abtrete.«

Wenn in ihren Augen schon bei ihrer ersten Begegnung ein Sturm getobt hatte, stürmte jetzt ein wahrer Orkan in ihnen.

»Ich habe Ihnen nicht geschrieben. Wie können Sie es wagen, so etwas zu behaupten! Und wie können Sie an der Richtigkeit meines Namens zweifeln!«

Abrupt wandte sie sich ab, aber Wintergreen rief sie zurück, noch ehe sie an der Tür war. »Dann verraten Sie mir eins, Mrs. Stanwick. Wenn das wirklich Ihr Name ist und

Sie wirklich mit meinem Bruder verheiratet waren, dann beschreiben Sie mir das Mal an seiner rechten Schulter!«

Ihm wurde ganz kalt, als sie ihn nur wortlos ansah, bevor sie das Zimmer verließ und die Tür leise hinter sich schloss.

Sie wusste es nicht! Edward hatte ein ungewöhnliches, braunes, sternförmiges Mal an der rechten Schulter gehabt. Seine Frau hätte es kennen müssen, aber Marguerite, wie auch immer sie heißen mochte, hatte es offenbar nie gesehen.

Er starrte an die Decke und dachte darüber nach. Was war dann mit dem Jungen? Er war zweifellos Edwards Sohn. Und wenn er ein Kind der Liebe war, warum wusste Marguerite dann nichts von dem Muttermal?

Ein stechender Schmerz durchzuckte ihn, als er versuchte, das Bein zu bewegen, und als er wieder zu sich kam, war es wieder Morgen. Noch bevor er die Augen aufschlug, verriet ihm ein lautes Grollen, dass Beast es sich auf seinem Bett bequem gemacht hatte, und die Wärme an seiner linken Seite machte es ihm leicht, den Kater zu lokalisieren.

»Vor dir gibt es wirklich kein Entrinnen, was?«, sagte er und starrte den Kater stirnrunzelnd an. Dessen Augen flackerten, und er schlug träge mit einer Pfote nach Wintergreens Schulter.

»Na wunderbar. Jetzt, wo ich mich nicht mehr rühren kann, setzt du zum Todesstoß an, was?«, knurrte er. Aber zu seiner Überraschung machte der Kater keine Anstalten, ihn anzuspringen, sondern blieb schnurrend an ihn gekuschelt liegen.

»Ich hoffe, du hast es auch bequem, Beast. Ich fände es wirklich furchtbar, wenn ich dich in irgendeiner Weise stören würde.«

»Soll ich ihn wegnehmen, Sir?«, fragte Grant, der eben mit einem Frühstückstablett hereinkam. »Ich hätte ihn schon früher weggeholt, aber er wollte letzte Nacht einfach nicht bei mir bleiben. Meine Mutter hat an Ihrem Bett gewacht und gesagt, Beast hätte die ganze Zeit nur schnurrend dagelegen.«

»Deine Mutter hat an meinem Bett gewacht, sagst du? Das war aber sehr aufmerksam von ihr.«

»Sie fühlt sich verantwortlich«, erklärte der Junge in vertraulichem Tonfall. »Egal, ob Sie nun ausgerutscht sind oder Beast schuld war an Ihrem Sturz, sie fühlt sich dafür verantwortlich.«

»Du kannst sie beruhigen, Grant. Ich habe nicht vor, sie anzuzeigen. Sie braucht sich keine Sorgen dahingehend zu machen.«

Grant war sichtlich schockiert. »O nein, das ist nicht der Grund, warum ihr das so nahe geht, Lord Wintergreen. Es tut ihr nur so Leid, dass das passiert ist.«

»Ach ja?« Er war gerührt von der hohen Meinung des Jungen, aber seine persönlichen Erfahrungen mit Menschen hatten ihn misstrauisch gemacht. Zweifellos fürchtete die Wirtin, er könne von ihr eine Entschädigung verlangen oder zumindest die Erstattung ihm entstandener Kosten. »Würdest du deine Mutter herbitten?«

Aus einem unerfindlichen Grund errötete der Junge bis in die Haarwurzeln und murmelte: »Ich glaube, sie ist gerade sehr beschäftigt, Sir. Vielleicht kann sie es irgendwann später einrichten.«

»Sie will mich nicht sehen, habe ich Recht?« Der Junge schüttelte den Kopf.

»Verzeihen Sie, Lord Wintergreen, aber ich muss jetzt zum Unterricht. Ich komme aber hinterher wieder vorbei.«

Sich selbst überlassen, musterte Wintergreen den Kater, der seinen Blick gelassen erwiderte. »Und womit sollen wir beide uns nun die Zeit vertreiben?«, fragte er.

Er ließ den Blick durch den Raum schweifen und sah den Brief, den Marguerite aus seinem Gepäck genommen hatte, auf dem Nachttisch liegen. Er nahm ihn, riss ein Stück von dem Brief ab und zerknüllte es zu einer kleinen Papierkugel. Beast erkannte, was es mit diesen Vorbereitungen auf sich hatte, begab sich ans Fußende des Bettes und setzte sich auf die Hinterbeine, bereit für eine Partie Schmetterball.

»Also los, Beast!«, sagte Wintergreen grimmig und warf die Kugel dem Kater zu, der sie prompt zurückschlug.

Den ganzen langen Nachmittag vertrieben sie sich auf die gleiche Art, wobei Wintergreen lange vor Beast aufgab. Schließlich ließ Wintergreen sich in die Kissen zurücksinken und schlief ein, der Kater zusammengerollt an seiner Seite, beide leise schnarchend.

Als Wintergreen aufwachte, war es draußen dunkel geworden, und ein Feuer im Kamin diente im Zimmer als einzige Lichtquelle. Auf dem Nachttisch lag ein Stapel Blätter, offenbar Schmierblätter von Grant, obenauf eine Notiz, dass er diese gerne zu Papierkugeln für Beast verarbeiten könne. Wintergreen grinste, und er und der Kater begannen eine neue Partie. Aber nach einer Stunde hatte er genug. Er wünschte sich vor allem ein Gespräch mit Marguerite Stanwick.

Wütend über seine eigene Hilflosigkeit und noch mehr wegen ihrer Weigerung, ihn zu sehen, stand er schließlich umständlich auf und zog seinen Morgenmantel über. In ebendiesem Moment traf sein Kammerdiener ein, der Marguerites Mitteilung erhalten hatte. Gemeinsam mit dem ebenfalls gerade eingetroffenen Arzt schaffte er Wintergreen zurück ins Bett.

»Seien Sie vernünftig, Sir. Wenn Sie Ihr Bein zu früh belasten, werden Sie noch ein Humpeln zurückbehalten.«

»Wie ich sehe, komme ich gerade rechtzeitig, Sir«, bemerkte Appelby. »Ein paar Stunden später, und Sie hätten sich zum Krüppel gemacht. Ich habe Ihnen oft genug gesagt, dass Sie nicht ohne mich verreisen sollen.«

Grimmig verlangte Wintergreen nach Schreibpapier, Tinte und Feder.

»Sir? Ist es nicht etwas spät, eine Schriftstellerkarriere anzufangen?«, meinte Appelby. Er stand schon fast sein ganzes Leben im Dienste der Familie, und konnte sich Freiheiten dieser Art herausnehmen.

»Tu einfach, was ich sage, Appelby!«

»Sehr wohl, Sir. Nachdem Sie Ihren Wunsch so überzeugend vorgetragen haben, eile ich, ihn zu erfüllen«, entgegnete der Mann und zog sich zurück, um der Anweisung seines Herrn Folge zu leisten.

Als Grant Wintergreen das Abendessen brachte, reichte ihm dieser eine schriftliche Nachricht. In dem Brief entschuldigte er sich nicht für sein Vorgehen, sondern verlangte, sie möge zurückkehren, damit sie ihr Gespräch zu Ende führen konnten.

»Sei so lieb und gib das bitte deiner Mutter, ja, Grant?«

Grant nickte und hastete davon. Appelby starrte seinen Herrn verständnislos an.

»Was ist?«, fragte Wintergreen barsch.

»Es würde schon genügen, dass Sie mit einem gewöhnlichen Burschen in einem Gasthaus so freundlich umgehen, Mylord, um mich zu verblüffen. Aber der Junge ... Sir, haben Sie ihn sich denn nicht genauer angesehen?«

»Selbstverständlich habe ich das, Idiot! Was glaubst du, warum ich hier bin?«, entgegnete Wintergreen mürrisch.

»Ah, das ist mein Herr, wie er leibt und lebt. Aber ich kann Ihnen Ihren Ton nicht verübeln. Er sieht Master Edward so verblüffend ähnlich, dass ich meinen Augen nicht getraut habe.«

»Du kannst ihnen ruhig trauen. Und wenn seine Mutter herkommt, lässt du uns allein, bitte.« Appelby tat, wie ihm geheißen, und ließ Marguerite mit einer Verbeugung ein. Einen Augenblick blieb er in der Tür stehen und kam sich vor, als wäre er zwanzig Jahre in der Zeit zurückversetzt worden.

Marguerite Stanwick funkelte Lord Wintergreen zornig an. »Warum sind Sie hergekommen? Wollten Sie uns ausspionieren? Und woher wussten Sie, dass wir hier sind? Wir sind erst zwei Jahre im Lion.«

Wütend darüber, dass sie ihn offenbar auf den Arm nehmen wollte, entgegnete er schroff: »Ich bin wegen Ihrer Briefe gekommen, das sagte ich doch bereits! Ich denke, es war nur natürlich, dass ich mir persönlich ein Bild davon machen wollte, was für eine Frau Sie sind.«

»Und, haben Sie sich ein Bild gemacht?«, fragte sie, ebenso von seinen Worten verletzt wie von seinem Tonfall.

»Allerdings! Wäre nicht dieses verfluchte Bein, wäre ich schon nicht mehr hier!«

»Was ganz in meinem Sinne wäre!«, versicherte sie ihm. »Sie kommen einfach her und versuchen, mich zu verführen, nur um mich über Edward auszufragen! Sie haben wirklich keine Ähnlichkeit mit ihm. Er war nämlich ein wahrer Gentleman!«

Ohne ihm Gelegenheit zu geben, hierauf zu antworten, riss sie die Tür auf, hielt dann jedoch inne und drehte sich langsam wieder zu ihm um. »Ich werde nicht noch einmal wiederholen, dass ich diese Briefe nicht geschrieben habe, weil Sie mir doch nicht glauben würden. Ich wüsste allerdings selber gerne, wer dahinter steckt.«

Wintergreen starrte sie an. »Welchen Beweis können Sie mir vorweisen, dass Grant Edwards legitimer Sohn ist?«, fragte er ohne Umschweife.

Marguerite errötete, zeigte jedoch sonst keine Reaktion auf seine Worte. »Es gibt keine offiziellen Dokumente, Sie brauchen also nicht um Ihren Titel zu bangen, Lord Wintergreen.«

»Es geht mir nicht um meinen Titel!«, entgegnete er scharf.

»Ach nein? Und ich denke, genau darum geht es hier. Sie fürchten, Grant könnte Ihnen Ihre Position streitig machen.«

Wintergreen knirschte mit den Zähnen. Er hatte schon vor langer Zeit über diese Möglichkeit nachgedacht, und war zu dem Schluss gekommen, dass es ihm selbst nichts ausgemacht hätte, Edwards Kind den Titel zu überlassen. Tatsächlich hätte er sich persönlich dafür eingesetzt, dass Edwards Kind all das zuteil wurde, das ihm zustand. Und so war es ihm unerträglich, dass diese Frau ihm nun egoistische Motive unterstellte.

»Ganz und gar nicht, Ma'am«, entgegnete er bemerkenswert ruhig. »Gibt es denn wirklich keinen einzigen Beweis für Ihre Heirat mit meinem Bruder? Keine Unterlagen oder Zeugen?«

»Mein Vater hat uns getraut«, erwiderte sie knapp. »Und der lebt nicht mehr.«

»Aber es muss doch etwas Schriftliches geben. Eine Heiratsurkunde. Ein Stammbuch. Trauzeugen?«

Marguerite schüttelte den Kopf, diesmal noch widerstrebender. »Meine Schwester und ein Freund von Edward waren Zeugen. Wie ich schon sagte, ist Marilee gestorben. Und was die Heiratsurkunde betrifft ...« Wieder zuckte sie mit den Achseln. »Die gibt es nicht mehr.«

Wintergreen musterte sie eindringlich. »Was heißt das? Die gibt es nicht mehr? So etwas verliert man doch nicht.«

»Ich weiß auch nicht, wo sie hingekommen ist«, sagte Marguerite grimmig. »Nachdem Sie mir von den Briefen erzählt haben, die Sie angeblich von mir bekommen haben sollen, habe ich meine Unterlagen sehr gründlich durchgesehen. Ich würde ja beinahe vermuten, dass sie gestohlen wurde, aber damit könnte doch niemand etwas anfangen. Sie war doch nur für mich und Grant von Bedeutung. Und für Sie«, fügte sie leise hinzu.

Mit ihrer Bemerkung goss sie Öl ins Feuer. »Ich kann Ihnen versichern, dass ich die Dokumente nicht an mich genommen habe!«, sagte er bitter. »Sie haben wirklich Nerven! Glauben Sie allen Ernstes, dass ich nachts herumschleiche und Ihre privaten Unterlagen durchwühle? Ein etwas merkwürdiger Zufall, dass sie die Urkunde ausgerechnet jetzt verloren haben, finden Sie nicht auch?«

»Ich habe nicht behauptet, dass die Papiere jetzt erst verschwunden sind«, bemerkte sie nachdenklich. »Aber Sie haben Recht. Es ist noch merkwürdiger, dass sie überhaupt entwendet wurden.«

Ehe er hierauf zornig kontern konnte, fischte sie ein kleines Kästchen aus der Tasche und reichte es ihm. »Vielleicht erkennen Sie das ja wieder.«

Wintergreen nahm einen Smaragdring aus dem Kästchen. »Ja ... der hat meiner Mutter gehört.«

Sie nickte. »Ja, das hat Edward auch gesagt, als er ihn mir als Trauring angesteckt hat.«

»Und warum tragen Sie ihn dann nicht?«, fragte er brüsk. »Betrachten Sie sich nicht mehr als verheiratet?«

»Doch, selbstverständlich! Aber ich halte diesen Ring nicht mehr für angemessen in meiner gegenwärtigen Position.«

»Das kann ich mir denken«, bemerkte er trocken. »Die ledigen Herren, die bei Ihnen absteigen, vor allem so wohlhabende wie Mr. Harding, sollen ja in Ihnen eine heiratswillige Witwe sehen, nicht wahr?«

Marguerite nahm ihm brüskiert den Ring ab und legte ihn zurück in das Kästchen. »Ich dachte, Sie wären ein Mann von Ehre«, sagte sie mit flammendroten Wangen. »Ich weiß, dass Edward Sie geliebt hat und Sie für einen anständigen Menschen hielt. Wie ich sehe, hat er Sie offenbar nicht so gut gekannt, wie er Sie zu kennen glaubte.«

»Er wusste sehr gut, dass ich von Natur aus misstrauisch bin«, konterte er angespannt. »Er hätte einen Beweis für Ihre Heirat hinterlassen. Er hätte gewusst, dass ich das erwarten würde, sonst könnte mir ja jedes x-beliebige Kind als Edwards Spross präsentiert werden.«

»Vielleicht wollte er ja gar nicht, dass sein Sohn Graf wird«, entgegnete sie ruhig und musterte ihn dabei eindringlich. »Vielleicht war ein solches Leben nicht das, was er sich für sein Kind wünschte.«

Verblüfft starrte Wintergreen sie an. »Aber Sie haben völlig andere Pläne, nicht wahr?«, sagte er schließlich. »Ich weiß nicht, ob mein Bruder es Ihnen danken würde.«

»Vielleicht nicht«, gab sie zu, aber sie wiederholte auch jetzt nicht, dass sie nichts mit diesen ominösen Briefen zu tun hatte. »Ihnen aber ebenso wenig, da Sie sich ganz offensichtlich keinen Deut um seinen Sohn scheren.«

Nachdem Marguerite das Zimmer verlassen hatte, kam Appelby wieder herein, war jedoch nach einem Blick auf Wintergreens grimmigen Gesichtsausdruck so klug zu schweigen. Im weiteren Verlauf des Abends gelang es ihm jedoch, seinen Herrn in ein Gespräch zu verwickeln und sich ein Bild von der Situation zu machen. Appelby war klar, dass in Bezug auf den Jungen etwas geschehen musste. Da die Umstände Wintergreen jedoch an das Gasthaus fesselten, sagte er sich, dass die Dinge sich möglicherweise mit der Zeit auch von allein regeln würden.

In den folgenden Tagen langweilte Wintergreen sich ganz fürchterlich. Grant besuchte ihn zwar hin und wieder, aber Mr. Channing schien noch bemühter als sonst zu sein, ihn mit seinem Unterricht beschäftigt zu halten, sodass Wintergreen die meiste Zeit auf Beast angewiesen war, um sich die Zeit zu vertreiben. Er legte sich einen großen Vorrat an Papierkugeln an, und die beiden übten stundenlang, bis Wintergreen schließlich sogar von Papierkugeln träumte. Sie waren überall: auf der Tagesdecke, auf dem Nachttisch, auf dem Fußboden verstreut und auf dem Fensterbrett.

Eines Nachmittags ließ er alle Papierkugeln von Appelby aufheben und verbrachte eine ganze Stunde damit, das größtenteils beschriftete Papier wieder glatt zu streichen und den Text darauf zu lesen. Manche Sätze stammten eindeutig aus Kochbüchern, andere aus Briefen und Listen, und schließlich stieß er zu seiner grenzenlosen Überraschung auf eine Heiratsurkunde – von Edward Stanwick und Marilee Masters. Sie trug die Unterschrift zweier Zeugen, darunter Marguerite Masters.

Nachdenklich steckte Wintergreen das Dokument in die Tasche seines Morgenmantels und beschloss, erst einmal nichts zu unternehmen und abzuwarten. Er war sich noch nicht schlüssig, was das zu bedeuten hatte, hoffte aber, dass er mit der Zeit noch weitere Puzzleteile finden würde.

Er und Beast widmeten sich wieder ihrem sportlichen Zeitvertreib. Da Channings das Tier beim Unterricht nicht mehr dabeihaben wollte, verbrachte der Kater auch weiterhin viele Stunden in Wintergreens Krankenstube. Grant war sich sicher, dass Beast zutiefst bereute, Wintergreens Unfall mitverschuldet zu haben, und das dadurch wieder gutmachen wollte, indem er dem Hausgast Gesellschaft leistete.

»Vielleicht hast du Recht«, entgegnete Wintergreen belustigt. »Jedenfalls tut er alles, damit ich mir meine Zielsicherheit erhalte.«

»Ich glaube, er ist auch einsam, Sir«, meinte Grant nachdenklich. »Jetzt, wo er während der Unterrichtsstunden nicht mehr bei mir sein darf, steht er ein bisschen neben sich. Er ist Ihnen sehr ähnlich, Lord Wintergreen.«

Als dem Jungen bewusst wurde, dass seine Bemerkung ungehörig gewesen war, errötete er, aber Wintergreen schien sie ihm nicht übel zu nehmen. Appelby jedoch, der gerade die ruinierten Stiefel seines Herrn begutachtete, blickte auf und musterte die beiden forschend.

»Er wird Mr. Edward immer ähnlicher, Mylord«, bemerkte Appelby, nachdem Grant gegangen war.

Wintergreen nickte wortlos.

»Und wenn Sie mir die Bemerkung gestatten, Sir, Sie selbst haben immer mehr Ähnlichkeit mit Ihrem Vater.«

Verblüfft starrte Wintergreen seinen Kammerdiener an, der sich innerlich schon für einen Wutausbruch wappnete.

»Was zum Teufel soll das heißen, Appelby? Was für ein Unsinn! Ich bin meinem Vater nicht ähnlicher, als Edward es war!«

»Sie waren ihm als Kind nicht ähnlich«, widersprach Appelby, »aber mit den Jahren, seit Sie aus dem Krieg zurückgekehrt sind, haben Sie sich mehr und mehr verändert.«

»Mein Vater war ein gefühlskalter, gleichgültiger Mensch! Er hat sich für nichts und niemanden interessiert, das ihm nicht irgendwie von Nutzen gewesen wäre!«

Appelby wahrte hierauf diskretes Schweigen. Wintergreen war sprachlos.

»Das ist es also, ja?«, sagte er schließlich. »Sie finden also, ich habe mich radikal verändert, Appelby?«

Nach einer langen Pause nickte der Diener. »Früher waren Sie und ihr Bruder sich sehr ähnlich und bei den Dienstboten gleichermaßen beliebt – weil sie so aufmüpfig, mutig und freundlich waren.«

Seine Augen glitzerten verdächtig. »Ich habe beobachtet,

wie Sie sich verändert haben nach dem Tod Ihres Bruders und nachdem Sie heimgekommen waren, um den Platz Ihres Vaters einzunehmen. Sie haben sich nach und nach von allen abgewendet. Sie haben die Menschen in Ihren Diensten gar nicht mehr wahrgenommen. Die Lady hier, Mrs. Stanwick ...«

Er sah, wie Wintergreens Miene sich verfinsterte, und fuhr hastig fort. »Mrs. Stanwick ist so, wie Sie und Ihr Bruder einmal waren. Sie ist extra nach London gefahren, nur um die kranke Schwester von Grainger heimzubringen.«

»Sie ist wegen Graingers Schwester in London gewesen? Tatsächlich?«

Appelby war verwirrt von seiner Reaktion. »Ja, Sir. Und genau diese selbstlose Freundlichkeit ...«

»Lassen wir das, Appelby! Hol sie her! Sag ihr, dass ich sie sofort sprechen muss!«

Beunruhigt von der sichtlichen Erregung seines Herrn, versuchte Appelby, ihn zu beruhigen, aber als Wintergreen mit einem Metalltablett nach ihm warf, eilte er davon. Es gab Momente, da war mit Graf Wintergreen nicht zu spaßen, und dies war offenbar ein solcher Moment.

Als Wintergreen noch ungeduldig wartete, steckte Grant den Kopf zur Tür herein. »Darf ich reinkommen, Sir?«

»Ja, Grant. Komm nur.« Er war froh, den Jungen zu sehen, dankbar für jede noch so kleine Ablenkung. »Ist der Unterricht vorbei?«

Grant schüttelte müde den Kopf. »Ich fürchte, nein. Mr. Channing ist unten und bespricht mit meiner Mutter, was mit mir geschehen soll. Ich fürchte, ich werde noch mehr Cicero übersetzen müssen, bevor er wieder geht. Außerdem hat er mir als Hausaufgabe eine Passage abgeschrieben, die ich auswendig lernen soll.«

Wintergreen schüttelte mitfühlend den Kopf. »Das habe ich auch immer gehasst«, sagte er, nahm dem Jungen das Blatt aus der Hand und warf einen Blick auf besagte Passage. »Mal sehen, ob ich davon noch etwas weiß.«

Als sein Blick auf den Text fiel, erbleichte er.

»Was ist denn, Sir? Ist Ihnen nicht gut? Soll ich Mutter bitten, den Doktor holen zu lassen?« Grant musterte ihn besorgt. Wintergreen war immer noch wie erstarrt.

Dann zerknüllte er das Blatt Papier. »Grant, lauf zu deiner Mutter. Sag ihr, dass sie herkommen soll – zusammen mit Mr. Channing!«

Grant starrte ihn an, als hätte er den Verstand verloren. »Mr. Channing? Geht es um mein Latein?«

»Geh, Junge. Geh!«, sagte Wintergreen ungeduldig. »Sag ihr, wenn Sie nicht augenblicklich herkommt, komme ich zu ihr, kriechend, wenn es sein muss.«

Ehrlich beunruhigt, rannte Grant los. Er war mit seiner Mutter und Mr. Channing, der sich nervös im Hintergrund hielt, zurück, noch bevor Wintergreen sich wieder gefasst hatte.

»Was gibt es denn, Lord Wintergreen?«, fragte Mrs. Stanwick brüsk. »Sie haben Grant einen Riesenschreck eingejagt. Was hat das zu bedeuten?«

»Ich denke, ich sollte mit Mr. Channing beginnen«, entgegnete Wintergreen, den Blick auf den Vikar gerichtet, der unruhig von einem Fuß auf den anderen trat.

»Mit Mr. Channing?«, fragte sie verwundert. »Möchten Sie etwas über Grants Studien erfahren? Geht es darum?«

»Er ist ein sehr schlechter Schüler«, sagte Channing unruhig. »Ich habe für ihn getan, was ich konnte, aber offen gestanden, der Unterricht ... Perlen vor die Säue. Er hat nicht das geringste Talent zum Lernen. Er ...«

»Perlen vor die Säue?«, fiel Mrs. Stanwick ihm empört ins Wort und funkelte ihn böse an. »Das ist also Ihre Meinung von Grant, ja? Ich denke, dass wir künftig auf Ihre Dienste verzichten werden, Mr. Channing.«

Der Vikar warf ihr einen flehenden Blick zu. »Überstürzen Sie nichts, Mrs. Stanwick. Sie müssen den Jungen einmal objektiv betrachten. Sie sollten ihn auf ein Internat schicken ...«

»Ich will aber nicht auf ein Internat!«, mischte sich Grant ein. »Ich will hier bleiben! Warum sollte ich irgendwo hingehen wollen, wo es keine Pferde gibt?«

»Da sehen Sie«, sagte Channing triumphierend. »Er hat ein Problem damit, Prioritäten zu setzen. Sofern er nicht Stallbursche werden soll, macht es keinen Sinn, ihm zu erlauben, so viel Zeit bei den Pferden zu verbringen ...«

»Gentlemen verbringen sehr viel Zeit bei ihren Pferden«, bemerkte Wintergreen ruhig.

Mr. Channing lachte dünn. »Und was hat das mit Grant zu tun? Sie wollen ihn doch sicher nicht als Gentleman bezeichnen!«

Wintergreen nickte. »O doch, genau das will ich. Ich bin nämlich ziemlich sicher, dass er Grant Edward Stanwick ist, Graf von Wintergreen.«

Alle im Raum starrten ihn verblüfft an.

»Und wir haben es keinem Geringeren als Ihnen zu verdanken, dass ich darauf aufmerksam geworden bin, Mr.

Channing«, fuhr Wintergreen fort, da es allen anderen offenbar die Sprache verschlagen hatte.

»Mir?« Die Stimme des Vikars klang unnatürlich hoch, und er fuhr sich nervös mit einem Finger am Kragen entlang, als wäre der ihm plötzlich zu eng geworden. »Was soll dieser Unsinn, Sir?«

»Hätten Sie mir nicht geschrieben, wenn auch unter dem Namen der Mutter, wüsste ich bis heute nichts von seiner Existenz, Sie haben mir also einen großen Gefallen getan.«

»Sie haben Lord Wintergreen diese Briefe geschrieben?«, fragte Mrs. Stanwick perplex. »Woher wussten Sie denn überhaupt über Grants Herkunft Bescheid?«

Der Vikar wich verlegen ihrem Blick aus und nestelte weiter unruhig an seinem Kragen. »Ich versichere Ihnen, dass das Ganze nur ein dummes Missverständnis ist, Mrs. Stanwick ...«, begann er.

»Darf ich fragen, wo Sie Ihre privaten Unterlagen aufbewahren, Mrs. Stanwick?«, unterbrach ihn Lord Wintergreen.

»In der untersten Schublade meines Schreibtisches im Büro«, antwortete sie und trat gleich darauf näher an den sich windenden Channing. »Soll das heißen, Sie haben meine privaten Briefe gelesen?«, fragte sie fassungslos.

»Nur ein paar. Nur so viele, dass ich mir einen Reim auf die wahre Identität des Jungen machen konnte. Ich dachte, wenn er ... wenn er aus dem Weg wäre, würden Sie wieder Zeit haben, Ihre Aufmerksamkeit noch anderen zu schenken ...«

»Sie dachten, ich würde mich für Sie interessieren?«, fragte Mrs. Stanwick ungläubig. »Für *Sie?* Das kann nicht Ihr Ernst sein!«

Der Gesichtsausdruck des Pfarrers war ungläubiges Entsetzen. »Nun ja, ich fand, Sie wären viel zu sehr mit dem Jungen beschäftigt, um eine gesunde Beziehung zu einem Mann einzugehen. Ich hätte viel für Sie ...«

»Sie hätten gar nichts! Selbst wenn es Grant nicht gäbe, würde ich mit einem Mann wie Ihnen nichts zu tun haben wollen! Einem Mann, der unerlaubt meine private Post liest!«

»Nur ein paar Briefe«, protestierte Channing schwach.

An diesem Punkt winkte Wintergreen ihn zu sich heran. Channing folgte der Aufforderung nervös, und Mrs. Stanwick trat ebenfalls näher, neugierig auf das, was Wintergreen dem Vikar zu sagen hatte.

Wintergreen senkte die Stimme und sprach in vertraulichem Tonfall, sodass Channing sich herabbeugen musste, um ihn zu verstehen.

»Sie hätten die anderen Briefe auch lesen sollen, Mr. Channing.«

»Die anderen?«, stammelte Channing und warf einen gehetzten Blick auf Mrs. Stanwick. Schweiß perlte auf seiner Stirn.

Wintergreen nickte. »Dann wüssten Sie, dass das hier Marguerite Masters ist, Grants Tante, und nicht seine Mutter, Marilee Stanwick.«

»Seine Tante?«, wiederholte Channing leise.

Wintergreen und Marguerite nickten. »Grant hat das immer gewusst«, sagte sie. »Als Marilee vor ein paar Jahren starb, fing er an, mich Mutter zu nennen, und als wir herzogen, dachte ich mir, es wäre für mich als Wirtin besser, wenn man mich für eine Witwe hielt und nicht für eine ledige Frau. Ich fürchtete, man würde mich als Freiwild betrachten.«

»Eine weise Entscheidung«, pflichtete Wintergreen ihr bei. »Ich wünschte, ich wäre schon früher dahinter gekommen.«

Er wandte sich wieder Channing zu, der kreidebleich geworden war. »Könnte es vielleicht sein, dass Sie private Unterlagen von Mrs. Stanwick – Verzeihung, Miss Masters – an sich genommen haben?«

Channing nickte unglücklich. »Kürzlich kam der Junge herein, als ich sie eben aus dem Schreibtisch genommen hatte. Ich legte sie unter seine Schulsachen«, gestand der Vikar kleinlaut.

Wintergreen blickte wieder auf Marguerite. »Ich fürchte, Beast und ich haben einen Teil davon als Sportinstrument zweckentfremdet. Wir werden sie pressen müssen, um sie wieder glatt zu kriegen, meine Liebe.«

Marguerite lächelte, wenn sie auch die Anrede ignorierte. Sie wandte sich Mr. Channing zu. »Ich denke, es ist höchste Zeit, dass Sie uns verlassen, Sir.«

Wie ein geprügelter Hund schlich Channing zur Tür. Appelby wich beiseite, als hätte der Vikar eine ansteckende Krankheit. Als er Grants Blick begegnete, grinste der Diener und nickte diskret in Richtung der Tür. Der Junge verstand die stumme Botschaft. Die beiden gingen hinaus und schlossen leise die Tür hinter sich.

»Leider bin ich zurzeit in meiner Bewegungsfreiheit stark eingeschränkt«, sagte Wintergreen mit einem zärtlichen Lächeln. »Eigentlich sollte ich Sie auf den Knien um Verzeihung bitten, aber ich könnte nicht einmal einseitig knien.«

Sie schien einen Moment darüber nachzudenken und setzte sich dann auf die Bettkante. »Ich gebe mich für den Augenblick mit ihrer improvisierten Entschuldigung zufrieden«, sagte sie nachdenklich. »Ich erwarte allerdings, dass Sie sie in aller Form wiederholen, wenn Sie wiederhergestellt sind.«

»Versprochen. Und ich verspreche außerdem, Grant offiziell als Edwards Sohn anzuerkennen.«

»Aber darum habe ich Sie nie gebeten«, sagte sie und strich ihm in einer fürsorglichen Geste, bei der ihm ein wohliger Schauer über den Rücken jagte, das Haar aus der Stirn.

»Trotzdem werde ich dafür sorgen, dass Grant seinen rechtmäßigen Titel zuerkannt bekommt. Ich werde mich mit der Zeit schon daran gewöhnen, nicht mehr Graf zu sein.«

»Wird es Ihnen so schwer fallen, den Titel aufzugeben?«

Er zuckte die Achseln, grinste jungenhaft und zog sie an sich. »Vielleicht bin ich Edward ja ähnlicher, als ich dachte«, gestand er und küsste sie. »Ich könnte mir sogar vorstellen, in dieselbe Familie einzuheiraten wie er.«

Plötzlich sprang ein orangefarbenes Fellknäuel vom Kopfende des Bettes aus auf seine Brust und zerknitterte den Plastron, den Appelby so liebevoll gebunden hatte.

»Das ist jetzt kein sehr passender Moment, Beast«, sagte Marguerite streng. Sie nahm Beast hoch, brachte ihn hinaus und schloss entschieden die Tür hinter ihm.

Dann nahm sie wieder auf der Bettkante Platz, lächelte auf Wintergreen herab und ordnete liebevoll seinen Plastron und sein zerzaustes Haar.

»Wo waren wir stehen geblieben, Liebster?«

»Ich glaube, ich erinnere mich«, murmelte er, schloss sie

wieder in die Arme und schaute ihr in die meergrünen Augen. »Die Hochzeitsreise werden wir auf einem Schiff verbringen, meine Liebste. Ich habe das Meer immer geliebt.«

Beast miaute kläglich draußen vor der Tür, aber die beiden waren so miteinander beschäftigt, dass sie ihn nicht einmal hörten.